GEFALLENE FEDERN

PAKT MIT DEM TEUFEL, BUCH 2

ELIZA RAINE

Für diejenigen, die mit dem Glauben kämpfen.
Gib ihn niemals auf.

EINS

BETH

»Auf keinen Fall. Wie konnte ich jemals nicht gewusst haben, dass das hier ist?«

Ich starrte zwischen Nox und dem atemberaubenden Anblick vor mir hin und her.

Covent Garden, London.

Aber es ist nicht so, wie ich es *jemals* zuvor gesehen hatte. Der ehemalige Obst- und Gemüsemarkt war ein beliebtes Touristenziel und hatte mich vollauf in seinen Bann gezogen, als ich das erste Mal nach London gekommen war. Die stilvolle, alte, Glas überdachte Struktur war mit Cafés, Bars und Geschäften gefüllt und in dem großen, abgesenkten Bereich in der Mitte konnte man tagsüber gelegentlich einen Kunsthandwerkermarkt bei der Arbeit zusehen oder nachts einer Band, die Live-Musik spielte, lauschen.

Aber jetzt, da ich hinter den Schleier sehen konnte...

Das Gebäude war noch immer von blauen Metall-pfeilern, die das Glasdach hielten, umgeben und es hatte immer noch Läden auf dem Zwischengeschoss mit Blick auf die untere Ebene, auf der ich gerade stand. Nur konnte ich jetzt durch den Boden unter meinen Füßen sehen, was sich *unter dem* alten Marktplatz befand.

Die Pfeiler reichten tief in die Erde und umrahmten etwas, das mein Verstand instinktiv einen Basar nannte.

Ein märchenhafter Basar.

Unter der Erde waren genauso viele Läden, Cafés und Bars wie über der Erde und das geschäftige Treiben wurde von dem warmen und sich ständig bewegenden Schein von Lichterketten erhellt - ähnlich wie die auf Nox Deck.

Ich konnte viele Menschen sehen, die sich zwischen den Läden bewegten, mit Freunden etwas tranken oder an winzigen Ständen standen, um ihre Waren anzupreisen. Ich konnte nichts hören und auch nichts von dem, was sie verkauften, erkennen, aber eines konnte ich deutlich sehen: Kaum jemand dort unten sah menschlich aus.

Es gab Menschen, die leuchteten, Menschen mit Fellhäuten, Menschen mit porzellanweißer Haut, Menschen mit grünen Schuppen, Menschen mit einer unbestimmten Anzahl von Gliedmaßen; mein Verstand konnte mit dieser Parade von wundersamen Gestalten nicht Schritt halten. Mit jeder Sekunde fiel mir etwas Neues auf.

»Es ist ein größerer Markt als der menschliche, auf dem wir stehen. Er erstreckt sich ein ganzes Stück unter der Stadt.« Ich schaute Nox an, als er sprach.

»Du sagtest, es heißt Solum, richtig?« Er nickte.

»Es ist das Epizentrum der Magie in London. Und dort werden wir das eine Wesen finden, das mir sagen kann, was zum Teufel mit meinem Fluch los ist.« Seine

Stimme wurde zu einem Knurren, und Unbehagen legte sich wieder über mich und verdrängte etwas von meiner Ehrfurcht.

Wir waren nicht als Touristen in Covent Garden oder im Solum, erinnerte ich mich widerwillig. Wir versuchten herauszufinden, warum ich als Mensch ins Bett gegangen und mit Flügeln aufgewacht war.

Nox stieß die Tür eines winzigen Buchladens auf und hielt sie für mich auf. Ich trat hindurch und verspürte sofort ein Gefühl der Ruhe. Ich fragte mich kurz, ob Bücher das mit jedem machen, oder ob es nur an mir lag, aber sobald Nox mir in das Geschäft folgte, vertrieb seine Anwesenheit in dem winzigen Raum die Ruhe.

Er schritt an der kleinen Theke vorbei, wo eine alte Frau erschrocken einen Schritt zurückwich.

Ich war also nicht die Einzige, die die schlechte Laune des Gottes der Sünde spürte.

Schluckend folgte, als ich ihm in den hinteren Teil des Ladens. Er war nicht gerade kalt zu mir, aber eine Art Barriere hatte sich definitiv zwischen uns aufgebaut. Ich versuchte, mich nicht verletzt oder entrüstet darüber zu fühlen, aber das war nicht einfach. Ich hatte genauso wenig Ahnung wie er, warum ich nach der besten Nacht meines Lebens scheinbar meine Menschlichkeit verloren hatte. Tatsächlich hatte ich wahrscheinlich sogar noch weniger Ahnung als er, da ich so gar nichts über Magie wusste.

Aber ich konnte irgendwie verstehen, warum er mir

gegenüber misstrauisch geworden sein könnte, also war ich entschlossen, meinen Mund zu halten, bis wir mehr wussten. Er hat mich mit an diesen Ort gebracht, also war es nicht so, dass er mir plötzlich nicht mehr vertraute. Es sei denn, er dachte, dass es besser sei, einen potenziellen Feind im Auge zu behalten...

Ich holte tief Luft, während er die Regale absuchte.

Die alte Dame hustete und sagte leise: »Oberstes Regal, rechts.« Nox grunzte und bewegte seinen Blick an die Stelle, an die sie gedeutet hatte.

Sobald wir mehr wussten, würde er mit mir reden. Das würde er ganz bestimmt, richtig?

Ich hatte nichts zu verbergen und auch keine Absichten, irgendetwas zu erreichen, das sich nicht mit seinem Ziel deckte. Es gab keinen Grund für ihn, mir nicht zu vertrauen, und wen auch immer wir besuchen würden, sollte das nur bestätigen.

Seine Worte schallten mir durch den Kopf. *»Ich glaube, du bist kein Mensch mehr.«*

Es schien ihm nicht in den Sinn zu kommen, dass diese Worte mich mehr erschrecken könnten als ihn. In der Stunde, die wir brauchten, um uns anzuziehen und nach Covent Garden zu fahren, hat er wenig getan, um mich zu beruhigen, und hat die Zeit stattdessen genutzt, mit wütendem Gesichtsausdruck zu grübeln. Das war nicht ideal, nach einer Nacht der Leidenschaft. Ich hatte auf Pfannkuchen, Kaffee und mehr Herummachen gehofft. Nicht, dass ich plötzlich damit klarkommen muss, kein Mensch mehr zu sein.

Nichts hätte mich auf diesen Schock vorbereiten können. Überhaupt nichts.

Ich musste mir sogar eingestehen, dass ich mehr Angst vor der Spannung zwischen Nox und mir hatte als vor den Flügeln, die ich auf meinem Rücken gesehen hatte.

Meine Vermutung ist, dass sie mit dem Fluch von Nox verbunden sind. Schließlich war *ich* das auch, irgendwie. Und Nox war mächtig und magisch. Er würde in der Lage sein, mit allem umzugehen, was passierte.

Er strahlte Kraft aus, und jeder Nerv in meinem Körper sehnte sich nach ihm. Sehnte sich nach seiner Kraft, seiner Macht, seiner Berührung, dem Vergnügen, das er erzeugen konnte.

Eine Erkenntnis dämmerte mir langsam, als ich auf seinen breiten Rücken starrte.

Ich wollte ihn so sehr, dass meine größte Angst war, nie wieder diese Berührung zu spüren, und nicht herauszufinden, dass ich kein Mensch bin. Sicherlich war das nicht richtig?

Ich gab mir eine mentale Ohrfeige, als er nach einem Buch im Regal griff. *Reiß dich zusammen, Beth. Bring deine verdammten Prioritäten in Ordnung. Flügel sind wichtiger als Sex.*

»Introitus«, murmelte Nox und drehte das Buch um, das er aus dem Regal genommen hatte. Ich warf einen Blick darauf. *Krieg und Frieden.* Hm.

Meine Augen weiteten sich, als das Bücherregal vor uns zu schimmern begann und dann komplett verblasste und eine Steintreppe enthüllte, die von hunderten der kleinen, in der Luft schwebenden Lichterketten beleuchtet wurde.

Nox legte das Buch zurück auf eines der noch sichtbaren Regale und sah mich an.

»Ich gehe vor, wenn es dir nichts ausmacht.«

Seine unbeholfen förmlichen Worte waren zumindest in einem warmen, beruhigenden Ton gesprochen, und ich nickte.

»Klar.«

»Es gibt hier viel zu sehen, aber wir müssen unbedingt direkt zu Adstutus aufbrechen. Du wirst später noch genug Zeit haben, Solum zu erkunden.«

»Richtig«, nickte ich wieder. »Nicht ablenken lassen. Verstanden.«

ZWEI

BETH

Ich tat mein Bestes, mich auf Nox zu konzentrieren, während er mich durch den Basar führte. Es gab auf beiden Seiten so viel zu sehen, dass es meine Sinne überwältigte.

Um mich herum roch es nach Kaffee und Gewürzen, und die Sprachen, die ich hören konnte, waren mir völlig fremd. Jedes Mal, wenn ich vor einem Tisch mit Waren, die aussahen, als kämen sie aus dem Weltall, innehielt, entfernte sich Nox und Panik zwang meine Beine, ihm hinterher zu eilen. Gott allein wusste, was passieren würde, wenn ich mich in dem Chaos verlaufen würde.

Ich hatte erwartet, dass es sich klaustrophobisch anfühlen würde, da es so überfüllt und unter der Erdoberfläche lag, aber das war es überhaupt nicht. Es war seltsam offen und kühl, und viel warmes Licht ging von den Millionen kleiner tanzender Lichter um uns herum aus.

»Beantworte alle Fragen von Adstutus ehrlich«, sagte Nox, als ich neben ihm in die Hocke ging.

Meine Entschlossenheit, neutral zu bleiben, bis wir herausgefunden haben, was passiert ist, bröckelte bei der Unterstellung, dass ich lügen würde.

»Ich bin immer ehrlich«, schnauzte ich. Nox schaute mich von der Seite an, seine blauen Augen leuchteten. Zum ersten Mal, seit wir sein Bett verlassen hatten, zog ein Lächeln seine Mundwinkel in die Höhe.

»Ja. Ich denke, das bist du wahrscheinlich.«

»Wer ist Adstutus?«, fragte ich und stolperte ein wenig über die Aussprache. »Und warum weiß er mehr darüber als du? Ist er mächtiger als du?« Ich wusste, dass die Frage, ob jemand mächtiger war als er, Nox Unbehagen bereiten würde, und deshalb tat ich es. Er straffte die Schultern.

»Er ist nicht so mächtig wie ich, aber er ist viel, viel älter. Und sehr kenntnisreich.«

»Hast du schon mal mit ihm über deinen Fluch gesprochen?«

»Ja. Er meinte, dass ich es nur brechen kann, wenn ich die Macht über alle Sünden zurücknehme.«

Ich wich überrascht zur Seite, als ein Mann mit blauer Haut einen Arm vor mir ausstreckte, mit gekochtem Fleisch an einem Stock herumfuchtelte und wild grinste. Nox funkelte ihn an, als wir vorbeigingen und er schlich sich grinsend davon.

»Ist Adstutus auch ein gefallener Engel?«, fragte ich, als wir um eine Kurve in eine ruhigere Gegend kamen, mit vielen Geschäften, die bemalte Glasfenster mit kleinen Markisen aufwiesen.

»Nein. Er ist ein Flaschengeist.«

Ich öffnete meinen Mund, dann schloss ich ihn

wieder. Wenn er irgendeine Ähnlichkeit mit einem großen blauen Genie hätte oder auch nur einen Hauch wie Robin Williams klänge, wäre ich gezwungen, meinen Verstand in Frage zu stellen. Schon wieder.

Nox steuerte auf einen der Läden zu und ich besah die Schriftzeichen am Fenster.

Alchemie und Heilmittel.

Den Raum hinter dem Glas zu betreten war wie ein Schritt in eine andere Welt. Sanfte Glockenspiele spielten in dem gemütlichen Raum. Die Musik wurde von den riesigen bunten Teppichen, die an den Wänden hingen, gedämpft und absorbiert. Niedrige Regale enthielten goldene Krüge und Dutzende von Schalen und Flaschen, gefüllt mit leuchtenden Pulvern. Etwas, das einem steinernen Brunnen ähnelte, stand in der Mitte des Raumes und das Geräusch von sprudelndem Wasser mischte sich mit dem Klang der Glockenspiele. Schnitzereien von Kamelen, Dünen und Palmen bedeckten den Brunnen und verstärkten die arabische Stimmung, die der Laden verströmte. Der Duft von Pfefferminz wehte über mich hinweg und ein Mann tauchte vor uns auf.

Erschrocken unterdrückte ich einen Fluch, und er senkte den Kopf.

»Mr. Nox. Was für ein Vergnügen.«

Die ausgebeulten goldenen Haremshosen und der lange schwarze Bart, den er trug, passten irgendwie zu dem Laden. Das Metallica-T-Shirt und der tätowierte Totenkopf auf seinem kahlen Kopf jedoch nicht.

»Adstutus. Danke, dass du mich so kurzfristig empfangen konntest.«

»Mir war nicht bewusst, dass ich eine Wahl hatte.« Der Genie lächelte, aber sein Ausdruck triefte vor Sarkasmus.

»Du hast recht, du hast keine Wahl.« Nox Stimme war hart.

»Dann lass uns auf die Höflichkeiten verzichten, ja? Was willst du?« Sein Blick fokussierte sich auf mich und Interesse flackerte in seinen dunklen Augen auf. »Wer ist das?«

Nox trat dicht neben mich und Wärme hüllte sich um meinen Körper. Die schützende Geste beflügelte mich.

»Ich bin Beth«, sagte ich.

»Und sag mir, Beth, was bist du?«

»Was meinst du?« Adstutus blickte zu Nox und hob fragend die Augenbrauen.

»Beth ist ein Mensch. Wir haben uns vor kurzem getroffen und es scheint, dass mein Fluch nicht auf sie zutrifft.«

Verständnis trat in das Gesicht des Genies und langsame breitete sich ein Lächeln auf seinem Gesicht aus.

»Du hast also wieder Geschlechtsverkehr haben können«, stellte er fest. Meine Wangen erhitzten sich augenblicklich. »Trotz der Tatsache, dass dein Fluch es dir verbieten sollte?«

»Ja.«

»Und jetzt hat sich ein negativer Effekt ergeben, mit dem du nicht gerechnet hast?«

»Ja.« Der Genie schüttelte den Kopf.

»Mein Herr, es ist mir verboten, euch zu sagen, was

ich wirklich von euch halte, aufgrund eures Status und eurer Fähigkeit, mich in einen feurigen und dauerhaften Tod zu schicken, aber ich muss zumindest dies sagen. Habt Ihr wirklich erwartet, einen so starken Fluch zu missachten und dafür keinen Preis zu zahlen?« Schatten wirbelten durch Nox Augen, aber ich spürte nichts von der gefährlichen Hitze, die ich gespürt hatte, als Madaleine ihn verärgert hatte.

»Sag mir, warum sie Flügel hat. Deine Meinung über mein Verhalten interessiert mich einen Scheißdreck.« Adstutus seufzte und sah mich wieder an.

»Sag mir, was passiert ist.«

»Ähm, was?«, murmelte ich.

»Ich habe nichts dagegen, wenn du mir Details deines Liebesspiels erzählst, aber sie werden wahrscheinlich nicht nötig sein.« Er zuckte mit den Schultern. Nox knurrte.

»Beth, du brauchst diesem alten Perversling nichts zu erzählen, außer was heute Morgen passiert ist.«

»Ich weiß nicht, was passiert ist. Ich habe in den Spiegel geschaut und da waren ein paar schwach leuchtende Flügel hinter mir. Ich kann sie nicht mehr sehen.«

»Ich kann sie erkennen«, sinnierte Adstutus und spähte über meine Schultern. »Gerade so. Fühlst du dich irgendwie anders?«

»Nein.«

»Wie lange kannst du schon durch den Schleier sehen?«

»Seit weniger als einer Woche.« Seine Augenbrauen zogen sich wieder zusammen.

»Interessant. Sehr interessant. Komm her, bitte.« Er

streckte seine Hand nach mir aus und ich zögerte eine Sekunde, bevor ich sie nahm.

Er zog mich in Richtung des Brunnens und deutete ins Wasser. Ich hinterfragte meine Annahme, dass es Wasser war, sobald ich auf die glasige Oberfläche hinunterstarrte. Sie war so spiegelnd, dass ich mich deutlich sehen konnte. Und die Flügel hinter mir. Ich konnte sie nicht spüren, aber sie waren definitiv da.

Adstutus tauchte meine Finger in das Wasser und ein Prickeln von Elektrizität durchströmte mich. Es war nicht so aufregend und furchteinflößend wie Nox Kraft zu spüren, aber es war trotzdem spannend.

»Konzentriere dich«, sagte er und deutete auf mein Spiegelbild. Ich tat, was er sagte, starrte auf mein eigenes Gesicht vor den Flügeln und fragte mich, was wohl als nächstes passieren würde.

Während ich starrte, bemerkte ich, dass die Flügel hinter mir klarer in Erscheinung traten und eine einheitliche Farbe einnahmen. *Gold.*

Schatten taumelten plötzlich über die schimmernden Federn, und dann gab es einen fast schmerzhaften Stromstoß, bevor sie wieder fast vollständig verblassten.

Eine Gänsehaut überzog meine Haut, als ich mich aufrichtete und zwischen dem Flaschengeist und Nox hin und her starrte.

Es war nicht zu übersehen, was ich gerade gesehen hatte. Angst breitete sich in meinem Bauch aus.

Der Flaschengeist sprach: »Du scheinst die Macht des Teufels in dich aufgenommen zu haben.«

DREI

»Wie? Wie ist das passiert?«

Ich konnte den Ausdruck auf dem Gesicht von Nox nicht lesen, konnte nicht sagen, ob er wütend auf mich oder die Situation war. Licht brannte in seinen hellen Augen, aber keine Hitze pulsierten aus ihm heraus.

Adstutus zuckte mit den Schultern.

»Ihr habt den Fluch missachtet. Ich könnte mir vorstellen, dass, wenn ihr beide den Fluch wieder brecht, indem ihr euch dem Liebesspiel hingebt, mehr Macht auf sie übertragen würdet.«

»Macht übertragen? Ich bin also immer noch ein Mensch?« Der Genie konzentrierte sich auf mich.

»Ja. Menschlich, doch. Und gleichzeitig trägst du ein winziges bisschen der allmächtigen Macht des Herrn der Hölle in dir.«

Mein Magen drehte sich wieder und mir wurde ein wenig schwindelig.

»Habe ich magische Kräfte?«

»Nein, es ist so wenig, dass es mich überraschen würde, wenn du darauf zugreifen könntest. Und diese Flügel sind sicherlich nicht solide oder real genug, um dir das Fliegen zu ermöglichen. Aber du könntest ein Gefühl für die Verbrechen eines Fremden bekommen«, er blickte Nox an, »*wenn* sie zu den Sünden gehören, die unser mächtiger Herr sich zu bewahren bequemt hat.«

Nox machte ein Geräusch tief in seiner Brust, aber der Genie zuckte nicht zurück.

»Du hast deine Meinung über meine vergangenen Entscheidungen bereits deutlich kundgetan, Adstutus. Ich bin nicht hier, um mich belehren zu lassen.« Seine Stimme war erstaunlich ruhig. Ich fühlte das krasse Gegenteil von Ruhe. »Wenn wir weiterhin intim miteinander sind, wäre es dann möglich, meine gesamte Macht auf Beth zu übertragen?«

»Was?« Meine alarmierte Antwort kam als erstickter Aufschrei heraus und er streckte schnell die Hand aus und legte seine Hand auf meinen Arm.

»Ich schlage nicht vor, dass wir das tun«, beruhigte er mich. »Ich versuche nur, Fakten zu schaffen.«

»Ich weiß es nicht. Ich müsste Tests machen. Bluttests sollten uns mehr darüber sagen, was in Beths Körper vor sich geht. Wenn du das, was ich vermute, auf eine angenehmere Art und Weise als mit Nadeln bestätigen willst, ist der einfachste Weg, Sex zu haben. Wenn ihre Flügel deutlicher sichtbar werden, dann habe ich recht.«

Ich sog die Luft ein, während ich versuchte zu verarbeiten, was Adstutus sagte. Ich war immer noch ein Mensch. Was gut war. Nox schien nicht zu denken, dass irgendetwas davon meine Schuld war, was auch gut war.

Als wir Sex hatten, wurde seine Teufelskraft auf mich übertragen. Das war schlecht. Sehr, sehr schlecht.

»Können wir an die frische Luft gehen?«

»Willst du die Tests nicht machen?« Adstutus hob seine Augenbrauen, und etwas glitzerte in seinen uralten Augen.

»Ich möchte *nicht* in einem fensterlosen Raum voller Glockenspiel sein. Ich muss versuchen, darüber nachzudenken, was hier vor sich geht«, sagte ich. »Nichts für ungut.«

»Nichts für ungut. Die Menschen sind zu dumm, um mein Glockenspiel zu schätzen.«

Ich blinzelte, aber bevor ich meine Spezies verteidigen konnte, sprach Nox: »Schicke meinem Büro die Rechnung, Adstutus. Wir werden wahrscheinlich zurückkommen. Ich würde es begrüßen, wenn du dich sofort darum kümmerst, wenn es so weit ist.« Autorität lag in seiner Stimme und neue Schauer durchliefen mich.

»Wie ihr wünscht«, seufzte der Geist, dann verschwand er mit einem kleinen Knall. Nox griff nach meiner Hand und führte mich aus dem Laden.

»Lass uns was trinken gehen.«

»Ein Drink?«

»Ja. Ich kenne da einen Ort.«

Das Lokal, zu dem Nox uns führte, war das Solum-Äquivalent einer Mayfair-Cocktailbar - schick mit viel dunklem Holz. Das geschäftige Treiben des Basars fiel weg, sobald wir das Gebäude betraten. Eine lange, mit glänzendem Messing eingefasste Bar säumte die Rückwand und elegante Tische füllten den Boden. Weitere wie durch Zauberhand durch die Luft tanzende Lichterketten bedeckten die Decke und warfen ihren warmen Schein über den ruhigen, großen Raum. Wir wurden von einem menschlich aussehenden Kellner auf einer Bank entlang des Fensters platziert und Nox bestellte uns zwei besondere Kaffees. Ich fragte nicht, was das Besondere an ihnen war, sondern starrte nur ausdruckslos auf den Basar hinaus, während sich die Szene im Brunnen des Flaschengeistes immer wieder in meinem Kopf abspielte.

»Ich beobachte die Leute gern von hieraus«, sagte Nox leise. Er legte seine Hand auf meine. Ich riss meinen Blick von der Farbenpracht und Magie auf der anderen Seite des Glases los und konzentrierte mich auf sein Gesicht.

»Ich habe es nicht mit Absicht getan«, platzte ich heraus.

»Ich weiß. Es tut mir leid, dass ich heute Morgen so schroff war.«

»Wirklich?« Ich hatte nicht mit einer Entschuldigung gerechnet.

»Ja. Ich hoffe, du verstehst, dass ich Feinde habe. Und ich kenne dich nicht gut.«

Ich errötete, als ich meinen Mund öffnete, um ihm zu sagen, dass er mich nach der letzten Nacht verdammt viel besser kannte als die meisten. Aber die Worte kamen nicht heraus.

Ich habe bisher mit niemandem über Sex gesprochen und wusste bis vor weniger als vierundzwanzig Stunden nicht einmal, was Sex für mich bedeuten konnte. Ich atmete tief durch und versuchte, meine Verlegenheit zu verdrängen, während sich meine verworrenen Prioritäten wieder einmal durchsetzten.

»Wir können keinen Sex mehr haben.«

Es war niemand in der Nähe, der Kellner an der Bar beschäftigt und der Raum leer von Kunden außer uns, aber ich flüsterte das Wort *Sex trotzdem*.

Licht loderte in Nox Augen auf, und Kraft und Leidenschaft und Hitze strömten aus ihm, wo sich unsere Hände berührten. Alles in mir kribbelte. Ich wusste, dass wir wichtigere Probleme hatten als den Sex. Ich sollte mir mehr Sorgen darüber machen, die Macht des Teufels in mir zu tragen.

»Beth, lass mich etwas klarstellen. Ich würde viele, viele Dinge für letzte Nacht aufgeben. Es war...« Ein weiteres Knurren ertönte in seiner Brust, bevor er den Satz beendete. »Erhaben. Du bist erhaben.«

Solides, köstliches Vertrauen schwoll in mir an, meine Verlegenheit schmolz dahin.

»Wenn der Preis ein Bruchteil meiner Kraft war und es dir keinen Schaden zufügt, dann war es das wert.« Ich nickte.

»Ich stimme zu.«

»Gut. Aber leider hast du recht. Ich glaube nicht, dass wir es riskieren können, diese Erfahrung zu wiederholen.«

Verdammt!

Ein winziger Teil von mir hatte gehofft, dass er die Vorsicht in den Wind schlagen oder verkünden würde, dass der Flaschengeist verrückt sei. Aber ich wusste, dass das nicht der Fall war. Ich hatte das Gold in den Flügeln auf meinem Rücken im Spiegelbild des Brunnens gesehen. Und ich hatte gesehen, wie die Schatten über sie wirbelten.

»Warum ist das passiert? Warum sollte dein Fluch das tun?«

Nox schob eine Hand durch sein dunkles Haar. Ich konnte nicht anders als, die Form seines Gesichts zu studieren, die Wölbung seines Arms, die Intensität seines Blicks. Erinnerungen an die Nacht zuvor schossen mir durch den Kopf, diese starken Arme, die mich anhoben, mich fest an ihn zogen, sich um mich legten. Diese wunderschönen Augen, brennend vor Leidenschaft und Verlangen. Diese Lippen, die jeden Zentimeter meines Körpers mit einer Spur von Küssen überzogen, die Feuer und Elektrizität in mein Innerstes schießen ließ...

Verdammt!

War das jetzt wirklich nur noch eine Erinnerung, Teil der Vergangenheit? Francis Worte kamen mir wieder in den Sinn. *Lieber eine Erinnerung als gar nichts.* Konnte die Welt wirklich so grausam sein, mir einen Vorgeschmack auf die Glückseligkeit zu geben, nur um sie mir genauso schnell wieder wegzunehmen? Und schlimmer noch, die herrliche Versuchung genau hier vor mir behalten?

Ich kreuzte meine Beine fest auf dem Hocker, gerade als der Kellner mit zwei gläsernen Kaffeetassen, die mit goldenen Spitzenmustern verziert waren, herüberkam.

»Das ist Solum Kaffee«, sagte Nox, als der Angestellte wieder ging.

»Ist das wie Irish Coffee?«, fragte ich und schnupperte daran. Es roch hauptsächlich nach Kaffee, aber ich konnte auch einen Hauch von Schokolade erkennen.

»Für mich ist es das, ja. Aber vielleicht ist es nicht für

dich. Es mischt den Geschmack, nach dem du dich sehnst, mit dem Kaffee.«

Ich nahm einen zaghaften Schluck. Schokolade. Reiche, cremige Schokolade, gemischt mit der köstlichen Bitterkeit des Kaffees.

»Wow. Ich mag das.«

Nox lächelte und die vorübergehende Freude, die der Kaffee gebracht hatte, wurde wieder gedämpft, als mich der Drang, ihn zu küssen, stark packte. Das muss sich in meinem Gesicht gezeigt haben, denn sein Lächeln entglitt ihm und ein angespannter Ausdruck ersetzte es.

»Um deine Frage zu beantworten, warum das passiert ist, ich weiß es nicht. Als Examinus mich verfluchte, sagte er mir nur, dass ich für meine Nachlässigkeit bezahlen würde. Was er getan hat, um mich zu bestrafen, habe ich hinterher selbst herausgefunden. Und seitdem hat er sich geweigert, mir etwas über den Fluch zu erzählen.«

Ein Hoffnungsschimmer flammte bei seinen Worten in mir auf.

»Also, ich schätze, das ist dann immer noch der Plan? Die Sündenblätter finden und hoffen, dass es den Fluch aufhebt? Und dann, wenn der Fluch weg ist, können wir vielleicht...« Ich brach ab und warf ihm einen Blick zu, von dem ich hoffte, dass er sagte, dass wir *wie die Karnickel vögeln*.

Er zögerte und ließ seinen Blick auf seinen Kaffee fallen, bevor er mich wieder ansah.

»Beth, ich bin ein anderes Wesen, wenn ich die Kontrolle über meine ganze Macht habe. Ich bin ein gefallener Engel, aber die Macht meiner Position als Herr der Hölle ist allmächtig. Es ist wahrlich die Macht eines Gottes.«

»Okay«, sagte ich langsam, unsicher, was er damit sagen wollte. »Haben Götter keinen Sex mit Menschen?«

»Das ist es nicht, was mich beunruhigt. Ich bin besorgt, dass du mich anders finden könntest. Du möchtest dann vielleicht keine Zeit mehr mit mir verbringen.«

Seine Stimme war ernster als ich sie je gehört hatte, und etwas zog sich in meiner Brust zusammen. Er dachte, ich würde ihn nicht wollen? Die Idee war lächerlich.

Dann jedoch dachte ich an ihn, hoch über der Themse, dunkel und schrecklich, Max schreiend vor ihm, während Ströme von gleißendem Feuer über seinen Körper liefen.

Das war nicht sexy. Nicht im Geringsten.

Ich nahm noch einen langen Schluck von meinem Getränk.

»Glaubst du, Examinus würde dir sagen, warum ich jetzt etwas von deiner Kraft habe, wenn du ihn fragen würdest?« Nox schnaubte.

»Nein. Er würde mich auslachen.« Hass durchzog seine abgehackten Worte.

»Erzähl mir von ihm.«

»Die Götter leiden unter ewiger Langeweile. Examinus ist einer der Schlimmsten. Er kämpft ständig mit den anderen. Und er interessiert sich schon seit einer langen Zeit für mich, weil ich so stark war. Ich war eine Waffe, die er mit großer Wirkung einsetzen konnte.«

»Deshalb hat er dich also bestraft, weil du deine

Macht aufgegeben hast? Weil er dich nicht mehr als Waffe benutzen konnte?«

»Ja. Er hat sein mächtiges Haustier verloren. Wenn es stimmt, was er sagt, dass die anderen Götter meine Brüder benutzen, dann könnte er jetzt zum ersten Mal seit langer Zeit meine Kraft brauchen.«

»Warum sollte ein Gott Hilfe brauchen?«

»Es gibt viele Götter, und sie können nicht alle allmächtig sein. Sie würden alles zerstören. Sie haben alle eine Schwäche.«

Ich nickte. Die Idee von mehreren gelangweilten Göttern, alle mit Schwächen, hätte nicht weiter von dem christlichen Ein-Schöpfer -Modell entfernt sein können, mit dem ich aufgewachsen war. Aber ich trank magischen Kaffee mit dem Teufel in einem versteckten unterirdischen Markt voller Nicht-Menschen, also nahm ich an, dass es alles auf eine eigene Art logisch war.

»Wenn du die Kontrolle über all deine Sünden zurückbekommst, wie er es dir aufgetragen hat, und du ihm dann hilfst, gegen die anderen Götter zu gewinnen, denkst du, dass er dir im Gegenzug helfen könnte?« Nox Augenbrauen hoben sich fragend.

»Wie das?«

»Du könntest ihn fragen, ob du einige der schlimmsten Teile deiner Rolle abgeben kannst. Gib sie an jemand anderen ab.«

»Examinus ist kein Freund von mir. Ich bin wirklich kaum mehr als ein Spielzeug für ihn.« Zum ersten Mal an diesem Tag spürte ich eine wütende, prickelnde Hitze von Nox ausgehen. Ich drehte meine Hand unter seiner und schlang meine Finger um seine warme Haut.

»Vielleicht ergibt sich eine Gelegenheit, mit ihm zu verhandeln. Wenn er seinen Krieg nicht ohne dich gewinnen kann, dann hast du mehr Bedeutung als ein bloßes Spielzeug.« Nox sah mich an und legte den Kopf leicht schief.

»Vielleicht«, sagte er langsam. Ich konnte sehen, dass er nicht überzeugt war, aber er dachte zumindest über meine Worte nach.

Wir saßen ein paar lange Momente schweigend da und ich nutzte die Zeit, um zu überlegen, ob meine neuen Geisterflügel unseren unmittelbaren Plan änderten, abgesehen von der Entfernung dessen, was meine neue Lieblingsbeschäftigung hätte sein können.

»Kann ich dich noch eine Sache fragen?«, sagte ich schließlich. Sein Blick fiel auf meinen und ich hatte das Gefühl, dass er genauso in Gedanken versunken war wie ich.

»Du kannst mich unbegrenzt viele Dinge fragen.« Sein lässiger Ton war wieder da, und seine Verärgerung über Examinus war scheinbar abgeklungen.

»Wirst du mir immer noch helfen, meine Eltern zu finden, wenn das alles vorbei ist?«

»Natürlich.«

»Dann ändern diese Flügel nichts«, sagte ich fest. »Wir finden deine Sünden, wir helfen deinem mürrischen Gott, und dann finden wir meine Eltern.«

VIER

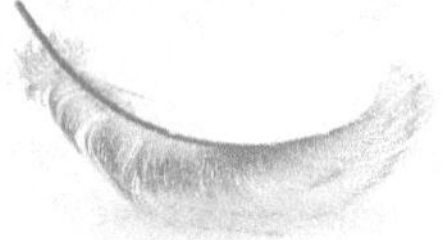

NOX

Ich ging ein paar Schritte hinter Beth, als sie sich durch Solum schlängelte und mit großen Augen alles anstarrte, das wir passierten.

Es war keine Lüge gewesen, dass ich bereitwillig Teil meiner Macht aufgegeben hätte, um die letzte Nacht mit ihr zu verbringen. Ich hatte mich in ihren Armen zum ersten Mal seit Jahrzehnten wieder wie ich selbst gefühlt. Tatsächlich hatte ich mich besser als je zuvor gefühlt, als ob das Ablegen ihrer Hemmungen mich körperlich und geistig gestärkt hätte.

Aber jetzt... Ich starrte auf die schwach leuchtenden Flügel auf ihrem Rücken. Sie konnte sie nicht mehr sehen, seit sie an diesem Morgen erschienen waren. Ich bezweifelte, dass irgendjemand sonst auf dem Markt sie sehen konnte. Aber ich konnte es.

Der Gedanke an meine dunkle Macht, die ihr Inneres befleckte, ließ Wut in meinem Bauch aufsteigen. All die Kraft, die mich durchströmte, als ich mich in glückseliger Ekstase mit Beth in den Laken bewegte, hatte mich jetzt verlassen und ich war nur noch einen Bruchteil schwächer als noch am Tag zuvor. Und dieser Bruchteil an Kraft lebte nun in Beth.

Ich war ein Engel, geschaffen, um kolossale Magie zu beherbergen und zu kontrollieren. Beth war ein Mensch. Ich hatte keine Ahnung, was die Magie des Teufels mit ihr anstellen würde.

Examinus war daran schuld, und wenn auch nur ein einziges Haar auf ihrem Kopf zu Schaden kam... Wut brodelte in mir auf. Ich hatte Jahre damit verbracht, mich innerlich gegen den Gott aufzulehnen, der mein Leben versaut hatte. Aber ich konnte jetzt genauso wenig tun wie zuvor.

Selbst als ich all meine Kraft hatte, war Examinus stärker als ich.

Aber wenn ich meine ganze Kraft zurückbekäme, könnte ich wenigstens etwas Schaden anrichten. Beths Vorstellung, dass er mir jemals eine Bitte erfüllen würde, war gut gemeint, aber naiv. Sie hatte noch nie einen Gott getroffen.

Hoffentlich würde es nie dazu kommen.

Ich dachte an die Zeit zurück, als Examinus mich das letzte Mal zu sich gerufen hatte und an die Lüge, die ich ihm erzählt hatte. Ich hatte nicht die Absicht, meine Macht wiederzuerlangen. Ich hatte die Absicht, das Buch und die Seiten der Sünde wiederzuerlangen, aber nur, um sie wieder unter meiner verdammten Kontrolle zu haben. Meine Brüder konnten sich gegen mich verschwören, wie sie wollten - sie konnten mich nicht zerstören, auch nicht ohne meine ganze Macht. Und ich hatte keine Lust, in einen Krieg der Götter verwickelt zu werden.

Für einen schmerzhaft kurzen Moment in der letzten Nacht hatte ich nichts von der Verantwortung Luzifers tragen müssen und dafür all die Freude der Lust genossen.

Aber jetzt war auch das im Arsch.

Ich spürte, wie meine Fäuste vor Hitze brannten, als ich sie ballte.

Wenn der einzige Weg für mich, mit Beth zusammen zu sein, darin bestand, meinen Fluch aufzuheben und meine Macht und meine Verantwortung zurückzunehmen... dann stand ich vor einer verdammt schweren Entscheidung.

Ich kannte sie kaum, und sie war ein Mensch. Ich würde sie in einem Wimpernschlag überleben und die Last einer Million verdammter Sünder für alle Ewigkeit schultern müssen.

Aber als ich ihre Bewegungen beobachtete, ihr Lächeln sah, ihre Energie spürte... wusste ich, dass die Entscheidung nicht so einfach sein würde. Sie bedeutete mir etwas. Ich wusste nur nicht, was. Oder ob es wert war, meine Freiheit dafür aufzugeben.

FÜNF

Der glänzende gläserne Wolkenkratzer, der LMS Financial Services beherbergte, sah vollkommen langweilig aus im Vergleich zu dem magischen Basar, den wir gerade verlassen hatten. Ich starrte durch das Autofenster zu dem Gebäude hinauf, als Claude die Limousine am Bordstein zum Stehen brachte.

»Weißt du, du musst deinen neuen Job nicht heute beginnen. Ich würde es verstehen, wenn du dir den Nachmittag nehmen willst, um dich einzugewöhnen, an deine...« Nox hielt inne, und seine blauen Augen funkelten mit etwas Unidentifizierbarem, als er mich ansah. »*Neue Situation*«, beendete er.

Das *Neue* war, dass wir die Hände voneinander lassen mussten und ich hatte Flügel, die von Teufelsmagie angetrieben wurden. Bevor ich mich zum milliardsten Mal fragen konnte, wie ich in diese Situation geraten war, schüttelte ich den Kopf.

»Nein, ich will jetzt anfangen. Ich bin mir ganz sicher.«

Ich wollte auf keinen Fall nach Hause gehen und alleine sitzen und über all die Dinge nachdenken, die ich vielleicht nie wieder mit Nox erleben würde. Es wäre eine Qual. Je eher wir die verlorenen Sünden fanden und seinen Fluch aufhoben, desto eher würde ich herausfinden, wie anders er war, wenn er all seine Macht hatte. Und desto eher könnte ich meine Eltern finden.

Nox nickte.

»Wie du willst.«

Ich konnte nicht umhin zu bemerken, wie die Leute Nox ansahen, als ich ihm durch das Foyer seines Gebäudes zur Aufzugsbank folgte. Ich war in den letzten Jahren fünf Tage die Woche durch dasselbe Foyer gegangen, aber es fühlte sich wie eine ganz neue Erfahrung an, es an seiner Seite zu tun. Das abfällige Nicken, das ich sonst kassierte, wurde abgelöst von Blicken voller sehnsüchtiger Bewunderung, und das nicht nur in den Gesichtern der Frauen. Auch einige Männer schürzten ihre Lippen und ließen ihre Augenlider sinken, während sie ihn beobachteten.

Als wir allein im Aufzug waren, legte ich den Kopf schief und fragte ihn: »Machst du die Leute absichtlich scharf auf dich?«

Er drehte sich zu mir um, die Ränder seines Mundes hoben sich zu einem neckischen Lächeln.

»Nein. Aber vielleicht ist heute ein bisschen mehr Lustmagie an mir. Das könnte abfärben.« Verlangen rieselte durch meine Brust, als ich seine schönen Lippen betrachtete.

»Und warum ist das so?« Ich hätte nicht fragen sollen. Ich wusste, wie seine Antwort lauten würde. Ich wusste, wie ich mich dann fühlen würde.

»Weil ich die beste Nacht meines verdammten Lebens hatte, vor acht Stunden«, knurrte er, und das dringende Bedürfnis nach ihm traf mich in meinem Innersten, wie ein physischer Schlag. »Es hat mich voll erwischt, Beth. Du hast meine Lust entfacht. Ich kann es in deiner Nähe nicht kontrollieren.« Licht tanzte in seinen Augen und ich war überwältigt von der Erinnerung daran, wie er mich ausfüllte, mich an den Rand meiner Grenzen drängte und mich dann lange genug an die Oberfläche zurückbrachte, um zu erfahren, was als Nächstes kommen würde...

»Deshalb starren sie mich alle an. Wegen dir.«

Ich küsste ihn, bevor ich mich zurückhalten konnte, und sein Mund traf den meinen. Heftig prickelnde Magie explodierte bei unserem Kontakt und seine starken Arme umfassten meine Taille. Eine Hand schob sich meinen Rücken hoch und drückte mich fester an ihn. Seine Zunge fand meine, heiß und hungrig, und schmerzend breitete sich das Verlangen in mir aus.

Irgendwo in weiter Ferne ertönte es ein Ping-Geräusch und dann ein lautes Husten. Ich trat zurück, halb keuchend, Lichter blinkten in meinem Blickfeld auf. Schuldgefühle und Verwirrung mischten sich mit ungezügelter Leidenschaft. Hat das Küssen mir Macht verliehen?

»Morgen, Chef.« Rorys Stimme riss mich zurück in die Realität und ich sah sie in der offenen Aufzugstür stehen. Ihr wunderschönes Gesicht war so ernst wie immer und ich strich unbeholfen meine Bluse glatt, während ich versuchte, Luft zu holen.

»Bitte bring Beth zu Malcolm. Sie arbeitet heute Nachmittag mit ihm.« Nox Stimme war heiser und angespannt. Ich wagte es nicht, ihn anzusehen, stattdessen blieb mein Blick auf den wütenden Kobold gerichtet.

»Ja, Chef. Folge mir.« Sie wirbelte herum und ihre Absätze klackten auf den Marmorfliesen. Ich eilte ihr hinterher und blickte nur lange genug zurück, um einen Blick von Nox zu erhaschen, der mein Höschen in Brand hätte setzen können.

Guter Gott, das würde nicht einfach werden.

»Also«, sagte ich, als ich hinter Rory her trabte. »Hattest du, ähm, ein schönes Wochenende?«

»Nein.«

Sie drehte sich nicht um oder wurde langsamer, um ihre knappe Antwort zu geben, also sah sie mein Augenrollen nicht. Wir gingen einen Korridor entlang, den ich noch nie zuvor gesehen hatte, und ich bemerkte erst zu spät, dass ich nicht einmal wusste, in welchem Stockwerk ich mich befand. Die Wände waren schlicht und mit Milchglastüren gesäumt, aber es gab keine Fenster, aus denen ich sehen konnte.

Ich würde die unglückliche Rory fragen müssen, wo ich war. Wenn sie mir irgendeinen Scheiß erzählt, würde ich explodieren, beschloss ich. Das schien die einzige Art zu sein, wie sie kommunizierte.

»Wohin gehen wir?«

»War Nox auf dem Weg nach oben zu beschäftigt, um es dir zu sagen?«

»Offensichtlich«, antwortete ich und warf ihr ein sarkastisches Lächeln an den makellosen Rücken.

»Dies ist die Forschungsetage. Du darfst nur Räume betreten, die mit 6 beginnen. Die anderen sind gefährlich. Malcolm wird dein Kollege sein und dich einweisen. Also bitte ihn um Hilfe, nicht mich. Er ist in Raum 6B.«

»Arbeitest du auch auf dieser Etage?«

»Ich arbeite dort, wo ich gebraucht werde.«

Ich hoffte, Malcolm war weniger launisch als sie. Sie kam abrupt an einer mattierten Tür zum Stehen, an der auf einem silbernen Schild 6B stand.

»Die Toiletten sind hinter der Tür dort.« Sie zeigte ein Stück weiter den Gang hinunter zu einer mattierten Tür, auf der das Symbol für Damen zu sehen war.

»Okay. Danke.«

Sie antwortete nicht, sondern schritt einfach die Marmorfliesen hinunter.

Ich brauchte einen Moment, um mich zu sammeln. Wenn dieser Malcolm mein neuer Kollege werden sollte, dann wollte ich nicht, dass mein erster Eindruck der von jemandem ist, der gerade in einem Aufzug mit dem Chef herumgemacht hat und dann von einem Kobold drangsaliert wurde.

Als ich mir sicher war, dass ich mich unter Kontrolle hatte, klopfte ich, bevor ich die Tür aufstieß.

Der Raum war dunkel, beleuchtet nur von dem künstlichen Licht, das von etwa zehn Bildschirmen drang, die eine Wand bedeckten. Zwei Reihen von Schreibtischen verliefen über die gesamte Breite des Raumes, mit Blick auf die Bildschirme, und ein Mann saß in der Mitte von einem von ihnen. Vor ihm auf dem Tisch lag ein Laptop, eine Tastatur, eine Maus, ein Joystick und eine Menge anderer Technik, die ich in der Dunkelheit nicht erkennen konnte.

»Mach die Tür zu«, sagte er, ohne sich zu mir umzudrehen.

Ich tat es und schaffte es, mein Augenrollen zu unterdrücken. Es schien so, als ob Malcolm und Rory ihre Vorstellung von Höflichkeit teilten.

Sobald sich die Tür jedoch schloss, drehte er sich um, und ein Lächeln strahlte von seinem markanten Gesicht.

»Danke. Das Licht vom Korridor ist zu viel für meine Augen.«

Seine Haut hatte die gleiche Farbe wie die Bodenfliesen, ein grau-geädertes Weiß, und seine Augen waren rot umrandet. Vom Aussehen her erinnerte er mich an Madaleine, obwohl er nichts von ihrer kantigen, wütenden Aura ausstrahlte. Er war von schlanker Statur, hatte einen dunklen Haarschopf und trug ein T-Shirt mit einem Dinosaurier und der Aufschrift *Clever Girl*.

Ich zeigte auf sie und erkannte sie aus Jurassic Park.

»Ich liebe den Film «, sagte ich.

»Das Buch ist besser.«

»Wirklich?«

»Ja. Aber ich liebe beide.«

»Ich bin Beth«, sagte ich und ging zwischen den Tischen auf ihn zu. Seine Hand schoss warnend in die Höhe.

»Genug, Beth. Setz dich dort hin.« Etwas überrascht zog ich einen Stuhl zu mir und setzte mich. Er lächelte mich an. »Nach dem, was ich gehört habe, ist der Chef scharf auf dich, und ich glaube nicht, dass er allzu beeindruckt wäre, wenn ich dich beißen würde.«

»Mich beißen?« Mein Herz hämmerte schnell in meiner Brust.

»Ich sehe, Rory hat dich gut vorbereitet«, grinste er. »Ich bin ein Vampir. Keine hellen Lichter und komm mir nicht so nahe, dass ich deinen Herzschlag hören kann. Halt dich einfach an diese beiden Regeln und wir werden gut miteinander auskommen, Beth.«

SECHS

Ein Vampir.

Mein neuer Kollege war ein Vampir und niemand, einschließlich Nox, dachte daran, mir das zu sagen, bevor ich ihn traf.

Ich schluckte, als ich sein blasses Gesicht mit neuer Besorgnis studierte.

Sein Lächeln schwankte ein wenig.

»Ich nehme an, du bist neu im Reich des Schleiers?« Ich nickte. »Und Vampire?«

»Du bist mein Erster«, bestätigte ich. Sein Lächeln kehrte zurück.

»Okay. Lass mich nur ein paar Dinge klarstellen. Ich bin kein Raubtier. Ich meine, ich bin es natürlich, ich lebe von Blut, aber es ist keine Dracula-Situation. Ich trinke Tierblut. Ich jage keine unschuldigen Menschen oder so einen Quatsch.« Ich schenkte ihm ein schwaches Lächeln.

»Das ist gut zu wissen.«

»Ehrlich gesagt, das Bemerkenswerteste an mir sind nicht meine Reißzähne.« Ich hob meine Augenbrauen.

»Darf ich fragen, was das Bemerkenswerteste ist?«

»Hmmm, ich muss mich entscheiden zwischen meiner Liebe zu Dinosauriern und meiner Fähigkeit mit Technik umzugehen.« Ich blickte auf die Bildschirme, dann wieder zu ihm.

»Dinosaurier und Computer sind für mich viel einfacher zu verarbeiten als Vampirzähne«, sagte ich. »Nichts für ungut.«

»Du hast zu viele Filme gesehen.« Er zuckte mit den Schultern.

»Wegen der Sache mit dem nicht zu nahe kommen...« Ich warf ihm einen spitzen Blick zu. Wenn er nicht gefährlich war, warum musste ich dann Abstand halten?

»Ah. Ja. Gelegentlich kann mich das Geräusch eines menschlichen Herzens, das Blut pumpt, dazu bringen, die Konzentration zu verlieren.« Ich atmete tief und so unauffällig wie möglich ein. »Aber das passiert so gut wie nie. Trotzdem, es ist besser auf Nummer sicher zu gehen. Gut, bist du bereit für deine Einweisung?«

»Ähm...« Ich war nicht auf das vorbereitet gewesen, was mir in letzter Zeit widerfahren war. Wie furchteinflö-ßend war da im Vergleich ein Vampir-Dinosaurier? »Klar. Zeig mir, wo es lang geht, Malcolm.«

»Malc«, sagte er und drehte sich wieder zu seiner Tastatur. »Du kannst mich Malc nennen. Ich habe den Namen nach Ian Malcolm aus Jurassic Park gewählt.«

»Oh. Cool. Wie lautet dein richtiger Name?«

»Unmöglich, das auf Englisch auszusprechen«, sagte er und warf mir ein Grinsen zu. »Deshalb habe ich mir einen neuen ausgesucht.« Sein Lächeln war echt und ich entspannte meine Schultern, während ich meinen Notizblock aus meiner Tasche zog.

»Kannst du nur nachts rausgehen?«

»Ja. Und ich schlafe nur etwa eine Stunde am Tag. Ich bin fast die ganze Zeit hier.« Ich deutete auf die Bildschirme.

»Was ist das?«

»Feeds«. Von allen magischen Hotspots in London. Und auch ein paar aus dem Ausland. Morgen bekommst du einen neuen Laptop und ich werde ihn mit der Software bestücken, die du für die Recherchen brauchst, die der Chef erwähnte, die du machen sollst. Bibliothekszugang, Regierungsdokumente, Wache-Archive, alles.«

»Wache-Archive?«, fragte ich und entschied mich, die Tatsache zu ignorieren, dass ich Zugang zu Regierungsdokumenten haben würde. Das konnte nicht legal sein.

»Ja.« Er drehte sich langsam wieder zu mir um. »Du weißt von der Wache?«

»Ähm...«

»Wow. Ein echter Neuling. Lustig.« Er drehte sich um und gestikulierte auf den Bildschirm. Die Bilder veränderten sich, bis ein Bild über alle verteilt war. Ein marineblaues Logo, ein großes W mit gekreuzten Linien an den beiden äußeren Rändern des Buchstabens und einem blassen Blitz dahinter. »Die Wache ist für alles zuständig, womit sich die Götter nicht beschäftigen können. Was so ziemlich alles auf der Erde ist.«

»Nox sagte, dass es auf der Erde fünf Städte mit Magie gibt?« Mein Gehirn strauchelte leicht, als ich von der Erde sprach, als gäbe es noch einen anderen Ort, an dem Wesen existieren könnten.

»Ja. Und neunundneunzig Prozent der magischen Wesen halten zusammen, weil Magie die Magie nährt. Je mehr von uns da sind, desto besser funktioniert unsere Magie. Wenn wir uns ein Leben lang komplett von der Magie fernhalten, werden wir sie irgendwann verlieren. Für einige Kreaturen bedeutet das, dass sie sterben werden.«

Ich kritzelte in meinen Block. Das war neu für mich. Nox hatte gesagt, dass die Magie länger anhielt, wenn sie in der Nähe anderer Magie war, aber er hatte nichts davon erwähnt, dass sie komplett verloren ging.

»Die Wache kontrollieren die gesamte Magie, die den Schleier antreibt und halten uns vor nicht-magischen Menschen verborgen. Und sie haben Vollstrecker, die Wächter, die dafür sorgen, dass diese nichtmagischen Menschen nicht ausgenutzt werden. Ich meine, gegen einige von uns wären sie verdammt hilflos.« Rot leuchtete in seinen Augen für eine Sekunde auf und war dann verschwunden.

»Was hält die Wache davon ab, ihre Macht über magische Menschen zu missbrauchen?«, fragte ich.

»Die Götter.« Malc zuckte mit den Schultern. »Es ist ein gutes System. Es funktioniert. Gefährliche magische Wesen werden in Schach gehalten, und der Rest von uns bekommt reichlich Gelegenheit, unsere Gaben zu genießen.«

Ich beschloss, dass ich nicht fragen wollte, wie ein Vampir seine Gaben genoss.

»Nox sagte etwas von bestimmten Schleiernächten?«, sagte ich stattdessen.

»Ja. Und Orte wie Solum, wo wir wir selbst sein können. Die Wache nutzt ihre Magie, um all das möglich zu machen.«

»Ach so. Und du?« Ich hielt meine Nervosität aus meiner Stimme heraus, während ich ihn ansah. »Was machst du so?«

»Ich bin der Spion des Chefs. Ich behalte alles im Auge, damit er als Erster erfährt, wenn im Schleier etwas passiert, was nicht sein sollte. Ich denke, er mag es, informiert zu sein. Mit der Wache versteht er sich nicht immer so gut.«

»Warum nicht?«, fragte ich.

»Er war früher dafür zuständig.« Rory hatte das schon einmal angedeutet, erinnerte ich mich. »Er verließ den Posten abrupt, verbrachte die nächsten Jahrzehnte damit, Verwüstung anzurichten, und sie waren nie in der Lage zu beweisen, dass er es war. Er war zu mächtig und zu schlau, um erwischt zu werden.« Malc warf mir ein weiteres Grinsen zu. »Er ist eine Legende, um ehrlich zu sein.«

»Er ist der Teufel. Viel legendärer kann man nicht werden«, murmelte ich. Ich konnte mir gut vorstellen, wie Nox in den sechziger und siebziger Jahren in ganz London ein von Lust, Gier und Völlerei angefachtes Chaos verursachte. Und ein seltsamer Teil von mir wünschte sich, ich wäre dabei gewesen.

»Nun, er ist jetzt weniger unterhaltsam als früher. Jetzt kooperiert er mit ihnen und sie lassen ihn in Ruhe. Aber das hat ihn nicht davon abgehalten, ein Auge auf die Dinge zu werfen. Über mich.« Er gestikulierte stolz auf seine Bildschirme und sie aktualisierten sich wieder, jeder zeigte Aufnahmen von einem anderen Ort. Mindestens drei erkannte ich als Solum. »Und meine derzeitige Aufgabe ist es, nach jedem zu suchen, der Seiten der Sünde kauft oder verkauft, und die gefallenen Engel aufzuspüren, die sie genommen haben.«

»Findest du oft verlorene Leute für ihn?«

»Klar. Magische Menschen sind sehr gut darin, sich zu verstecken, deshalb ist es nicht immer einfach. Aber diese verdammten Zettel, die er zurückhaben will, sind es auch nicht.« Er schaute mich plötzlich mit roten Augen interessiert an.

»Warum? Hast du jemanden verloren?«

Ich öffnete meinen Mund, um es ihm zu sagen, aber Schuldgefühle ließen mich ihn wieder schließen. Ich hatte mit Nox vereinbart, dass wir zuerst seine verlorenen Sünden finden würden. Es war nicht richtig, meine Eltern schon nach einer Stunde nach Beginn der Arbeit zu erwähnen.

Ich zuckte mit den Schultern.

»Das kann warten. Also, Nox weiß, wem er seine Sünden gegeben hat, richtig?«

»Richtig«, sagte Malc und hielt seine Hand hoch, wobei er an seinen Fingern herunterzählte, während er sprach. »Er hat den Zorn an Madaleine abgegeben, aber sie hat ihre Seite verkauft. Der Typ, dem er Trägheit gegeben hat, ist vor Ewigkeiten verschwunden. Wir wissen, dass Stolz nach Singapur gegangen ist, und ich durchforste gerade alles, was wir haben, um herauszufinden, was er dort macht. Und Neid ist ein großer Social-

Media-Star, aber wir wissen nicht, wo sie tatsächlich lebt. Sie ist supergut darin, all ihre Spuren zu verwischen, die uns zu ihr führen könnten, und selbst ich komme nicht durch ihre Verteidigungsmauern, die sie im Internet um sich aufgezogen hat. Wir haben ein ganzes Team von Hackern mit dubiosen Hintergründen, die jetzt an ihr arbeiten.«

»Hast du versucht, ihr eine Nachricht zu schicken?«

Malc warf mir einen Blick zu.

»Ja. Wir bekommen die gleiche Antwort, täglich. *Verpisst euch*.«

»Oh. Meinst du, die alle haben noch ihre Seiten und nur Madaleine hat ihre verkauft?«

»Wir wissen es nicht.«

»Also, wie kann ich helfen?«

»Du kannst anfangen, die Transaktionen von allen Pfandleihern und Schwarzmarkthändlern, zu denen wir Infos haben, durchzusehen und alles Interessante zu markieren.«

Ich nickte. Es hörte sich nicht aufregend an, aber es klang nützlich.

»Und keine Sorge, es wird nicht erwartet, dass du den ganzen Tag in einem dunklen Raum arbeitest. Nox hat das Büro nebenan für dich einrichten lassen. Und ich werde die meiste Zeit per Videolink zugeschaltet sein, so dass du nicht die ganze Zeit auf dich allein gestellt sein wirst.«

Ich lächelte, erleichtert. Stundenlang im Dunkeln zu sitzen, war nicht gerade meine Vorstellung von einer tollen Arbeitsumgebung.

»Okay. Also, was soll ich...«

»Ooooh, warte mal, da kommt was rein.« Malc drehte seinen Stuhl von mir weg, und die Finger flogen über die Tastatur, als Ping-Geräusche ertönten. »Es ist ernst. Ein Mord. Ein übernatürlicher Mord...«

Die Bildschirme wechselten zu einem anderen Feed und ich sah körnige Überwachungsaufnahmen vor einem Wohnblock, der aussah, als wäre er in einer der raueren Gegenden der Stadt gelegen.

Plötzlich drangen Geräusche durch den Raum und ich erkannte, dass es Polizisten waren, die über Funkgeräte sprachen.

»Nein, er ist definitiv tot«, sagte eine weibliche Stimme. »Ein Krankenwagen ist nicht nötig.«

»Woher weißt du, dass es ein übernatürlicher Mord ist?«, fragte ich, und ein makabrer Teil von mir ist wahrlich interessiert. Es fühlte sich mehr wie eine Fernsehshow an als etwas, das tatsächlich irgendwo in London passiert.

»Ich kenne die Funkfrequenz der Wache «, sagte Malc und wackelte schelmisch mit den Augenbrauen. »Das sind Wächter, die da reden.«

Das statische Radioknistern zischte, dann kam wieder die weibliche Stimme durch: »...deutliche magische Rückstände gemeldet. Nein, wir brauchen bitte jemanden mit Erfahrung.«

Es gab eine Pause, dann antwortete eine männliche Stimme: »Banks hier. Beschreibung, bitte.«

»Menschlicher Mann, Kehle herausgerissen. Sieht nach einem Shifter aus, aber der magische Rückstand ist zu stark.«

Mein Interesse erlahmte, als mein Verstand ein

blutiges Bild zu den Worten der Frau erschuf. Das war echt. Keine Fernsehsendung. Einem Mann war die Kehle herausgerissen worden. Ich setzte mich in Bewegung und wollte gerade eine Entschuldigung vorbringen, dass ich auf die Toilette musste, als die männliche Stimme antwortete.

»Gut. Ich bin in Kürze da. Wissen wir, wer das Opfer ist?«

»Ja. Ein Alex Smith.«

Ich spürte, wie das Blut aus meinem Gesicht floss.

Mein Ex hieß Alex Smith.

Und er war auf der Flucht vor den Wölfen gewesen, als ich das letzte Mal meine Tür vor der Nase zugeschlagen hatte.

BETH

Galle stieg in meiner Kehle auf, ein säuerliches Brennen wanderte von meinem Magen den ganzen Weg durch meinen Körper, während ich auf den blutverschmierten Boden starrte.

Es war das Blut von Alex.

Überall auf dem ohnehin schon ekelhaften Teppich, auf der verblichenen Couch und an den schmutzigen Wänden.

Er war tot. Der Mann, mit dem ich einen kurzen, aber wichtigen Teil meines Lebens geteilt hatte, war tot.

»Beth? Willst du gehen?« Nox Stimme war leise, aber eindringlich und lenkte meine Aufmerksamkeit auf ihn, als er meinen Ellbogen berührte.

Ich schüttelte den Kopf, unwillig meinen Mund zu öffnen. Der metallische Gestank des Blutes war so stark, dass ich überzeugt war, es zu schmecken, wenn ich es tun würde. Noch mehr Übelkeit zerrte an mir, aber das Schwindelgefühl, das ich erlebt hatte, als ich Sarahs Körper fand, war seltsamerweise nicht vorhanden.

Nox hatte uns sofort hierhergebracht, als Malc ihm davon erzählt hatte. Und es war keine Frage gewesen, dass es Alex war. Mein Alex. Mein Ex-Alex.

Er mag ein riesiges Arschloch gewesen sein, aber ich war mir sicher, dass er es nicht verdient hatte... was auch immer zur Hölle so viel Blut verursacht hatte.

Hitze brannte auf der Rückseite meiner Augenlider. Ich war nicht traurig darüber, ihn zu verlieren. Ich hatte nicht die Absicht gehabt, diesen Mann jemals wiederzusehen. Aber der Gedanke daran, wie er gelitten hatte, war trotzdem erschütternd.

»Miss Abbott, Mr. Nox.« Ein Mann trat vor uns, und ich konzentrierte mich auf ihn. Es waren viele Polizisten in der winzigen Wohnung und Leute in weißen Schutzanzügen, die gerade einen Leichensack herausgerollt hatten, als wir angekommen waren. Aber dieser Mann war einer von nur zwei in einem normalen Anzug und Krawatte. Er hatte warme braune Augen, die echte Trauer über die Situation auszudrücken schienen, und ordentlich gekämmtes Haar, das zu seinem ordentlich gestutzten Bart passte.

»Ich bin Banks und ich gehöre zur Wache.« Er sprach zu Nox und warf mir regelmäßige, beruhigende Blicke zu. Ich muss so erschüttert ausgesehen haben, wie ich mich fühlte. »Eine Inspektorin Singh von der menschlichen Mordkommission wird in Kürze hier sein und ich werde mich mit ihr in dieser Sache in Verbindung setzen.«

»Es ist also eine übernatürliche Tötung?« Nox Stimme war tief und von einer Kraft durchzogen, die sich von dem versöhnlichen Ton des Aufsehers abhob.

»Ja. Hier wurde ein starker magischer Rückstand entdeckt.«

»Ich spüre nichts«, sagte Nox.

»Es verblasste schnell. Wir haben Sprites, die alle Morde in London innerhalb weniger Augenblicke überprüfen, und hier war etwas Mächtiges, bevor er getötet wurde.«

»Kein Shifter?«

»Nein. Warum?« Banks verengte seine Augen leicht auf Nox. Er würde keine Ahnung haben, dass wir ihn vorhin über Funk gehört hatten, wenn Malcs Hacking so effektiv war, wie er behauptete.

»Ich hörte jemanden sagen, dass ihm die Kehle herausgerissen wurde.«

»Und das letzte Mal, als ich ihn sah, sagte er, dass er von Wölfen gejagt wurde.« Meine Stimme kam heiser heraus, aber wenigstens war sie hörbar. »Ich habe ihn weggeschickt.«

Banks konzentrierte sich auf mich.

»Du bist seine Ex-Freundin?« Ich nickte.

»Ja. Wir haben uns nicht im Guten getrennt. Er hat meinen Fernseher gestohlen.«

»Wusstest du, dass er hier wohnt?«

»Nein. Das letzte Mal, als ich ihn sah, fragte er, ob er bei mir bleiben kann. Um sich vor den Wölfen zu verstecken, die ihn jagen. Ich glaube, der Schleier war für ihn gelüftet worden und er begann, Magie zu sehen. Er war... durcheinander... verängstigt.« Ich schluckte, als mich noch mehr Schuldgefühle und Traurigkeit packten. »Denkst du, er hat gelitten?« Ich konnte das Wackeln meiner Stimme nicht verhindern, als ich die Frage stellte.

»Nein«, sagte Banks sanft. »Wenn ihm seine Kehle entfernt worden ist, ist er sehr schnell gestorben.«

Eine stumme Träne entkam meinem Augenlid und ich gab es auf, zu versuchen zu verhindern, dass weitere ihr folgten. »Gut. Ich habe ihn nicht gemocht, aber ich habe ihm nicht den Tod gewünscht.«

»Banks! Menschlicher Bulle hier für dich!«, schrie eine Stimme von der Tür.

»Entschuldigt mich einen Moment. Ich habe noch ein paar Fragen, macht es euch etwas aus, hier zu warten?«

»Wir werden hier sein«, antwortete Nox für mich.

Ich wandte mich von dem Blut ab, als Banks sich einen Weg aus der Wohnung bahnte. Eine winzige Küche befand sich an der gegenüberliegenden Wand und eine offene Tür daneben zeigte ein Schlafzimmer, das aussah, als hätte ein Tornado es zerrissen.

»Hat jemand etwas gesucht oder war er ein unordentlicher Mensch?«, fragte Nox leise. Er stand dicht bei mir, streckte aber nicht die Hand aus, um mich zu berühren oder zu trösten, und ich war dankbar dafür. Wenn er mich umarmte, würden die Tränen nur schneller laufen.

Außerdem war Nox mein neuer Liebhaber, auch wenn es verdammt kompliziert war. Es schien nicht richtig zu sein, ihn in der Wohnung meines toten Ex zu umarmen.

»Naja, bei mir hat er nicht aufgeräumt, also könnte er so gelebt haben, wenn er alleine war.« Ich zuckte mit den Schultern und schaute mich in der Wohnung um.

Überall, wo ich hinsah, waren Stapel von Sachen, die eindeutig nicht Alex gehörten. Der Boden war mit DVD-Stapeln übersät und auf dem Küchentisch standen

Dutzende von kleinen Schmuckschachteln. Eine große Büste eines bärtigen griechischen Gottes stand vor einem Bücherregal, das voll mit Handyschachteln war.

»Sieht so aus, als wäre er im großen Stil zum Dieb aufgestiegen«, murmelte ich und bewegte mich noch weiter vom Blut weg und näher zum Schlafzimmer. Designer-T-Shirts lagen mit billigen T-Shirts verstreut auf dem Boden und auch Hotelbademäntel und Spa-Slipper waren achtlos überall verteilt. »Woher hat er das ganze Zeug?«

»Die Frage ist eher von wem«, antwortete eine weibliche Stimme. Ich drehte mich um und sah Inspektor Singh mit Banks. Sie hatte einen leicht benommenen Blick auf ihrem sonst so scharfen Gesicht. »Es gibt eine Reihe von kleinen Dieben in diesem Teil Londons, für die er billige Sachen hat so aussehen lassen, als seien sie viel teurer. «

»Wir glauben nicht, dass dies das Werk eines Kleinkriminellen war«, antwortete Banks ruhige Stimme. »Es war mächtige Magie im Spiel.« Singh runzelte die Stirn.

»Alex Smith war nicht schlau genug, um in etwas Aufregenderes als einen kleinen Diebstahl verwickelt zu sein.«

»Er war nicht dumm«, warf ich ein. »Faul und unehrlich, aber nicht dumm.«

»In was auch immer er verwickelt war, wurde er getötet, von jemandem oder etwas Mächtigem, und wir werden der Sache auf den Grund gehen«, sagte Banks. »Nun, Miss Abbott, können Sie mir sagen, wo Sie im Laufe des heutigen Tages gewesen sind?«

Beklemmung kroch meinen Körper hinauf und als

Nox Hand sich um meine schloss, war ich erleichtert und all meine früheren Bedenken, mich von ihm in Alex Haus trösten zu lassen, waren verschwunden.

»Bin ich eine Verdächtige?«

»Nein. Du verfügst über keine Magie. Aber ich brauche die Information trotzdem. Genauso wie ich sie von Mr. Nox brauche.« Der Wächter konzentrierte sich auf Nox, und Singhs Blick folgte ihm. Ich sah, wie sich ihre Augen weiteten, als eine langsame, rollende Hitze von dem Mann ausging, der neben mir stand. Von dem *gefallenen Engel*, der neben mir stand.

»Mein Verbleib geht dich nichts an«, knurrte Nox Banks an. Sein Griff festigte sich um meine Hand und mein Magen drehte sich erneut um.

»Wir waren heute Morgen zusammen in Solum«, platzte ich schnell heraus. Wenn Nox jetzt auf einen Egotrip geht, würde das nichts bringen und uns nur so aussehen lassen, als hätten wir etwas zu verbergen.

Banks sah mich an und ich konnte das Unbehagen unter seiner ruhigen Fassade sehen. Nox machte ihm Angst. Zur Hölle, Nox machte jedem Angst.

»Solum?«, fragte er milde.

»Ja. Nox hat mir Solum gezeigt. Wir haben Kaffee getrunken.« Den Besuch beim Flaschengeist ließ ich aus. »Dann sind wir zurück ins Büro gegangen.«

»Und ihr wart von da an zusammen?«

»N... nein. Wir haben auf getrennten Etagen gearbeitet.«

»Und wie seid ihr so schnell hierhergekommen?«

»Ich habe einen Anruf erhalten«, sagte Nox mit harter Stimme. Noch mehr Hitze wallte von ihm ab, und sein Griff hatte sich nicht gelockert. »Wie du sicher weißt, habe ich außergewöhnlich gute Verbindungen.« Die Drohung war klar. *Leg dich nicht mit mir an.*

»Bist du über alle Morde in London informiert?« Banks Tonfall war unschuldig, aber die Andeutung war klar.

»Alle, die mit mir oder mit Wölfen zu tun haben, ja.« Nox zischende Antwort überraschte mich.

»Wölfe?«, fragte ich, bevor ich es verhindern konnte.

»Seit Alex dir erzählt hat, dass er von Wölfen gejagt wird, habe ich ein Auge auf ein besorgniserregendes Rudel im Norden Londons geworfen.«

»Warum?«, fragte ich zur gleichen Zeit wie Banks.

»Ich traue ihnen nicht.« Nox sah den Wächter direkt an. »Ich werde dir die Informationen geben, die ich über das Rudel habe. Wir werden jetzt gehen. Wendet euch an meine Assistentin, wenn ihr noch einmal mit mir oder Miss Abbott sprechen wollt.«

Er drehte sich um und zerrte mich hinter sich her. Die Schwaden aus dunkelrotem Blut waren nur noch ein verschwommener Fleck in meiner Wahrnehmung, als ich aus dem Raum gefegt wurde.

Ich schnappte nach Luft, als wir nach draußen traten und achtete darauf, nicht auf den Krankenwagen zu schauen, in dem Alex Leiche liegen musste.

»Du solltest nach Hause gehen. Schlaf ein wenig. Du hast in der kurzen Zeit viel zu verarbeiten gehabt.« Nox drehte sich zu mir um, während er sprach, und sein Ausdruck war weicher als sein Ton.

»Du bist wütend«, sagte ich. Es war nicht wirklich das, was ich sagen wollte, aber die Worte kamen trotzdem aus meinem Mund.

Immer noch meine linke Hand in seiner rechten umklammernd, hob er seine andere und wischte eine fast getrocknete Träne von meiner Wange.

»Ja.«

»Warum?«

»Aus vielen Gründen. Ich mag es nicht, dich weinen zu sehen. Ich mag die Andeutung nicht, dass ich etwas damit zu tun haben könnte. Ich mag Banks nicht.« Er hielt inne und Licht flackerte in seinen stechenden Augen auf. »Und ich mag den Gedanken nicht, dass du mit jemand anderem zusammen warst.« Ich blinzelte.

»Wirklich?«

»Ja.« Seine Stimme hatte etwas von einem Höhlenmenschen an sich, aber seine Augen wurden weicher. »Das ist nicht der richtige Ort oder Zeitpunkt, um dieses Gespräch zu führen«, murmelte er und ich hatte das Gefühl, dass er eher mit sich selbst als mit mir sprach.

»Ich habe Alex schon lange nicht mehr geliebt«, sagte ich leise. »Nicht wirklich. Aber es ist nicht einfach, sich das einzugestehen.«

»Ich weiß. Geh nach Hause. Claude wird dich fahren. Wenn du morgen arbeiten willst, sehe ich dich dann. Wenn nicht, verstehe ich das.«

Ich nickte. Er hatte Recht. Ich brauchte wirklich etwas Zeit für mich allein.

Meine Wohnung fühlte sich merkwürdig an, als ich sie betrat. Seltsam auf eine gute Art, dachte ich. Ich legte meine Handtasche vorsichtig auf dem Tresen ab und machte mich auf den Weg zum Kühlschrank, um nach Wein zu suchen.

Mit dem Glas in der Hand ließ ich mich auf die Couch fallen und starrte auf den Platz, wo früher der Fernseher stand. Es war eine seltsame Erinnerung an Alex, und meine Kehle schnürte sich zusammen.

Ich meinte es ernst, was ich zu Nox gesagt hatte, ich hatte ihn schon lange nicht mehr geliebt. Aber er war mein Freund, mein Gefährte und eine konstante Präsenz in meinem Leben für eine beträchtliche Zeitspanne, und obwohl verdammt viel passiert war, seit ich ihn gebeten hatte, auszuziehen, war es wirklich noch nicht sehr lange her.

Ich nahm einen Schluck Wein, schloss meine Augen und lehnte meinen Kopf zurück. Ich musste mir den schrecklichen Gedanken eingestehen, der in meinem Hinterkopf lauerte und an mir zerrte. Ich beschloss, mich ihm zu stellen und ließ die Frage in meinen Kopf eindringen.

Hatte Alex wegen mir mit der Welt des Schleiers und der Magie und vielleicht auch den Wölfen zu tun?

War er meinetwegen tot?

Er schlief schon seit Monaten mit Sarah, jemandem mit Magie, bevor ich je von der Existenz von Magie gewusst hatte, erinnerte ich mich. Ich spürte, wie sich mein Griff um das Weinglas verkrampfte, als ich über diese Tatsache nachdachte, und holte tief Luft.

Seine Wohnung war voll von gestohlenem Zeug und ich kannte überhaupt keine Wölfe.

Ich hatte nichts damit zu tun, dass der Schleier für ihn gelüftet wurde.

Alex hat sich selbst in das hineingeritten, was auch immer es war, das ihn getötet hatte. Nicht ich.

Ich wiederholte den Gedanken laut, setzte mich aufrecht hin und öffnete meine Augen.

»Alex hat sich das eingebrockt. Es war nicht meine Schuld.« Ich nickte und nahm einen weiteren Drink.

»Nichts hat sich geändert. Mein Auftrag ist noch immer derselbe: Finde die gestohlenen Sündenblätter, hebe den Fluch von Nox auf und finde meine Eltern. Habe keinen Sex und stehle nicht versehentlich Teufelskraft, die du nicht benutzen kannst.«

Verdammt!

War das erst der Anfang? Wie verrückt würde mein Leben noch werden, jetzt, wo Nox ein Teil davon war?

Der Gedanke an ihn ließ mich einen weiteren Schluck Wein nehmen.

Jeder Teil von mir wusste, dass er gefährlich war. Die besitzergreifende Art von vorhin hatte mich überrascht. Er war so besitzergreifend gewesen, wie in der Nacht, die wir zusammen verbracht hatten, aber aus irgendeinem Grund hatte ich das außerhalb des Schlafzimmers nicht erwartet. Ich fragte mich, ob das daran lag, dass ein Teil von mir immer noch davon überzeugt war, dass er meiner überdrüssig werden würde oder das Interesse verlieren würde, jetzt, da er bekommen hatte, was er wollte.

Aber er hatte das Interesse noch nicht verloren.

War das so, weil ich seine einzige Option war?

Warum, warum, warum war ich die einzige Person, mit der er zusammen sein konnte?

Ich stöhnte, sackte nach hinten und verschüttete fast meinen Drink.

Seit Tagen fragte ich mich das Gleiche und weder der Flaschengeist noch Nox wussten es, niemand wusste es. Vielleicht wusste Nox Gott, Examinus, etwas, aber Nox würde ihn sicher nicht fragen.

Ich zwang mich, mir die Gesichter meiner Eltern vorzustellen. Hoffnung flackerte in mir auf, erhellte alles und zwang die dunklen Gedanken, die ich normalerweise mit ihnen verband, in den Schatten zu treten.

Ich hatte endlich die Chance, sie zu finden. Ich musste mich darauf konzentrieren.

BETH

Mein erster Gedanke am nächsten Tag, als ich aus einem unruhigen Schlaf erwachte, war das Blut, das überall in Alex Wohnung verspritzt war. Das Bild blieb an mir hängen, während ich duschte, und egal wie sehr ich schrubbte, ich fühlte mich trotzdem unruhig und schmutzig.

Ich war viel früher aufgewacht als sonst und fand mich bald mit Gummihandschuhen und Scheuermittel in meinen Händen wieder. Ich machte mich daran, meine Wohnung von oben bis unten zu säubern, als ob die Sauberkeit meiner eigenen Wohnung die Schrecklichkeit von Alex Wohnung auslöschen würde.

Jede einzelne Oberfläche war blitzblank, als ich zur Arbeit aufbrechen musste, aber das ungute Gefühl hatte nicht nachgelassen.

»Morgen, Malc«, sagte ich, als ich das betrat, was ich eher für seinen Unterschlupf als sein Büro hielt.

»Für mich ist es kein Morgen«, grinste er. Ich war dieses Mal vorsichtig mit der Tür, klopfte an und schloss sie dann schnell hinter mir.

»Oh.« Ein Gedanke kam mir in den Sinn. »Trinken Vampire Kaffee?«

»Nö.«

»Okay.«

»So. Du hattest also einen anstrengenden Abend.« Seine lebhaften Augen fixieren meine.

»Alex Smith ist mein Ex-Freund«, sagte ich. Er würde das schon wissen, aber ich hatte das Gefühl, dass ich es besser selbst noch einmal zugeben sollte.

»Weißt du, ich glaube nicht, dass es Wölfe waren.«

»Wirklich?« Malc schüttelte vehement den Kopf. »Auf keinen Fall würden sie Banks schicken, wenn es Shifter wären. Es sei denn, es ist ein verdammt großer Shifter mit Megakräften.«

»Ist Banks ein wichtiger Mann?« Meine Nervosität ließ mich auf meinem Sitz hin und her zappeln. Dass Singh dachte, ich sei des Mordes schuldig, war schon schlimm genug. Eine Morduntersuchung durch einen übernatürlichen Cop wäre noch schlimmer. *Diesmal denkt niemand, dass du es warst*, sagte ich mir. *Du hast keine Magie.*

»Er ist schon eine Weile da. Und er bewegt sich zwischen Städten hin und her, was die meisten Übernatürlichen nicht tun.«

»Kennt Nox ihn?« Ich hatte angenommen, dass er ihn nicht kennt, aber sein Kommentar, dass er Banks nicht mag, würde mehr Sinn ergeben, wenn er ihn kennen würde.

»Er wird eine Menge *über* ihn wissen.« Malc zuckte mit den Schultern. »Ich weiß nicht, ob sie sich schon einmal getroffen haben. Wie ich schon sagte, neigt der Chef dazu, sich in diesen Tagen aus den Angelegenheiten der Wache herauszuhalten. Also, willst du in dein Büro gehen und anfangen, dieses verlorene Buch aufzuspüren? Ich werde dich in zehn Minuten per Videokonferenz anrufen.«

Ich war noch nicht in dem Büro nebenan, das mir zugewiesen worden war, und ich war erleichtert, als ich die Tür aufstieß und Licht hereinfluten sah.

Sehr viel Licht. Der Raum war klein, nur groß genug für einen Schreibtisch in der Mitte und einen Stuhl auf jeder Seite, aber die hintere Wand war komplett aus Glas. Ich trat an sie heran und starrte über den Fluss hinaus. Die schimmernde Form vom Shard ließ all die anderen massiven Glasgebäude winzig erscheinen.

»Das ist fantastisch«, hauchte ich. Ich meine, die Aussicht von meiner alten Etage war gut, wenn man sich genau ans Fenster stellte, aber ich hatte noch nie ein eigenes Büro gehabt, von dem aus ich darauf starren konnte. Irgendwie fühlte es sich wie meine eigene persönliche Aussicht an.

Mit einem ruhigen Seufzer wandte ich mich wieder dem Schreibtisch zu. Ein Laptop war an einen Monitor angeschlossen und ich setzte mich davor.

Sobald ich eingeloggt war, erschien eine Einladung zu einem Videoanruf.

»Alles bereit? Sieht hell aus da drin.« Ich lächelte Malcs Gesicht auf dem Bildschirm an.

»Es ist hell. Ich mag es.«

»Gut. Gut, jetzt siehst du in deinem Menü ein Programm namens Tidaction. Öffne es. Die Suchmaschine ist etwas altmodisch und verdammt langsam, du musst also etwas Geduld mit ihr haben.«

Ich ging die Schritte durch, während er mich durch jedes der Programme auf dem neuen Laptop führte und mir Notizen machte, welches Programm am besten für verschiedene Arten von Informationen und alle gängigen Probleme geeignet war. Er war ein guter Lehrer, enthusiastisch und engagiert, und ich brachte ihn nur einmal dazu, eine Pause zu machen, damit ich Kaffee nachfüllen und die Toilette benutzen konnte. Bis zur Mittagspause hatte ich eine ziemlich grundlegende Vorstellung von der Technik und ich fing an, mich darauf zu freuen, Detektiv zu spielen.

»Also«, sagte ich und schluckte einen großen Bissen des Schinkensandwiches herunter. »Du hast gesagt, ich soll damit anfangen, Pfandleiher und Schwarzmarkthändler zu überprüfen?«

»Ja. Für alles, was mit Büchern zu tun hat, oder mit den Papierbögen. Dann kannst du mit den anderen Programmen nach allem suchen, was der Händler angeblich verkauft hat. Schau, ob es richtig aussieht oder nicht.« Ich nickte.

»Glaubst du, dass jemand das Buch verkaufen würde?« Malc schnaubte und bestätigte damit, dass er dasselbe dachte wie ich.

»Niemand riskiert es, dem Teufel das verdammte Buch der Sünden zu stehlen, nur um es zu verkaufen.«

»Was glaubst du denn, wofür sie es brauchen?«

»Es kann nichts Gutes sein«, antwortete er. Ich dachte darüber nach, was Nox über seine Brüder gesagt hatte, die sich gegen ihn verschworen hatten.

»Vielleicht ist es einer der Leute, die eine der Sünden bekommen haben, der sie nicht zurückgeben will.« Das ergab für mich den meisten Sinn.

»Das sind keine Menschen, Beth. Es sind gefallene Engel, und sie sind verdammt mächtig. Stört es dich, wenn ich fluche?« Er hob seine blassen Augenbrauen und schaute mich durch die Kamera an. Ich konnte mir ein Glucksen nicht verkneifen.

»Nein. Erzähl mir mehr über das Buch. Haben die Götter es Nox gegeben?«

»Nein, Nox hat es selbst gemacht.«

»Oh. Warum?«

»Ich weiß es nicht. Ich weiß nur, dass das Buch fast so alt ist wie er selbst.« Ein Gedanke kam mir in den Sinn.

»Wie alt bist du, Malc?«

»Einhundertsechs.«

Ich nickte und versuchte, mein Einatmen zu verbergen. Es gab definitiv einige Dinge im Schleier, an die ich mich erst gewöhnen musste. Vielleicht machte es mein ganzes Leben, in dem ich Filme und Fernsehen mit Spezialeffekten gesehen hatte, einfacher, Menschen mit blauer Haut oder Flügeln zu akzeptieren, als jemanden, der so aussah und sich so anhörte wie ich, der über hundert Jahre alt war.

»Cool«, sagte ich. Malc warf mir einen schelmischen Blick zu, bevor er eifrig auf seiner Tastatur weitertippte.

»Ich lasse dich mit den Pfandleihern weitermachen. Lass mich wissen, wenn du mit irgendetwas Probleme hast.«

»Danke.«

Ich verbrachte den ganzen Nachmittag damit, mich in Listen von Transaktionen zu verlieren und alles nachzuschlagen, was sich so anhörte, als könnte es eine Sündenseite aus dem Buch des Teufels sein. Einige Male musste ich mich davon abhalten, mich in der Lektüre von Artefakten oder Büchern zu verfangen, die jenseits aller Vorstellungskraft klangen - wie ein Buch, das Häuser niederbrennen ließ, und eine Schriftrolle, die versuchte, Seelen zu essen.

Mein Telefon klingelte um fast fünf und mein Herz machte einen kleinen Hüpfer, als ich Nox Nummer sah.

»Hi«, sagte ich, als ich den Anruf entgegennahm.

»Banks und Singh sind in meinem Büro. Sie würden gerne mit uns sprechen.« Mein Hochgefühl sackte in sich zusammen.

»Ich komme sofort.«

NEUN

BETH

In der Sekunde, in der ich Nox sah, realisierte mein Körper und vielleicht auch ein unterbewusster Teil meines Gehirns, dass ich mehr als zwölf Stunden von ihm getrennt gewesen war und konnte diese Tatsache plötzlich nicht mehr ertragen.

Meine Beine trieben mich auf ihn zu, und Hitze strömte von meiner Brust durch meinen ganzen Körper. Seine Augen leuchteten, Hunger spiegelte sich in seinem Gesicht, als er sich aufrichtete. Nur sein riesiger Schreibtisch stand jetzt zwischen uns.

»Miss Abbott.«

Ich hielt in meiner Bewegung inne und nahm den Rest des Raumes auf.

»Mr. Banks«, bestätigte ich unbeholfen, als er aufstand und mir die Hand reichte.

»Warden Banks«, korrigierte er mich mit einem Lächeln. Es war nicht eines dieser einschüchternden oder herablassenden Lächeln, also lächelte ich zurück und schüttelte seine Hand.

»Klar. Tut mir leid.«

»Ich hatte gehofft, nicht mehr hierher kommen zu müssen«, seufzte Singh. Ich drehte mich um und sah, wie sie Nox Bücherregal untersuchte. »Hallo, Miss Abbott.«

»Hallo, Frau Inspektor.«

»Stellen Sie Ihre Fragen«, sagte Nox und unterbrach damit den Smalltalk. Er sah sauer aus, stellte ich fest, als ich mich mit dem Teil meines Gehirns auf ihn konzentrierte, der nicht direkt mit meinen Genitalien verbunden war.

»Also gut. Ich brauche mehr Details darüber, wo du am Tag des Mordes warst«, sagte Banks und setzte sich wieder auf den Gästestuhl. Singh kam hinter ihm zu stehen und ich schwebte unsicher zwischen ihnen.

»Wie Beth schon sagte, waren wir am Morgen in Solum und am Nachmittag hier.«

»Mit wem warst du am Nachmittag zusammen?«, fragte Banks.

»Rory.« In Nox Stimme lag eine Anspannung, die andeutete, dass selbst die knappen Antworten, die er gab, ein Kampf um Höflichkeit waren.

»Wir werden mit ihr reden müssen.«

»Gut. Inspektor Singh wird das aber nicht können, sie ist ein Kobold.«

Singh begann etwas zu sagen, schien es sich dann aber anders zu überlegen und schloss ihren Mund.

»Was ist die Art deiner Beziehung zu Miss Abbott?« Banks stellte die Frage so ruhig, dass ich ihn bewundern musste. Mit Nox, der mich anstarrte, als würde er gleich explodieren, wäre ich verdammt nervös gewesen so eine persönliche Frage zu stellen.

»Ich sehe nicht, inwiefern das für irgendetwas relevant ist.«

»Bitte, Mr. Nox. Ich will genauso wenig hier sein, wie Sie es wollen. Aber Sie müssen verstehen, warum ich hier bin.«

Nox knurrte, ein echter Tierlaut, und sowohl Singh als auch ich traten einen Schritt zurück.

»Mr. Nox, bitte. Ich bin sicherlich nicht hier, um Sie herauszufordern.« Ich ließ meinen Blick zwischen den Männern hin und her gleiten und versuchte herauszufinden, ob das stimmte. Wollte er Nox herausfordern? Oder machte er nur seinen Job?

»Beantwortet meine Fragen, und ich werde euch in Ruhe lassen.«

Ich beneidete ihn um seine Ruhe. Mein Herz hämmerte in meiner Brust. Ich hatte keine Ahnung, worüber sie sprachen, und war mir nicht sicher, ob ich es wissen wollte, aber es hatte Nox füllte den Raum mit seiner negativen Energie. Doch selbst ein winziges bisschen Kontrollverlust des Teufels war erschreckend.

»Miss Abbott ist meine Angestellte und enge Freundin.«

Meine Mitte zog sich zusammen, und es war ein unangenehmes, eisiges Gefühl, das die heiße Angst noch verstärkte. Was bedeutete das? *Mitarbeiter und enge Freundin?*

»Nox, Hatten Sie mit Alex Smith in irgendeiner Weise vor seiner Ermordung zu tun?«

Schatten wogten plötzlich von Nox Rücken und verschwanden fast so schnell wie sie aufgetaucht waren.

»Ich hatte überhaupt nichts mit ihm zu tun. Ich habe nie mit dem Mann gesprochen.«

»Du hattest kürzlich einen Diebstahl.«

»Das hat nichts mit dir zu tun.«

Die Hitze wurde unerträglich und ich zog an meinem Oberteil, das sich plötzlich unangenehm eng anfühlte und wünschte, mein Puls würde sich verlangsamen. Ich warf einen Blick auf Singh, die genauso unbehaglich aussah und anscheinend näher an die Tür gerückt war.

Banks räusperte sich.

»Max kannte Alex.«

Bei dem Namen des Mannes, der vor kurzem versucht hatte, mich zu töten, schlug mein Herzschlag einen weiteren Takt höher.

»Max hat Alex erwähnt«, stotterte ich. »Er war eifersüchtig, weil er...« Ich brach ab, weil ich nicht sagen wollte, dass er *mit Sarah schlief*.

Banks nickte.

»Ich fürchte, Mr. Nox, dass Sie und Miss Abbott eine ziemlich große Verbindung zu dem Opfer haben. Können wir jetzt mit Ihrer Assistentin sprechen?«

»Das darfst du. Hier entlang, bitte.« Rorys genervte Stimme kam aus dem Türrahmen und alle außer Singh sahen zu ihr auf.

Banks blickte zurück zu Nox, der starr wie eine Statue dastand.

»Danke für deine Zeit. Wir bleiben in Kontakt.«

. . .

Sobald die Polizisten durch die Tür verschwunden waren und Singh sichtlich erleichtert aussah. Als er ging, wurde der Raum von Hitze erfüllt.

»Nox«, begann ich und drehte mich zu ihm um, gerade als sein ganzer Arm in Flammen aufging.

Ich schrie auf und stolperte rückwärts, als seine Faust auf den schönen Holztisch knallte.

Schatten verdeckten seine normalerweise elektrischblauen Iriden und seine Flügel breiteten sich hinter ihm aus. Tiefschwarze Dunkelheit wirbelte über das schimmernde Gold.

»Nox«, hauchte ich erneut, sowohl erschrocken als auch hypnotisiert von dem flammenden Engel vor mir.

»Dieser Mann ist hier nicht willkommen.« Seine Stimme war rau und voller Kraft.

»Rede mit mir«, sagte ich, und meine Stimme war kaum mehr als ein Flüstern. »Und bitte, kannst du es weniger heiß hier drin machen.«

Seine schwarzen Augen fokussierten sich auf meine, und die Schatten begannen zu verschwinden, stattdessen flackerte helles Blau auf.

Die Flammen, die auf seinem Hemd brannten, erloschen und die Hitze ließ nach. Er hielt seinen brennenden Blick auf meinem, während ich einen tiefen Atemzug kühlerer Luft nahm.

»Sprich mit mir«, sagte ich wieder, und meine Stimme wurde fester. »Warum bist du so wütend?«

»Er denkt, ich hätte ihn umgebracht.«

»Warum? Warum denkt er das?« Ich hatte halb Angst zu fragen, aber ich musste es tun.

Die Hitze schwoll wieder an, aber ich behielt meine

Augen auf seine gerichtet, auch als ich in meiner peripheren Sicht Flammen aus seiner Brust aufsteigen sah.

»Du kennst nicht mein wahres Ich, Beth. Du kennst nur den Mann, der ich jetzt bin.«

Mein Herz schlug noch härter und mir war ein wenig schwindelig.

»Hast du Alex getötet?« Ich wusste, dass die Antwort *nein* war. Ich wusste es ganz sicher. Aber ich musste ihm meinen Standpunkt klarmachen.

»Natürlich nicht«, knurrte er.

»Dann ist der Mann, der du jetzt bist, alles, was mich interessiert.« Die Flammen in seinen Augen erloschen und verschwanden aus dem Blickfeld. »Der Mann, mit dem ich die Nacht verbracht habe, ist der Mann, der jetzt vor mir steht. Du hast mir gleich zu Beginn gesagt, wer du bist. Ich habe einen flüchtigen Eindruck von dem bekommen, wozu du fähig bist.« Ich schluckte. Ich wusste, was er hören wollte, was ich ihm sagen sollte, aber ich war mir nicht sicher, ob ich die Worte, die ich sagen wollte, wirklich meinte.

Ich sagte sie trotzdem.

»Ich komme schon damit klar.«

Sein Kiefer presste sich so fest zusammen, dass ich dachte, seine Zähne würden brechen.

Ich trat einen Schritt näher an ihn heran.

»Nox, ich schaffe das schon.«

»Das ist nicht der Punkt! Du hast das nicht verdient!« Ich zuckte zusammen, als er mich anschrie, aber ich blieb standhaft. »Beth, du bist das Licht, und ich bin die Dunkelheit. Du bist das Gute und ich handle mit dem Bösen. Ich möchte nicht, dass du von den schlimmsten Seiten von mir erfährst. Verstehst du das?«

Ich nickte. Und ich habe es verstanden. Ich würde auch nicht wollen, dass er die schlimmsten Dinge über mich erfährt. Und ich war nicht der verdammte Teufel.

»Dann werden wir nicht darüber reden. Wir werden den wahren Mörder finden und uns daran machen, deinen Fluch aufzuheben.«

Mehr blaues Licht erfüllte seine Augen, während sein Ausdruck weicher wurde. »Wenn wir meinen Fluch aufheben, werden wir gezwungen sein, darüber zu reden.«

»Dann werden wir uns unterhalten. Nicht jetzt.« Er legte den Kopf schief und atmete dann lange aus.

»Ich habe dich vermisst.« Mein Herz schwoll bei seinen Worten an und etwas von der Spannung, die mich ergriff, ließ nach.

»Ich habe dich auch vermisst. Ich habe nicht gemerkt wie sehr, bis ich dich gesehen habe.« Ich ließ meinen Blick von seinen Augen schweifen und stellte fest, dass er sich das meiste seines Hemdes vom Leib gerissen hatte. Das Adrenalin, das bereits durch mein System schwirrte, stieg an, als ich seine nackte Brust betrachtete.

»Bitte, setz dich «, sagte er mit einer unbeholfenen Förmlichkeit in seinem Ton.

Kein Sex, kein Sex, kein Sex. Formell war am besten, erinnerte ich mich.

»Kennst du Banks?«, fragte ich und nahm Platz. Ich spürte, wie ich mich ein wenig entspannte, als meine leicht zittrigen Knie mich nicht mehr aufrecht halten mussten.

Nox hatte einen Schrank geöffnet und nahm ein Hemd auf einem Bügel heraus. Vielleicht hat er es sich zur Gewohnheit gemacht, seine Hemden zu verbrennen, wenn ihm der Kopf danach stand.

»Nein. Aber ich kenne die Wache aus der Vergangenheit. Sie mögen mich nicht.«

Ich beschloss, dass Ehrlichkeit die beste Politik war und antwortete ihm wahrheitsgemäß.

»Ich weiß. Malc hat mir ein bisschen davon erzählt.«

»Ich bin sicher, er hat dir eine farbenfrohe Version erzählt hat«, murmelte Nox. Ich beobachtete, wie er sich der Überreste seines alten Hemdes entledigte und begann, sich das neue anzuziehen. Die Art, wie sich seine nackten, muskulösen Schultern bewegten, ließ mich einer Ohnmacht nahekommen.

»Ich will dir nicht sagen, was du tun sollst oder so«, sagte ich langsam. »Aber es könnte unser Leben einfacher machen, wenn du nicht jedes Mal ausrastest, wenn sie mit uns reden. Ich meine... ich habe bis vor kurzem mit Alex zusammengelebt, und er hatte eine Verbindung zu einem anderen Mord, in den wir verwickelt waren. Du kannst irgendwie verstehen, warum sie mit uns reden müssen.«

Nox hielt mit dem Rücken zu mir für einen langen Moment inne und drehte sich dann mit offenem Hemd zu mir um.

Ich schlug meine Beine übereinander.

»Ich glaube, dass dein Vorschlag, selbst aktiv zu werden, mir helfen wird, meinen Ärger einzudämmen.«

»Gut«, sagte ich.

»Und ich habe einen Hinweis auf eine der Sünden.«
Ich setzte mich aufrecht hin.

»Wirklich?«

»Madaleine hat angerufen. Sie behauptet zu wissen, wo Trägheit ist. Wir sollen sie heute Abend in einem meiner Casinos treffen.«

ZEHN

BETH

Es wird niemanden überraschen, dass Casinos keine Orte waren, an denen ich mich aufhielt. Ich hatte nicht genug Geld, um zu verlieren, um es auf Schwarz oder Rot setzen und zu riskieren zu verlieren.

Als ich aus dem Auto ausstieg und sah, wie imposant das Provoco Casino war, wusste ich sofort, dass ich underdressed war. Es war nicht einer dieser Orte, die Leuchtreklamen für Spielautomaten in den Fenstern hatten.

Das Gebäude dominierte eine ganze Ecke der Cranbourn Street und eine massive Glasmarkise im Stil der dreißiger Jahre bedeckte den riesigen Eingang.

Wir stiegen die polierten Stufen hinauf, und zwei gut gekleidete Männer öffneten uns die Tür.

Alle Leute, die sich in der großen Lobby tummelten, trugen entweder bodenlange Kleider oder sehr kurze sexy Kleider. Überall, wo ich hinschaute, trugen die Gäste Smokings oder Schmuck.

Ich hatte das an, was ich an diesem Tag im Büro getragen hatte.

Nox sah tadellos aus wie immer in einem marineblauen Anzug. Die Leute nickten ihm respektvoll zu, als er vorbeiging, und ich fragte mich, ob er es überhaupt noch bemerkte.

Der Ort strotzte vor Reichtum. Schick gekleidete Croupiers standen auf den glänzenden Kacheln hinter Dutzenden von Spieltischen, und die Spieler schoben große Stapel bunter Chips hin und her, als wäre das alles nur Spaß. Ich war mir nicht sicher, was ich erwartet hatte, als Nox sagte, dass wir ein Casino besuchen würden, aber ich hatte dieser Art der Monte-Carlo-Opulenz nicht erwartet.

»Hast du nicht gesagt, du verlierst jede Nacht dein ganzes Geld, weil du Gier hast?«, fragte ich Nox leise.

»Ja. Ich habe viele Firmen, die ich nicht selbst leite, damit das ganze Geld nicht verloren geht., Und die Besitzer bezahlen mich täglich.«

»Huh. Also gehört dir dieser Ort technisch gesehen nicht?«

»Nicht technisch, nein.« Seine Worte sagten das eine, sein Ton sagte das komplette Gegenteil. Er war hier genauso der Chef wie bei der LMS, unabhängig davon, wessen Name auf dem Papierkram stand, schätzte ich.

Als wir die andere Seite des Casinos erreichten, öffnete ein Mann im Anzug eine Tür für uns.

»Was möchten Sie trinken, Sir?«, fragte er.

»Meinen üblichen Whiskey. Und die Dame möchte einen Soixante Quinze.«

»Das ist der mit Champagner, richtig?«, flüsterte ich, als ich ihm durch die Tür folgte.

»Ja. Ich erinnere mich, dass es dir geschmeckt hat?« Er schaute mich selbstsicher an.

Die Feministin in mir sehnte sich danach, ihm zu sagen, dass ich meine Drinks selbst bestellen würde, vielen Dank. Der Rest von mir wusste, dass er absolut recht hatte, ich liebte es und ich hätte nie den Mut gehabt, es mir selbst zu bestellen.

»Ja. Danke«, sagte ich.

Wir hatten einen Raum betreten, in dem sich nur wenige Tische befanden. Als ich mich umsah, bemerkte ich, dass die Leute an ihnen noch feiner gekleidet waren als die im Hauptgebäude. Dann fiel mein Blick auf Madaleine und Cornu.

Sie stand auf, als sie uns sah. Sie schien nur die Hälfte ihres elfenbeinfarbenen Kleides zu tragen. Ich hatte immer gehört, dass man entweder einen tiefen Ausschnitt oder einen hohen Beinausschnitt wählen sollte, aber sie hatte sich für beides entschieden. Und wenn ich ehrlich war, sah sie umwerfend aus. Ihr weißes Haar war zu einem eleganten Hochsteckfrisur geflochten und sie lächelte, als wir uns näherten.

»Ich bin froh, dass du es geschafft hast, uns hier zu treffen.« Cornu grinste neben ihr und sah in seinem maßgeschneiderten schwarzen Anzug absolut scharf aus.

»Du brauchst mich nicht in meinem eigenen Etablissement zu begrüßen, Madaleine«, sagte Nox. Sie setzten sich beide auf Lederhocker an den mit Filz überzogenen

Tisch, also tat ich dasselbe, wobei ich mich ziemlich stark außerhalb meiner Komfortzone fühlte.

Ein Kellner kam mit unseren Getränken rüber und ich nahm meines dankbar an.

»Beth, spielst du?« Madaleine lehnte sich an Nox vorbei und richtete ihre Aufmerksamkeit auf mich.

»Ähm, was?«

»Poker. Texas holdem.«

Ich schüttelte den Kopf, und sie stieß einen dramatischen Seufzer aus.

»Ich kann nicht mit ihm spielen.« Sie nickte Nox zu. »Er kann nicht gewinnen.«

»Es ist wahr. Verflucht von der Gier. Aber ich kann Beth sagen, wie sie spielen soll«, sagte er. »Gib mir die Informationen, die du hast, und Beth wird mit dir spielen.«

Ein breites Lächeln kreuzte Madaleines Lippen, und in Nox Augen glitzerte die Herausforderung.

Nichts von dem Temperament und der Anspannung, die er vorhin an den Tag gelegt hatte, schien jetzt vorhanden zu sein und ich hatte den Eindruck, dass es heute Abend anders sein würde als bei meiner ersten Begegnung mit dem Engel des Zorns. Sie war heute nicht hier, um ihn zu bedrohen, oder umgekehrt. Sein aktueller Feind war die Wache, nicht Madaleine, und dies war der Beginn eines zaghaften Bündnisses.

»Abgemacht«, sagte sie. »Der Herrscher über die Trägheit betreibt ein Etablissement in Peckham. Es ist eine Art Rückzugsort, mit dem Versprechen, dass man während seines Aufenthalts überhaupt nichts tun muss.«

Nox gab ein dunkles Glucksen von sich.

»Das macht Sinn. Warum habe ich nicht schon früher davon gehört?«

»Ich glaube nicht, dass es erfolgreich genug ist, um auf dem Radar von irgendjemandem zu sein.«

»Ich nehme an, das macht auch Sinn. Faulheit würde sich kaum als anständiger Unternehmer eignen.«

»Cornu.« Madaleine schnippte mit den Fingern und er erschien über ihrer Schulter und reichte ihr ein gefaltetes Stück Papier. Sie reichte es Nox. »Die Adresse.«

»Ich danke dir. Ich nehme an, das bedeutet, dass du die Tatsache akzeptierst, dass ich die Seite des Zornes nicht zerstören werde, wenn ich sie wiedererlange?«

Ihr selbstbewusstes Auftreten versteifte sich, und ihre perfekten Lippen schürzten sich. »Ich befinde mich in einer Situation, in der ich dir vertrauen muss«, sagte sie.

»Gut. Ein Pakt mit dem Teufel ist bindend, das versichere ich dir«, lächelte Nox. Sein Lächeln schickte Ströme dieser köstlichen Zuversicht durch mich, auch wenn es nicht auf mich gerichtet war. Er genoss das, das wurde mir klar. Er hatte sie überlistet, und seine Macht färbte auf mich ab.

»Also, wie spielen wir Poker?«, fragte ich, beflügelt von dem Gefühl. Sie sahen mich beide an. Madaleines angespannte Miene entspannte sich.

»Oh, das wird ein Spaß«, strahlte sie.

Es stellte sich heraus, dass ich nicht gut im Pokern war. Ich verstand die Regeln schnell und die Hierarchie bei der Wertung der Karten machte intuitiv Sinn für mich, aber ich konnte nicht bluffen. Und um die Sache noch schlimmer zu machen, flüsterte Nox mir ständig Ratschläge ins Ohr. Er roch unfassbar gut und jedes Mal, wenn sein warmer Atem über meinen Hals strich, durchzuckte mich ein Kribbeln der Lust und brachte mich völlig aus meiner Konzentration.

»Ich glaube nicht, dass deine Freundin es in sich hat, zu bluffen«, sagte Madaleine, hielt ihre Karten dicht an ihr tiefes Dekolleté und nippte an ihrer Champagnerflöte.

Sie hatte recht. Ich spielte nur Karten, von denen ich wusste, dass ich sie gewinnen würde.

»Spielst du Cribbage?«, fragte ich hoffnungsvoll. Madaleine gab ein leises Lachen von sich.

»Ich spiele alles für Geld.«

»Und heute Abend wirst du gewinnen«, sagte Nox, als ich wieder einmal ausstieg.

»Jep.« Ich nickte und trank meinen Drink aus. »Ich bin raus. Ich will nicht noch mehr Geld verlieren.« Die Chips vor mir waren nicht meine, Nox hatte sie von einem anderen gut gekleideten Kellner herbeigeholt, aber trotzdem - ich wollte nicht noch mehr an Madaleine abgeben.

»Sehr gut. Das nächste Mal spielen wir Cribbage.« Ihre Augen leuchteten und zum ersten Mal fühlte ich mich nicht mehr ganz so eingeschüchtert von ihr. Tatsächlich fühlte ich mich ein wenig eifersüchtig. Sie hatte so viel Selbstvertrauen, so viel Feuer, so viel Frechheit in sich.

Ich brauchte etwas von diesem Funken für mich selbst. Ich wollte, dass das Gefühl, das Nox mir gab, dauerhaft ist.

»Du bist dran«, sagte ich ihr.

»Komm mit, Cornu«, sagte sie, stand auf und zeigte eine Ausdehnung von cremefarbener Haut, als der Schlitz in ihrem Rock aufging. Der Dämon sah sie an, als wolle er sie ganz verschlingen und bot ihr seinen Arm an. »Ich wünsche dir Glück mit Faulheit«, sagte Madaleine zu Nox. Er nickte ihr zum Dank zu und sie ging.

»Nun. Wir werden an deinen Pokerfähigkeiten arbeiten müssen.« Ich hob meine Augenbrauen.

»Warum? Ich habe nicht vor, es zur Gewohnheit werden zu lassen, zu spielen.«

»Nein?«

»Nein. Das ist nicht wirklich meine Szene.«

»Dir gefällt es hier nicht?«

»Das ist es nicht, genau. Ich passe einfach nicht... rein.«

Seine Hand bewegte sich zu meiner und strich über meine Fingerspitzen. Funken der Erregung schossen durch mich hindurch.

»Du kannst dich überall einfügen, wenn es das ist, was du willst.« Ich warf ihm einen Blick zu, während ich mich auf meinem Hocker hin und her bewegte.

»Du weißt so gut wie ich, dass das nicht wahr ist. Schau dir all diese Leute an.« Ich gestikulierte um uns herum. »Schau dir an, was Madaleine anhatte.«

»Du würdest in diesem Kleid zehnmal besser aussehen als sie.« Seine Stimme war tief und erregt und seine Augen verdunkelten sich vor Lust.

Ich wollte ihm glauben. Und sein klares Verlangen nach mir machte es ein wenig leichter.

»Wirklich?«

»Ja. Obwohl ich finde, dass du mit nichts an am besten aussiehst.« Er sprach langsam, und meine Augen fixierten seine sündhaft erregenden Lippen, als er die Worte formte. Hitze pulsierte durch meine Mitte und sammelte sich in meinem Inneren.

»Nox«, sagte ich, ein wenig atemlos. »Hör auf damit.«

»Womit aufhören? Zu versuchen, dich zu erregen?«

»Ja. Du weißt, dass wir nichts tun können.«

»Stimmt nicht. Wir können keinen Sex haben.« Ich erstarrte.

»Denkst du... wir können... andere Dinge tun?«

»Ich denke, wir werden es nur wissen, wenn wir es versuchen.«

ELF

BETH

Nox nahm meine Hand und stand auf. Ich folgte ihm aus dem Casino und die Lust lief mir den Rücken hinauf und hinunter, während wir gingen.

Ich wollte seine Berührung so sehr, dass es wehtat.

Er hielt mir die Autotür auf, und ich stieg ein. Er kletterte auf der anderen Seite hinein, wobei er darauf achtete, einen Sitzplatz zwischen uns freizulassen, und drückte den Knopf, der die elektrische Trennwand zwischen dem Fahrerhaus und dem Rücksitz herunterließ.

»Auf langem Weg zu Miss Abbotts Wohnung, bitte, Claude.«

»Natürlich, Sir.«

»Und ich hätte gerne etwas Musik für die Reise.« Nox sah mich an. »Lateinamerikanische vielleicht?« Ich saugte meine Unterlippe in meinen Mund, während ich einatmete.

»Lateinamerikanisch. Toll. Herrlich.«

Ein verruchtes Grinsen nahm seinen Mund ein, als

Smooth von Santana aus den Lautsprechern in den Auto-türen floss.

»Danke, Claude.« Mit einem Druck auf den Knopf glitt die Trennwand wieder nach oben. Das Auto wurde nur von den Lichtern der Nacht Londons durch die Einwegverglasung beleuchtet. »Also, ich schätze, wir haben noch dreißig Minuten, bis wir in Wimbledon ankommen. Ich möchte, dass du bei dir bleibst, denn ich glaube nicht, dass ich dich heute Abend bei mir zu Hause haben könnte und dich nicht besinnungslos ficken würde.«

Meine Muskeln verkrampften sich bei seinen Worten, und Hitze durchflutete meine Brust und meinen Hals.

»Was ist mit dem, was Adstutus gesagt hat?«

»Ich habe eine Idee.«

Er ließ seine Hände in seinen Schoß fallen und hielt seine Augen auf meine gerichtet. Ich sah nach unten und spürte, wie mein Mund trocken wurde, als er seine Hose öffnete.

Das Gegenteil passierte zwischen meinen Beinen. Ich spürte die heiße Wärme dort, als er seine Erektion langsam herauszog.

»Nox«, flüsterte ich. »Was ist mit Claude?«

»Claude kann uns weder sehen noch hören. Zieh deine Hose aus.«

Es war ein Befehl und ich bewegte meine rechte Hand zum Bund meiner eigenen Hose.

»Gut. Jetzt werden wir uns nicht berühren. Es soll also keine Kraft von mir auf dich übergehen.«

Ich nickte, und meine Wangen brannten.

»Wir werden uns jedoch selbst berühren.« Mit seinen

Worten wickelte er seine Finger um die harte Länge seines Schwanzes.

Wieder einmal fand ich mich in Ehrfurcht vor ihm wieder, anstatt eingeschüchtert zu sein. Er war perfekt.

Seine andere Hand wanderte zu seinem Hemd und er begann, es fachmännisch mit einer Hand aufzuknöpfen. »Steck deine Hand in deinen Schlüpfer.«

Ich wollte es. Ich musste berührt werden,, obwohl es mir lieber wäre, wenn er es getan hätte.

Zögernd tat ich, was er mir auftrug.

Seine Hand bewegte sich, auf und ab. Licht flackerte in seinen Augen, die immer noch auf meine gerichtet waren.

»Sag es mir.«

»Dir was sagen?« Meine Worte waren atemlos und spiegelten meinen rasenden Puls wider.

»Sag mir, wie du dich fühlst.«

»Heiß. Nass.«

Er stöhnte ein wenig auf und bewegte seine Hand ein wenig schneller. Das Lied, das über die Lautsprecher tönte, änderte sich, und ein kraftvoller Trommelschlag legte sich über den sexy spanischen Gesang. »Ich wünschte, ich könnte dich berühren, Beth. Ich wünschte, es wären meine Finger. Heb dein Bein. Beweg deine Finger, so wie du es von mir erwarten würdest.«

Ich ließ meinen Blick von seinem Gesicht auf seinen Schoß fallen und tat, was er sagte, hob ein Bein auf den Sitz und drehte mich zu ihm um.

Dieses Mal stöhnte ich ein wenig auf.

»Gefällt dir, was du siehst?« Er schaute demonstrativ auf seinen Schwanz.

»Ja.«

»Hast du deine Finger in deiner Muschi?«

»Ja.«

»Stellst du dir mich in dir vor? Du auf meinem Schoß, statt deiner Finger?«

»Ja.«

Seine Hand bewegte sich schneller, und ich passte mich seinem Tempo an, indem ich genau das tat, was er sagte. Ich stellte mir vor, wie ich auf seinem Schoß saß, meine Beine um seine Taille geschlungen, seine Hände unter meinem Arsch und sein Mund auf meinen Nippeln, während er mich auf und ab hüpfen ließ. Ich stellte mir vor, wie er mich ausfüllte.

Hitze brach aus ihm heraus und seine Hand ging immer schneller auf und ab.

»Ich wünschte, du würdest mich ficken«, flüsterte ich und zog meine Augen zu seinem Gesicht hoch.

»Sag das nochmal.« Seine Stimme war angestrengt, und seine Augen funkelten vor Verlangen.

Ich bewegte meine eigene Hand schneller, und mein Geist füllte sich mit jeder köstlichen Erinnerung an die Nacht, die wir zusammen verbracht hatten. Ich spürte, wie sich mein Orgasmus aufbaute, ich mich anspannte und musste mich selbst davon abhalten, mich auf ihn zuzubewegen.

»Ich wünschte, du würdest mich ficken. Ich brauche dich so sehr.«

Seine Hand hielt inne und ich merkte, dass er dem Drang widerstand, sich mit mir zu bewegen. Dann schärfte sich sein Blick und seine nackte Brust spannte sich an, als er seine Faust auf seiner Erektion auf und ab bewegte.

Ich konnte nicht anders, als zuzusehen. Meine eigene Erregung verzehnfachte sich bei dem Anblick, wie er immer weiter anschwoll.

»Sag es noch einmal«, knurrte er durch zusammengebissene Zähne.

»Ich wünschte, du würdest mich ficken.«

Er spannte sich an, bevor er einen zischenden Atemzug ausstieß, als sich über seine steinharten Bauchmuskeln ergoss.

Alle Luft verließ meinen Körper, als ich mich gehenließ. Mein eigener Bauch und meine Muschi krampften vor Vergnügen, während ich den schönen Mann neben mir anstarrte und Wellen der Befreiung über mich hinwegspülten.

»Fuck, ich will dich so sehr.« Seine Augen bohrten sich in meine. Sein Blick war intensiv und heiß. »Ich will dich hundertmal härter kommen lassen als das, immer und immer wieder.«

»Das will ich auch.« Er bewegte sich und schnappte sich etwas unter dem Sitz. Taschentücher. Ich hob meine Augenbrauen.

»Hast du das geplant?«

»Claude hat ein gut ausgestattetes Auto.«

Kaum hatten wir uns gesäubert, hämmerte die Verzweiflung nach ihm wieder in mir, als er mich an sich zog.

Seine Finger strichen über meinen Kiefer und sein Mund schloss sich über meinem.

Sein Kuss ließ keinen Zweifel daran, dass er die

gleiche Lust verspürte wie ich. So heiß es auch war, dass er mit mir sprach, während ich mich selbststreichelte, meine Berührung war nicht seine.

»Wir dürfen heute Nacht nicht zusammenbleiben«, sagte er, als wir voneinander abließen. »Ich werde dir nicht widerstehen können.« Seine Hand griff fest nach meinem Arm.

Ich nickte. Es war alles, was ich tun konnte, um nicht auf der Stelle in seinen Schoß zu klettern. Mein schmerzendes Bedürfnis nach ihm kehrte zurück, pulsierend, und ich wusste, dass er gottgleiches Durchhaltevermögen hatte.

»Weißt du, dass ich seit Jahrzehnten nicht in der Lage war, das zu tun.«

»Dich zu berühren?«

»Ja. Du bist es, Beth. Du bist so verdammt heiß.« Ein Schauer der Befriedigung durchlief mich und ich küsste ihn erneut.

»Was ist, wenn Küssen Macht verleiht?« sagte ich und der Gedanke ließ mich plötzlich zurückweichen.

»Ich glaube nicht, dass wir uns um das Küssen Sorgen machen müssen.«

»Warum?«

»Deine Flügel. Sie haben geleuchtet. Als ich kam.« Unbehagen ersetzte die Zufriedenheit schnell.

»Was meinst du damit?«

»Dass das hier auch keine Option ist.« Er strich mir über die Wange, als mein Gesicht nach unten fiel. »Ich denke, es war einen Versuch wert.« Die Wärme in seiner Stimme durchdrang meine Sorge. »Und es kann nicht

viel gebracht haben. Nicht so wie die ganze Nacht miteinander zu verbringen.«

Noch mehr Lust durchströmte mich bei der Erinnerung an diese Nacht.

»Du hast recht. Das war es wert.«

Er küsste mich, dieses Mal sanfter.

»Aber wir können es nicht wieder tun. Es ist zu
gefährlich.« Claudes Stimme in der Gegensprechanlage
ließ mich überrascht aufspringen.

»Wir sind fast bei Miss Abbott angekommen, Sir.«

ZWÖLF

BETH

Ich erwachte am nächsten Tag in meinem eigenen Bett, unruhig und unbefriedigt, und wieder einmal weit vor meinem Wecker. Es war Donnerstag, und ich beschloss, die Zeit, die ich vor der Arbeit hatte, zu nutzen, um Francis zu besuchen. Sie war immer vor sechs Uhr wach.

»Süße, du warst schon seit Tagen nicht mehr hier, was ist los?«, rief sie mir zu, als ich den Aufenthaltsraum des Lavender Oaks Retirement Home betrat.

»Ähm, ziemlich viel«, sagte ich, als ich meinen üblichen Platz in dem schäbigen Korbsessel neben ihrem Sessel einnahm. »Wie geht es dir?«

Francis sah mich finster an.

»Der Pfleger sagt, ich sei fett. Ich muss Sport machen, sonst hört mein Knie ganz auf zu funktionieren. Es macht mir jetzt schon solche Probleme. «

»Ich werde mit dir trainieren«, bot ich sofort an.

Bewegung könnte mir helfen, etwas von meiner Anspannung abzuarbeiten.

»Danke, Süße.« Sie tätschelte mir das Knie. »Und jetzt sag mir, wie es aussieht. Ist Mr. Nox so gut im Bett wie er aussieht?«

Ich spürte, wie meine Wangen heiß wurden.

»Ja«, sagte ich. »Ja, das ist er.« Francis klatschte ihre Hände zusammen und strahlte mich an.

»Ich freue mich so für dich! Es gibt nichts Besseres als guten Sex, um die Laune eines Mädchens zu verbessern.«

»Na ja, die Sache hat einen Haken.« Ihr Strahlen wurde gedämpft. »Welchen Haken?«

»Ja. Wenn wir Sex haben, wird ein klitzekleines bisschen seiner Kraft auf mich übertragen.«

Falten bildeten sich zwischen ihren Augenbrauen, als sie mich anstarrte.

»Teufelskraft?«

»Uhuh.«

»Warte, heißt das, du bist jetzt der Teufel?« Ich lachte laut.

»Nein. Das hoffentlich nicht.«

»Und was bedeutet das?«

»Wir sind uns nicht wirklich sicher. Wir haben einen alten Geist aufgesucht, der meinte, dass es definitiv keine gute Sache sei, weder für ihn noch für mich.«

»Du warst bei einem was?«

»Flaschengeist.«

»Hm.«

Ich stieß einen Seufzer aus und lehnte mich im Stuhl zurück.

»Also versuchen wir jetzt, seinen Fluch aufzuheben,

weil wir denken, dass das die Ursache für die Übertragung der Macht ist. Und auch, weil er eine Warnung von einem Gott bekommen hat, dass er bei vollen Kräften sein muss, weil seine Brüder sich gegen ihn verschwören. Aber er macht sich Sorgen, dass er, wenn wir den Fluch aufheben und er wieder stark wird, zu... *etwas* sein wird, dass ich ihn nicht mehr mag.«

»Etwas?«

»Teuflisch, nehme ich an«, sagte ich mit einem Achselzucken. Ich erzählte ihr nicht, dass schon ein paar Meter in seiner Nähe, wenn er wütend war, meinen ganzen Körper in einen Kampf-oder-Flucht-Zustand versetzte. Und ich wollte ganz sicher nicht erwähnen, was er Max angetan hatte.

»Machst du dir darüber Sorgen?«

Ich betrachtete sie einen Moment und nickte dann.

»Ja. Ich glaube nicht, dass er der Böse ist. Er ist ein Bewahrer des Bösen, ein Bestrafer des Bösen. Und er ist gefährlich, ganz sicher. Aber ich glaube nicht, dass er die *Ursache* der Sünde ist. Er hat keine Freude an der Grausamkeit. Ich kann seine Seele spüren, wenn wir zusammen sind...« Ich brach ab und merkte, dass ich ein wenig verrückt klang. »Hört sich das dumm an?«

»Es klingt, als ob du ihn magst. Sehr sogar.«

»Das schon. Ich will nicht, dass er sich verändert.«

»Vielleicht wird er das nicht. Oder er wird sich zum Besseren verändern.« Ich warf ihr einen Blick zu.

»Der Mann hat acht Jahrzehnte lang auf Sex und gutes Essen verzichtet, weil er nicht mehr das sein wollte, was er vorher war. Ich glaube nicht, dass es besser werden wird.«

»Da hast du recht«, sagte Francis und schob sich nachdenklich den Daumennagel in den Mund.

»Oh, und da ist noch etwas.« Francis bewegte sich in ihrem Stuhl und sah mich an.

»Ich höre? «

»Alex... Alex wurde getötet. Ermordet.«

Ihr Kiefer fiel langsam hinunter und der Nagel, an dem sie genagt hatte, fiel ihr in den Schoß.

»Ach Süße, es tut mir leid.«

»Ja. Und es war ein magischer Mord, also ist die magische Polizei involviert und sie denken, dass Nox etwas damit zu tun hat.«

»Oh verdammt«, sagte sie. Ich nickte. »Hatte er etwas damit zu tun?«

»Nein«, sagte ich, ohne zu zögern. »Er denkt, es hat etwas mit Wolfsumwandlern zu tun.«

»Wie Werwölfe?«

»Genau.«

»Tja, verdammt«, wiederholte sie. »Wer hätte gedacht, dass es Werwölfe gibt?«

»Mein neuer Kollege in der Forschungsabteilung ist ein Vampir«, sagte ich und hatte plötzlich das Bedürfnis, diese Information zu teilen. Francis Augen leuchteten auf.

»Ist er heiß?«

»Nein.«

Ihr Gesichtsausdruck war enttäuscht.

»Ich dachte, er könnte wie der Mann aus dem Film mit dem großen Schwert sein. Der, der Vampire jagt, aber selbst ein Vampir ist. Er ist heiß.«

»Redest du von Blade?«, fragte ich sie.

»Ich weiß es nicht. Der Typ war aber heiß.« Ich schüttelte den Kopf.

»Ich will gar nicht wissen, welche Filme du sonst noch geschaut hast.«

»Ich liebe Filme. Ethel und ich schauen uns morgen den zweiten Fifty Shades Film an. Ich kann es kaum erwarten.«

Sie rieb ihre Hände aneinander, während ich versuchte, mein Gehirn von dem Bild der wie gebannt auf den Bildschirm starrenden Rentner zu verdrängen.

»Das wird schön «, sagte ich langsam.

»Weißt du, ich glaube, das wird es wirklich.«

Die Zugfahrt zur Arbeit fühlte sich seltsam an. Ich wurde mir langsam bewusst, dass magische Menschen die Flügel auf meinem Rücken sehen könnten und das führte dazu, dass ich jeden, dessen Blick zu lange auf mir verweilte, genau unter die Lupe nahm.

Reiß dich zusammen, Beth, sagte ich mir. *Niemand interessiert sich für deine winzigen Teufelsflügel.*

Die Macht des Teufels. *In mir.*

Der Gedanke war mir immer noch zu viel, um ihn richtig zu verdauen, auch wenn ich jetzt ein paar Tage Zeit hatte, mich daran zu gewöhnen.

Ich fühlte mich nicht anders.

Mein Zuwachs an Selbstvertrauen, hatte eingesetzt, bevor ich mit Nox geschlafen hatte. Ich hatte keinen Zweifel daran, dass er der Grund dafür war, aber es fühlte sich eher so an, als ob etwas in mir aufgeschlossen wurde, etwas, das schon immer da gewesen war. Nicht als ob etwas Neues hinzugekommen wäre.

Als ich die Lobby der LMS betrat, winkte mir der Rezeptionist zu und eilte hinter seinem Schreibtisch hervor. Ich wurde langsamer, und die Vorfreude ließ meine Haut kribbeln.

»Mr. Nox wird dich hier treffen«, sagte er und gestikulierte auf eine der Plüschsofas im Wartebereich.

»Oh. Okay.« Ich setzte mich hin, musste aber nicht lange warten. Nox kam einen Moment später mit Claude durch die Eingangstür. Ich sprang auf und sah, wie Nox Blick sich auf etwas hinter mir konzentrierte, bevor er mir ins Gesicht sah.

Ich musste mich nicht umdrehen. Ich wusste, was er ansah. Vielleicht war mein neues Bewusstsein für die Flügel doch nicht unbegründet.

»Guten Morgen«, sagte er.

Nur zwei Worte, aber sie feuerten Erinnerungen ab wie eine Konfettikanone, Bilder von ihm mit seinem Schwanz in der Hand auf dem Rücksitz seines Autos.

»Hmmpf«, sagte ich und versuchte mit ihm Schritt zu halten.

»Wir werden dem Herrscher über die Faulheit einen Besuch abstatten. Ich habe angenommen, dass du mich begleiten willst.« Ich sehe zu ihm auf und die notgeilen Gedanken verflogen augenblicklich.

» Jetzt?«

»Das war der Sinn des Treffens mit Madaleine.«

Es schien, dass mein Gehirn alles, was vor der Autofahrt nach Hause passiert war, fast gelöscht hatte.

Es dauerte mehr als eine halbe Stunde, um zu unserem Ziel zu fahren und ich versuchte verzweifelt, alle Gedanken daran abzuwehren, wie sehr ich diesen Mann neben mir am helllichten Tag die Kleider vom Leib reißen wollte. Als er endlich zu sprechen begann, war ich erleichtert.

»Erzähl mir etwas über dich.«

Ich schaute ihn an. Er hatte seine Anzugsjacke ausgezogen, denn der Tag war warm, und der oberste Knopf war offen. Er sah entspannt auf dem Ledersitz aus, aber seine hellen Augen waren lebhaft, und sein Mund zuckte auf eine Art, wie ich es bei niemandem sonst gesehen hatte.

»Was zum Beispiel?«

»Etwas, das sonst niemand weiß.« Verruchtheit schimmerte im Blau.

»Du kennst mich bereits auf eine Art und Weise, wie es sonst niemand tut«, sagte ich und schluckte meine Schüchternheit herunter.

»Ich kann dir nicht sagen, wie gerne ich das höre«, knurrte er halb. »Aber ausnahmsweise versuche ich nicht, dich zu verführen.« Seine Augen huschten wieder über meine Schulter und ich widerstand dem Drang, ebenfalls hinzusehen. »Ich möchte mehr über dich wissen, Beth.«

Wärme durchströmte mich, und es war nicht seine Kraft. Es war mein eigenes Ego, das bei der Vorstellung anschwoll, dass dieser Mann mehr von mir wollte als das Körperliche.

»Meine Lieblingsfarbe ist lila«, sagte ich mit einem kleinen Lächeln.

»Das ist gut, aber ich hatte auf mehr gehofft.«

»Ich weiß. Ich dachte, ich fange klein an, und wir können uns hocharbeiten. Du bist dran.« Die Zuversicht ist mir zu Kopf gestiegen.

»Gelb.«

»Gelb? Die Lieblingsfarbe des Teufels ist gelb?«

»Du hast die Farbe von Feuer und Blut erwartet?« Er hob eine Augenbraue und ich fühlte mich ein wenig schuldig. Ich *hatte* gedacht, er würde rot sagen. »Das mit dem Feuer ist nah dran. Ich mag das Gelb, das man an der Spitze einer Flamme sieht, kurz bevor sie weiß wird.«

Sein irischer Akzent war in diesem Moment besonders schwer, und er sprach langsam, und ich ertappte mich dabei, wie ich seine Lippen beobachtete, und meine eigenen sich unbewusst teilten. Gott, ich hatte nie die Macht der Sprache über meine Libido gekannt, bevor ich ihn traf. Ich konnte allein durch seine Stimme erregt werden.

»Das ist eine schöne Farbe«, murmelte ich, als ich merkte, dass er auf eine Antwort von mir wartete.

»Welche Art von Büchern liest du gerne?«, fragte er mich. Das Lächeln, das über seine Lippen spielte, machte deutlich, dass er wusste, woran ich dachte. Ich räusperte mich.

»Woher weißt du, dass ich gerne lese?«

»Ich war in deiner Wohnung. Da waren überall

Bücher.« Ich verengte meine Augen und zuckte dann mit den Schultern.

»Romantik. Ich mag Liebesromane.«

»Liebesromane mit Sex?«

»Ich dachte, hier geht es nicht um Sex.« Er nickte

. »Du hast Recht. Das ist es nicht.«

»Liest du?« Ich erinnerte mich daran, dass er volle Bücherregale in seinem Arbeitszimmer hatte, aber dieser Gedanke führte zu der Erinnerung daran, wie ich über seine Couch gebeugt war, und seine erfahrene Zunge...

»Ja. Ich lese gern.« ein Gesicht stand nun in Flammen.

»Was liest du?«

»Alles.«

»Romane mit Sex?«, fragte ich, bevor ich mich stoppen konnte.

»Ja. Aber ich dachte, wir würden nicht über Sex reden?«

»Es ist heiß. Im Auto.« *Reiß dich zusammen, Beth.*

Nox drückte einen Knopf an der Türverkleidung neben ihm und kühle Luft begann aus dem Nichts über mich zu wehen.

»Besser?«

Das Lächeln in seinem Gesicht sagte mir, dass er wusste, warum mir heiß war. Aber ich hatte nicht vor, ihm die Genugtuung zu geben, es zu bestätigen. »Viel besser. Ich danke dir. Was liest du am liebsten?«

Er hielt inne und antwortete dann: »Historische Romane.«

»Ach ja?«

»Ja. Ich bin schon lange auf der Erde und ich mag es, mich in die verschiedenen Fantasien hineinzuversetzen, von dem, was hätte sein können. Die fiktiven Geschichten von denen, an denen ich auf der Straße hätte vorbeigehen können.«

»Das ist es, was ich auch mag. Jemand im Zug neben mir könnte die Geschichte leben, die ich gerade lese, soviel ich weiß.«

»Hast du dir jemals vorgestellt, dass sie Flügel haben könnten? Oder sich in einen Löwen verwandeln können?«, lächelte er.

»Schon, ja. Ich hatte noch nie Probleme damit, mir Magie um mich herum vorzustellen. Und als ich meine Eltern verloren habe, konnte ich nicht glauben, dass sie verschwinden können, also habe ich mir erlaubt, an Unglaubliches zu glauben.«

Nox bewegte seine Hand langsam und schlang seine Finger um meine.

»Du hattest recht. Du hättest auf deinen Instinkt vertrauen sollen.«

»Nun, bis ich dich traf, hätte es sowieso keinen Unterschied gemacht. Der Glaube an den Schleier erlaubt es dir nicht, dahinter zu sehen. Richtig?«

»Richtig«, nickte er. »Es tut mir leid, dass wir jetzt nicht nach deinen Eltern suchen. Aber das werden wir bald.« Seine Hand drückte meine, und eine unerwartete Blase von Emotionen stieg in mir auf. Ich hatte noch nie Hilfe bei der Suche nach ihnen gehabt. Es war etwas, das ich allein getan hatte, und von dem ich allein besessen war.

Und letztendlich hatte ich allein aufgegeben.

»Ich verstehe. Und ich bin dir sehr dankbar.«

»Es ist extrem unwahrscheinlich, dass sie in Gefahr

sind, sonst hätten wir die Suche schon begonnen. Wenn sie vor Jahren verschwunden sind, dann...« Seine Augen wurden dunkel und Anspannung nahm sein Gesicht ein.

Ich wusste, was er versuchte, die Worte zu finden.

»Dann sind sie bereits tot«, beendete ich den Satz für ihn. Sein Griff wurde fester.

»Es ist okay. Ich weiß, dass es das Wahrscheinlichste ist«, sagte ich ihm. »Ich habe bereits ihren Verlust betrauert und ich werde das nicht noch einmal durchmachen, wenn ich es verhindern kann. Ich kann einfach den Gedanken nicht ertragen, es nicht zu wissen. Und wenn es auch nur einen Hoffnungsschimmer gibt, dass etwas anderes passiert ist, dass sie ein vor mir verborgenes Leben führen...« Ich wusste nicht, warum sie mich im Stich lassen sollten. Wir haben uns immer in der Nähe; mein Vater und ich ganz besonders. Es schien unwahrscheinlich, dass sie eines Tages ihre Sachen zusammenpacken sollten, um sich in der Welt der Magie zu verstecken. Unmöglich, sogar.

Aber die Tatsache blieb bestehen, dass ich es nicht genau wusste. Und ich musste es wissen.

»Es tut mir leid.«

»Was?«

»Dass dir das passiert ist.«

Seine Worte waren voller Aufrichtigkeit, und die Gefühlsblase in meinem Bauch schwoll an. Er bewegte seinen Kopf einen Zentimeter, als ob er mich küssen wollte, es sich aber anders überlegte.

Ich schloss die Distanz und als sich unsere Lippen trafen, war es etwas völlig Neues. Es war nicht das hitzige, hungrige Teilen von Leidenschaft, das unsere vorherigen Küsse gewesen waren. Es war tiefer, weicher. So *echt*.

Seine Hand bewegte sich, um meine Wange zu umfassen, so sanft wie seine Zunge meine umspielte.

Er sorgte sich um mich und ich war ihm wichtig.

Ich konnte seine Kraft, seine Energie, seine Präsenz spüren, die sich wie eine Rüstung um mich legte. Er versuchte mich zu beschützen, und die Bedrohung war meine eigene Traurigkeit.

Ich küsste ihn fester, überwältigt davon, plötzlich jemanden zu haben, mit dem ich die Last teilen konnte. Seine Berührung auf meiner Wange breitete sich aus, seine Finger spreizten sich und zogen mein Gesicht fester an seins.

Nach einem glücklichen Moment verließen seine Lippen meine, aber nicht mehr als einen Zentimeter. Er schaute mir in die Augen, und blaue Flammen tanzten in seinen Iriden.

»Deine Stärke ist wunderschön.«

»Was?«, hauchte ich.

»Deine Stärke. Deine Entschlossenheit. Deine Hoffnung. Du bist glorreich.«

Wenn der Moment weniger intim gewesen wäre, hätte ich gelacht.

Meine Stärke?

»Da ist Feuer in dir, Beth. Aber du handhabst es nicht so, wie ich es gewohnt bin. Es ist ...« Er holte tief Luft. »Ich will mehr.«

Ich blinzelte. Er lehnte sich zu mir und küsste mich noch einmal sanft, bevor er von mir abließ.

»Ich... ich wünschte, ich könnte mich so sehen, wie du

mich siehst«, flüsterte ich. Da war etwas in seinem Gesicht, das wirklich Bewunderung hätte sein können, und ich konnte mir keinen Reim darauf machen. Ich war buchstäblich die langweiligste Person, die ich kannte. Oder war es gewesen, bis ich Nox traf.

»Ich auch. Ich werde es zu meiner Mission machen, niemals zu ruhen, bis du dich so siehst, wie ich es tue.« Seine Worte waren hart, wie klingender Stahl, und sie verursachten eine Woge dieses köstlichen Selbstbewusstseins, das wie ein Schuss in die Venen durch mich lief. »Und wenn ich es tun muss, ohne dich zu berühren, werde ich es tun.«

DREIZEHN

BETH

Das warme, flauschige Gefühl, das Nox mir in den Bauch gepflanzt hatte, wurde gedämpft, als wir ein paar Minuten später aus dem Auto stiegen.

Das Gebäude vor uns hatte das Potenzial, ganz nett zu sein. Es war Teil einer Reihe von hohen Stadthäusern, aber es stach hervor, weil es auf beiden Seiten der Tür Säulen im griechischen Stil hatte und ein großes Schild mit der Aufschrift *Sacred Sleep Spa* war an der Fassade angebracht.

Ich blieb stehen, als Nox die Tür aufstoßen wollte.

»Dieser Ort fühlt sich nicht richtig an«, sagte ich. »Es ist, als ob all die guten Dinge, die du mich gerade hast fühlen lassen, mich verlassen haben.«

Etwas Angestrengtes flackerte durch Nox Augen, als er sich mir zuwandte.

»Faulheit war schon immer meine Lieblingssünde zu richten«, sagte er düster. »Die Leute denken, dass Trägheit einfach nur Faulheit ist. Ist es aber nicht. Es ist die Abneigung zu handeln, wenn man helfen könnte. Sie kann genauso leicht zum Verlust oder Ruin des Lebens von jemandem führen wie Zorn oder Gier, aber es fehlt ihr völlig die Leidenschaft, die die anderen antreibt. Ich sage nicht, dass ich Sünden gutheiße, die von Leidenschaft getrieben werden«, sagte er und hielt seine Hand hoch. »Aber ich kann dir versichern, dass viele der schlimmsten Strafen, die ich verhängt habe, diejenigen betrafen, die nicht einmal die Energie haben, ein Mindestmaß an Engagement an den Tag zu bringen. Sie empfinden keine Reue, sie sehen keine Verantwortung für sich selbst oder andere um sie herum. Es ist eine entsetzliche Art zu leben.«

Er sprach mit solcher Abscheu, dass es an Wut grenzte. Und jetzt musste er versuchen, die Macht über diese Sünde, die er hasste, zurückzubekommen. Ich wünschte, ich könnte etwas Hilfreiches zu ihm sagen, aber ich hatte nichts zu bieten. Faulheit hörte sich viel schlimmer an, als sich einfach nicht die Mühe zu machen, den Abwasch zu machen, wenn er es so beschrieb.

»Du wirst spüren, wie dich dein ganzer Antrieb und Enthusiasmus verlässt, wenn er seine Kraft nicht richtig kontrolliert. Madaleine hat ihre ziemlich gut unter Kontrolle, weil sie das muss; Zorn ist explosiv. Aber es sieht so aus, als würde der Machtherr über Trägheit seine Kraft anders einsetzen.«

Er blickte angewidert auf das Spa-Schild, und dann wieder zu mir.

»Willst du im Auto warten?«

»Nein.« Ich hatte nicht vor, mich im Auto vor dem Engel des Nichtstuns zu verstecken.

. . .

Ich bereute meine Entscheidung in dem Moment, in dem wir durch die Türen traten.

Der Geruch traf mich zuerst.

Abgestandenes Wasser, vermischt mit verrottendem Essen. Ich spürte, wie sich mir die Kehle zuschnürte. Der Teil von mir, der nicht durch die Nase atmen wollte, wollte auch nicht den Mund öffnen.

Wir befanden uns in einem gekachelten Empfangsbereich und die Frau hinter dem Schreibtisch starrte uns an, ohne zu sprechen.

Die Fliesen könnten einmal cremefarben gewesen sein, aber sie waren jetzt so schmutzig, dass ihre ursprüngliche Farbe schwer zu erkennen war. Wasserflecken bedeckten die gestrichenen Wände und überall lag Müll herum - leere Chipstüten und Bonbonpapier. Verrostete Rohre liefen über die Wände und machten nervtötende rülpsende und klirrende Geräusche.

»Ich bin hier, um deinen Chef zu sehen«, sagte Nox zu der Frau.

Sie zuckte mit den Schultern, der dünne Stoff ihrer Bluse verrutschte bei der Bewegung und entblößte ihr zu dünnes Schlüsselbein und ihre Schulter. Ihr Haar war schmutzig, und ihre grauen Augen eingefallen.

Nox sah sie noch eine Sekunde länger an und ging dann auf die einzige andere Tür im Raum zu.

Der Empfangsraum war im Vergleich zu dem Zimmer dahinter fast schonangenehm.

Süßliche, stickige Hitze rollte über uns hinweg und der Geruch intensivierte sich mit ihr. Ich hob meinen Arm vor mein Gesicht, vergrub meine Nase in der Ellenbeuge und versuchte, den Geruch von Waschpulver einzuatmen.

Es gab einen großen runden Pool in der Mitte eines höhlenartigen Raumes, umgeben von Liegen. Ich konnte mir gerade noch vorstellen, dass dies einmal ein ganz nettes Spa gewesen sein könnte, aber jetzt...

Das Wasser hatte eine grün-graue Farbe und bewegte sich eher wie Schlamm als wie eine Flüssigkeit. Überall, wo ich hinschaute, lag Müll und an die dunklen Pfützen auf den Fliesen, wollte ich nicht einmal denken.

Auf den Liegen saßen Menschen, manche unerträglich dünn, andere so groß, dass sie nicht so recht auf das Polster passten. Keiner von ihnen bewegte sich.

Der Raum war kreisrund und ich konnte drei Türen sehen und einen großen, offenen Torbogen, der zu etwas führte, das wie ein weiterer Pool aussah.

»Hier entlang.« Nox ging auf die Tür links zu und ich folgte ihm vorsichtig. Wir gingen nahe an einem Mann auf einer Liege vorbei und der Geruch veränderte sich, zu etwas, das eindeutig nach menschlichen Exkrementen roch. Ich schloss meinen Arm um mein Gesicht und versuchte, durch meine Bluse zu atmen und mich nicht zu übergeben. Die Haut des Mannes war gelblich gefärbt und ich konnte nicht sehen, wie sich seine Brust bewegte.

»Ist er am Leben?«, zischte ich halb zu Nox.

Er warf einen Blick auf den Kerl, dann auf mich und ging ohne ein Wort weiter.

Ich fühlte mich kränker.

Noch nie hatte ich mich irgendwo so unangenehm gefühlt. Es war wie etwas aus einem Horrorfilm.

Nox stieß die Tür zu heftig auf, als wir sie erreichten, und sie knarrte, als sie aufschwang, und dann knallte sie gegen die Wand.

»Trägheit?«, bellte er.

Ein Mann schaute von einem großen Sessel auf, und ein leerer Ausdruck lag auf seinem Gesicht.

Ein überwältigender Drang, mich hinzulegen, ergriff mich. *Ich meine, was hatte es für einen Sinn, noch viel zu tun, wenn ich ehrlich war?*

Hitze überschwemmte mich, doch bevor meine Knie sich beugen konnten, wurde das schläfrige Gefühl plötzlich verdrängt. Ein Geruch von Rauch und Whiskey begleitete sie. Es war nicht die feuchte, ekelerregende Hitze des Spas. Es war Nox.

Eine Ratte rannte an meinen Füßen vorbei und krabbelte auf den Mann auf dem Stuhl zu. Ich unterdrückte einen Aufschrei und trat näher an Nox heran. In dem großen Raum gab es sonst nichts. Nichts hing an der Wand, und es gab keine anderen Möbel. Nur der Mann, allein auf einem Stuhl.

Er war genauso schmutzig wie die Frau am Empfang, trug kein Hemd und seine Haut war blass. Riesige rote Wunden bedeckten seine Haut, und ein Lächeln kroch ihm über sein Gesicht.

Es war verdammt gruselig.

»Der große Mann«, strahlte er Nox an.

»Was zum Teufel denkst du, was du da tust?«, knurrte Nox. »Du hast geschworen, deine Macht zu kontrollieren, nicht Menschen wegen ihr sterben zu lassen!«

Scheiße, bedeutete das, dass der Typ da draußen wirklich tot war? Noch mehr Übelkeit rollte durch mich hindurch.

»Es ist schwer, Mann. Es ist verdammt schwer. Ich meine, Scheiße, du weißt, dass es schwer ist. Du hast diesen Job vor mir gemacht.« Das faule Lächeln war immer noch auf sein Gesicht geklebt, doch seine braunen Augen waren leer.

»Wo ist die Seite?« Nox zischte.

»Keine Ahnung. Ich hatte sie mal. Aber jetzt ist sie weg.«

Hitze brach über mich herein und Nox Flügel erschienen und entfalteten sich. Es war völlig falsch, etwas so Schönes an einem so schmutzigen Ort zu sehen.

»Wie lange ist es her, dass du es verloren hast?«, fragte ich schnell, durch meinen Ellenbogen.

»Vielleicht...«, er sah nachdenklich aus. Langsam schlossen sich seine Augen.

»Faulheit!« Nox brüllte auf. Er riss sich wach.

»Vor einer Woche, vielleicht?«, sagte Faultier. Ich sah Nox an.

»Wurde die Seite gestohlen?«

»Ja, Mann.« Nox fluchte.

»Du bist eine verdammte Blamage«, knurrte er.

Ein Glucksen verließ den Herrn der Trägheit, das sich schnell in ein Husten verwandelte.

»Ja«, sagte er, als er wieder zu Atem kam. »Ich genese jede Nacht. Und dann, jeden Morgen, wieder das hier. Verdammt schändlich.« Er lachte wieder.

»Nox, können wir gehen?« Ich war mir nicht sicher,

ob ich meinen Würgereflex noch lange kontrollieren konnte.

»Ja. Aber höre mir zu, Faultier. Ich werde zurückkommen und du wirst für deine Nachlässigkeit bezahlen.«

»Erlöse mich von meinem verdammten Elend, Mann«, grinste der Mann ihn träge an. »Ich bin vollkommen fertig.«

Ich lehnte mich an die Wand, als wir draußen waren. Die Benzindämpfe der Londoner Luft schmeckten süß wie Honig im Vergleich zu dem, was wir im Spa eingeatmet hatten.

»Ich brauche ein Bad. Ich muss jedes bisschen von diesem Ort von mir abschrubben, jetzt«, hauchte ich.

»Meine Wohnung ist näher als deine.« Die Wut rollte immer noch in Wellen von ihm ab.

»Kein Sex«, sagte ich. Ich wusste, dass es eine schlechte Idee war, zu ihm zu gehen, vor allem, um nackt und nass zu sein, aber ich hatte nicht übertrieben. Ich brauchte den Gestank dieses Ortes weg von mir, sonst würde mein Frühstück wieder auftauchen.

»Kein Sex. Dein eigenes Zimmer und Bad.«

»Lass uns gehen.«

Beelzebub kam auf uns zugestürmt, als wir Nox Haus betraten, hielt aber im letzten Moment an, die Nase zuckend, als er uns beschnupperte.

»Ich habe es dir doch gesagt! Ich habe dir gesagt, dass

wir stinken!« Ich rieb mir die Arme, als wären sie mit Schmutz bedeckt und fühlte mich so unwohl wie seit Jahren nicht mehr.

Nox führte mich geradewegs die große Treppe hinauf, in das gleiche Gästezimmer, in dem ich zuvor übernachtet hatte.

»In der Garderobe sind ein paar Klamotten«, sagte er und gestikulierte zum Kleiderschrank.

»Deine Kleidung?«

»Nein. Klamotten für dich.« Wir starrten uns einen Moment an.

»Warum hast du hier Kleidung für mich?« Er zuckte lässig mit den Schultern.

»Unfälle passieren manchmal. Dinge fangen Feuer. Du weißt schon.«

Ich dachte daran, wie er seine Unterwäsche entfernte, indem er sie zu Asche verbrannte, und schluckte.

»Klar. Vorausschauende Planung.«

»Ja. Spontane Abenteuer könnten manchmal vorkommen. Klamotten könnten heruntergerissen werden. Ich dachte, ich sollte vorbereitet sein.«

Gott, ich wünschte, er könnte mir die Kleider vom Leib reißen.

»Nun, du kannst die hier verbrennen, wie du willst«, sagte ich und gestikulierte auf mein Outfit. »Sie sind bedeckt mit dem Geruch des Todesbades. Er trat vor, und ich zuckte zurück und warf meine Hände in die Höhe. »Das war ein Scherz!«

Ein Lächeln zerrte an seinem Mund.

»Ich weiß. Ich werde sie waschen lassen.« Ich öffnete den Mund, aber er schnitt mir das Wort ab. »Gründlich.«

»Gut. Danke.«

Er starrte mich weiter an.

»Du wirst sie mir geben müssen, wenn du sie gewaschen haben willst«, sagte er, als ich nur zurückstarrte.

»Ich werde mich nicht vor dir ausziehen.« Seine Augen verengten sich, und seine Schultern versteiften sich.

»Du hast wahrscheinlich recht.«

»Ich habe definitiv recht. Geh.« Außerdem, wenn er noch länger bliebe, würde ich ihn mit unter die Dusche ziehen. Das Verlangen in seinen Augen, die Spannung in seinem Körper, das Wissen, was er mit mir machen könnte, was er mich fühlen lassen könnte...

»Geh! Du musst gehen!« Ich stieß gegen seine festen Arme und er antwortete mit einem sündigen Lächeln, das mein Inneres zu Lava verwandelte.

»Gut. Ich gehe jetzt. Lass deine Klamotten vor der Tür.«

Er ließ sich Zeit, das Zimmer zu verlassen und sobald er weg war, riss ich mein Shirt und meine Jeans von meinem Körper. Ich öffnete die Tür einen Spalt, warf sie hinaus und rannte zu der massiven Dusche.

Nox Dusche war himmlisch. Sie war ungefähr eine Million Mal besser als meine eigene Dusche. Der Geruch von teurer Seife verdrängte allmählich den fauligen Abwassergeruch, der sich in meinen Nasenlöchern festgesetzt hatte, und das kräftige, heiße Wasser tat ebenfalls seinen Dienst und beseitigte das anhaltende Gefühl der Verwesung.

Ich war mir nicht sicher, wie lange ich dort drinnen verbracht hatte, aber als ich mich in ein Handtuch wickelte und aus dem Bad trat, fühlte ich mich viel besser. Naja, sauberer. Ich fühlte mich immer noch verdammt geil, aber ich bezweifelte, dass dieses Gefühl in nächster Zeit verschwinden würde.

Ich öffnete den Kleiderschrank und lächelte über die Auswahl an Kleidung. Ein paar Jeans, in blau und schwarz, und eine Reihe von pastellfarbenen Shirts und T-Shirts mit Rundhalsausschnitt. Genau das, was ich gerne trug. Eines der Oberteile war schwarz und ich nahm den Bügel heraus, um es mir genauer anzusehen. Es war ein Off-Shoulder-Pullover mit wunderschönen Diamantrosen auf der Brust.

Als ich die oberste Schublade im Regal unter dem Geländer aufzog, fand ich Unterwäsche. Spitzenunterwäsche, sowohl in Rot als auch in Schwarz. Ich biss mir auf die Lippe, als ich ein schwarzes Set hochhob. Es fühlte sich weich und sinnlich in meinen Händen an, als ob der Stoff nur erfunden worden wäre, um Teil von etwas Intimem zu sein.

Dieses Gefühl steigerte sich nur noch, als ich das Höschen anzog und den BH zuzog. So fühlte sich also Luxus an.

Ich entschied mich für eine blaue Jeans und den hübschen schwarzen Pullover und fischte Mascara und Eyeliner aus meiner Handtasche. Als ich fertig war, fühlte ich mich ziemlich gut, aber das Bild des blassen, aufgedunsenen Typen auf der Liege verweilte immer noch in meinem Hinterkopf.

Als ich mein Zimmer verließ und mich auf den Weg zur Treppe machte, dachte ich über die Worte des Herrn der Faulheit nach. Er wollte die Macht nicht mehr. Er hatte Nox gesagt, dass er fertig war. Und ich konnte verstehen, warum. Was für eine verdammt schreckliche Art zu leben. Es stand so im Widerspruch zu Nox pulsierender, feuriger Energie. Ich konnte mir nicht vorstellen, dass er diese Art von Macht in seiner Nähe haben wollte, oder wie es sein musste, sie zu kontrollieren.

»Hallo«, sagte ich und ging in die Küche, die ich noch mehr liebte als die Dusche. Helles Licht strömte vom Oberlicht über die Arbeitsplatten und Beelzebub stürmte auf mich zu.

Ich fiel auf die Knie, bevor er mich umwerfen konnte, und er rollte sich auf den Rücken, damit ich seinen Bauch kratzen konnte, wobei seine Zunge zur Seite heraushing.

»Wie war deine Dusche?«, fragte Nox. Er saß auf einem Hocker, die Hemdsärmel hochgekrempelt. Sein Haar war feucht. Er musste auch geduscht haben. Der Gedanke an ihn, wie er nackt unter dem fließenden Wasser stand, hart und bereit, mit diesen sündhaft verruchten Augen, die sich in meine bohrten...

»Gut. Danke«, sagte ich, riss meine Augen von seinem schönen Gesicht los und konzentrierte mich auf den Hund. »Aber ich habe einen Haufen Fragen an dich.«

»Natürlich tust du das. Das tust du immer.«

BETH

»Ich dachte, dass es leichter sein könnte, der Versuchung zu widerstehen«, Ich zuckte zusammen, als er das Wort *Versuchung* unnötig langsam aussprach, »wenn wir ausgehen.«

»Oh. Okay, sicher.« Ich gab dem Hund einen letzten Kratzer und stand auf.

»Wohin gehen wir?«

»Nun, es ist noch zu früh zum Abendessen...« Er legte seinen Kopf nachdenklich zu mir. Sein Haar bewegte sich und fiel ihm seitlich ins Gesicht und ich konnte dem Drang kaum widerstehen, einen Schritt nach vorne zu machen und mit den Fingern durch die Haare zu fahren. Er atmete langsam ein, als hätte er mein Verlangen ebenfalls gespürt. »Komm mit, ich habe eine Idee.«

Bevor ich etwas anderes tun oder sagen konnte, marschierte er an mir vorbei, in Richtung der Vorderseite des Hauses. Ich trabte ihm hinterher und war überrascht, ein Paar schwarze Stiefeletten neben der Haustür zu sehen.

»Sind die für mich?«

»Ja. Es sei denn, du würdest etwas anderes bevorzugen?«

Ich hockte mich hin, um sie zu betrachten, während er seine eigenen Füße in makellose, teuer aussehende Loafer schlüpfte. Die Stiefel, die ich in der Hand hielt, waren genauso schön, stellte ich fest.

»Nein, sie sind toll, aber...« Ich schaute zu ihm auf. »Es fühlt sich komisch an, dass du mir teure Sachen kaufst. Ohne dass ich es weiß.« Er hob eine Augenbraue.

»Beth, ich weiß nicht, wie gut du dich an die Gespräche erinnerst, die wir geführt haben, seit wir uns kennengelernt haben, aber ich war noch nie so sehr an einem Menschen interessiert wie an dir. Ich wusste schon, bevor du deine erste Nacht hier verbracht hast, dass ich dich in meinem Haus haben möchte, soweit es physisch möglich ist. Und, wie ich dir schon sagte, habe ich die Angewohnheit, Stoff in Brand zu setzen.« Er befeuchtete seine Lippen, während er auf mich herab-starrte, und ich wurde mir meiner unterwürfigen Position deutlich bewusst. Trotzdem stand ich nicht auf.

»Nachdem ich nun die Nacht mit dir verbracht habe, bin ich mir ganz sicher, dass ich die richtige Entschei-dung getroffen habe. Und die Dinge, die ich gekauft habe, sind teuer, weil ich teure Dinge mag und ich sie nicht für mich behalten kann.«

»Du kannst sie nicht für dich behalten?«, fragte ich und entschied mich dafür, auf nichts anderes zu antwor-ten, was er gesagt hatte.

»Nein. Nicht, wenn sie übermäßig teuer sind. Genau

wie mein Geld, geht verschwindet über Nacht, es sei denn, ich verschenke es.«

»Also, was ist mit den Schuhen?«

»Heute neu für mich gekauft.«

Mir fiel der Mund auf.

»Ernsthaft? Du kaufst jeden Tag neue Schuhe?«

»Ja. Und Anzüge oder Uhren, an manchen Tagen. Rory sieht zu, dass sowohl mein Haus als auch mein Büro täglich mit Kleidung und dergleichen versorgt werden.«

»Das ist Wahnsinn«, sagte ich.

»Es ist, wie es ist. Früher sind sie über Nacht verschwunden. Jetzt sorge ich dafür, dass sie stattdessen an ein gutes Zuhause gehen.«

»Steht der Teufel auf Nächstenliebe?«

»Der Teufel ist nicht das Arschloch, für das ihn alle halten«, grummelte Nox. »Der Teufel ist dazu da, die Arschlöcher zu bestrafen.«

Ich nickte, als ich mich aufrichtete und die Stiefel anzog. Sie passten perfekt, das weiche Material schmiegte sich wie von Zauberhand an meine Füße.

»Nun, wenn du kein Arschloch bist, dann danke für die schönen Stiefel«, sagte ich.

Er lachte, ein lautes, echtes Lachen, das meine Brust anschwellen ließ und ein Lächeln über mein Gesicht zog.

»Das gefällt mir. « Er wiederholte, was ich gesagt hatte in seinem irischen Akzent.

Ich grinste ihn an, und er streckte plötzlich einen Arm aus, zog mich zu sich und küsste mich. Es war zu schnell vorbei, aber er lächelte, als er sich zurückzog.

»Lass uns auf ein Date gehen, Miss Abbott.«

~

»Was hältst du davon?«

»Ich liebe Aquarien, verdammt!« Ich war mir bewusst, dass ich wie ein kleines, überdrehtes Kind klang, als ich ihn anstrahlte, und es war mir egal. Es stimmte. Nox hatte mich in die Londoner Meereswelt Sea World gebracht und ich hüpfte praktisch auf meinen Fußballen, als er mir mein Ticket überreichte.

Seine Augen tanzten vor Licht, als er mich beobachtete.

»Wenn wir eine halbe Stunde warten, können wir den Ort für uns alleine haben.«

»Was? Sei nicht albern. Wir brauchen den Platz nicht für uns, um uns Fische anzuschauen!« Ich packte seine Hand und zerrte ihn in Richtung der Drehkreuze.

»Aber, es gibt hier so viele Menschen«, sagte er und sah sich um. »Und Kinder.« Ich lachte.

»Du bist größer als die Kinder. Du kannst über ihre Köpfe schauen«, sagte ich ihm. Er sah mich finster an, ließ sich aber von mir zum Eingang führen.

»Weißt du«, sagte er, als er sein Ticket in den Automaten steckte und die Bar sich hob. »Normalerweise habe ich private Zugänge zu den Dingen. Es ist lange her, dass ich eine dieser Vorrichtungen benutzt habe.«

Ich rollte mit den Augen, als ich mich durch den neben ihm bewegte. »Dann ist es an der Zeit, dass du dich daran erinnerst, wie es ist, Teil des Proletariats zu sein.«

Er grunzte.

· · ·

Das Aquarium war heiß, dunkel und feucht, aber auf eine spannende Art und Weise, ganz anders als die Kloake eines Spas, die wir zuvor besucht hatten. Die leuchtenden Blautöne überall hoben meine Stimmung und ich zerrte Nox von einem Raum zum anderen, versuchte Haie, Rochen und versteckten Kreaturen in den riesigen Wassertanks zu entdecken und las ihm aufgeregt von den Informationstafeln über die Tiere vor, die gerettet und untergebracht worden waren.

Er sagte wenig, und das Einzige, was er mit ebenso viel Interesse beobachtete wie mich, waren die langsamen Bewegungen der größeren, räuberischen Kreaturen.

Ein Hai glitt an uns vorbei, als wir in einen Tunnel durch das größte Becken traten, Schwärme von hellen Fischen flatterten über uns hinweg.

»Sind sie nicht fantastisch?«, hauchte ich und beschleunigte mein Tempo, um mit ihm Schritt zu halten. Zähe graue Haut, rasiermesserscharfe Zähne, dunkle Knopfaugen... Ich fand Haie sowohl schön als auch erschreckend.

Die Verbindung mit dem Mann neben mir setzte sich in meinem Gehirn fest und ich schaute ihn an.

»Ja. Tödlich, und anmutig.« Seine Augen waren auf mich fixiert, nicht auf den Hai. »Es freut mich, dass du so ein Raubtier anziehend findest.«

Ich schluckte nervös, Bilder von Max schreiend blitzten in meinem Kopf auf.

»Haie sind ein Teil der Nahrungskette, des Ökosystems. Sie sind gebaut, um zu überleben«, sagte ich.

Nox nickte.

»Sie töten nicht zum Spaß.«

»Genau.«

Ich war mir nicht ganz sicher, was wir da sagten, und als ein etwa sechsjähriger Junge an uns vorbeistürmte und »Schau!« rief, war ich erleichtert. Ich war erleichtert, dass der Moment unterbrochen war.

»Auf der Karte stand, dass es im nächsten Raum Korallenfische gibt. Lass uns gehen.«

Wir verbrachten etwa eine Stunde im Aquarium und ich brummte vor Energie, als wir in das frühe Abendlicht auftauchten. Wir befanden uns zwischen dem riesigen London Eye und der Westminster Bridge, die aus gutem Grund zu den beliebtesten Touristenzielen gehören. Der Big Ben überragte das Parliament auf der anderen Seite des Flusses und sah großartig aus.

»Bist du bereit für das Abendessen?«, fragte Nox mich.

»Ja«, nickte ich enthusiastisch.

»Wir müssen über die Brücke gehen.«

Er nahm meine Hand und wir gingen gemeinsam den Fluss entlang, bis wir die Brücke erreichten.

»Du hast vorhin gesagt, dass du Fragen an mich hast.«

»Das habe ich, und dann hast du mich mit dem Meeresleben abgelenkt.« Er lächelte, als wir über den Fluss fuhren.

»Ich habe uns etwas Privatsphäre für unser Essen organisiert, also kannst du mich dann alles fragen, was du möchtest.«

»Okay. Wo gehen wir essen?« Ich konnte spüren, wie

ich es aufgab, mich über die Menge an Geld, die Nox ausgab, unwohl zu fühlen, vor allem, weil ich wusste, dass er es nicht mit in den nächsten Tag nehmen konnte. Warum es also nicht den Köchen und Kellnern in netten Restaurants geben?

»Da.« Nox zeigte auf mich und ich runzelte die Stirn, als ich merkte, dass er auf das Wasser zeigte. Ich spähte über die Säulen, die die Brücke säumten, und sah ein gedrungenes, gläsernes Boot, das am Pier anlegte.

»Wir essen auf dem Boot?«

»Ja.«

»Wird es sich bewegen?« Ich konnte die Aufregung nicht aus meiner Stimme halten. Seitdem ich in die Stadt gezogen bin, wollte ich eine Tour auf der Themse machen.

Nox gluckste.

»Ja. Es wird uns zur Tower Bridge bringen und dann wieder zurück.« Ich drückte seine Hand und strahlte ihn an.

»Ich kann es kaum erwarten.«

FÜNFZEHN

BETH

Das Boot war schön ausgestattet, es war das schönste Restaurant, das ich je gesehen hatte. Ein lächelnder Mann begrüßte uns, als wir uns auf den Weg zum Pier gemacht hatten, und bot mir an, mir über den kleinen Steg auf das Boot zu helfen - bis Nox ihn angeblinzelte und mir seine eigene Hand anbot. Die besitzergreifende Geste erfüllte mich mit einem Gefühl, das ich bei Alex nie gehabt hatte.

Das Innere des Bootes war ein einziger Raum, mit Toiletten an der Rückseite und einer Bar an der vorderen Wand und Türen, von denen ich annahm, dass sie zur Küche führten. Zwei Tische waren an jeder der Glasseiten aufgestellt und hätten auch auf einer Hochzeit nicht fehl am Platz gewirkt.

»Wow«, sagte ich. »Das ist wunderschön.«

»Die Aussicht ist auf der rechten Seite am besten, aber wenn Sie lieber links sitzen möchten, ist das kein Problem«, lächelte unser Gastgeber.

Ich wartete darauf, dass Nox für uns antwortete, aber er sah mich nur an.

»Oh. Wir werden deinen Rat befolgen, und sitzen gern rechts «, sagte ich.

Sobald wir Platz genommen hatten, kam er mit den Speisekarten zurück und es dauerte nicht lange, bis ich mein Essen ausgewählt hatte.

»Wir sind auf einem Boot, also denke ich, dass es angemessen ist, Fisch zu essen«, sagte ich zu Nox, nachdem ich den Wolfsbarsch bestellt hatte. Er legte den Kopf schief.

»Ich habe Lust auf etwas... Fleischigeres«, sagte er.

Bevor ich etwas sagen konnte, spürte ich eine Bewegung und drehte meinen Kopf zum Fenster. Wir fuhren los und bewegten uns in sanftem Tempo entlang der Themse.

»Das ist großartig«, sagte ich. »Danke.«

»Gern geschehen. Ich wollte die Unannehmlichkeiten des heutigen Nachmittags ausgleichen. Dir etwas Fröhlicheres geben, an das du zurückdenken kannst, wenn du dich an den heutigen Tag erinnerst.«

»Ich bin dankbar«, sagte ich, als wir an dem Aquarium vorbeikamen, aus dem wir gerade gekommen waren.

Der Gastgeber brachte eine Flasche Wein vorbei und ich erkannte, dass es etwas Prickelndes war, als es beim Öffnen knallte.

»Das ist mal eine andere Art, einen Donnerstagabend zu verbringen«, sagte ich und hob die Sektflöte, als wir wieder allein waren.

»Nun, du solltest dich besser daran gewöhnen.« Ich biss mir auf die Lippe.

»Ich denke, wenn ich weiterhin so viel Zeit mit dir verbringe, muss ich mich auch an die anderen Sachen gewöhnen.« Sein Gesicht verfinsterte sich.

»Auf was für andere Sachen beziehst du dich?«

»Alles davon«, zuckte ich mit den Schultern. »Ich freue mich, mich an die Magie zu gewöhnen, und an meinen neuen Job, und bis zu einem gewissen Grad an das Unbekannte, aber... Tote Körper auf Liegestühlen sind auf eine andere Art gewöhnungsbedürftig.«

»Mir war nicht klar, dass er die Kontrolle so sehr verloren hat «, sagte Nox mit fester Stimme. »Ich wäre allein gegangen.«

»Das ist nicht der Punkt. Ich will nicht vor allem beschützt werden. Wenn ich mit dir zusammen sein will, wenn wir deine Sünden und das Buch und meine Eltern finden wollen, dann muss ich härter im Nehmen werden. Ich schätze, der Champagner kommt mit Leichen.«

Ein Blick, den ich schon ein paar Mal gesehen hatte, flammte in seinen Augen auf, und ich dachte, es sei Respekt oder Bewunderung.

»Ich habe dir gesagt, dass du stark bist.«

»Ich versuche, dir zu glauben.« Er hob sein Glas.

»Auf deine Stärke«, sagte er.

»Auf Champagner und Leichen«, antwortete ich.

»Wie heißt der Herr der Faulheit eigentlich?«

»George Simmons.«

Ich nahm einen weiteren Bissen des köstlichen Wolfsbarsches, bevor ich fortfuhr. »Und hat er dir gesagt, dass er die Macht nicht mehr haben will?«

Ich wusste, dass es das war, was er gesagt hatte, aber ich wollte, dass Nox es bestätigt.

»Ja. Meine Erinnerung an diese verfluchte Macht ist eindeutig korrekt. Ich habe es gehasst, für sie verantwortlich zu sein. Ich hasste es, sie in Menschen zu sehen. Ich hasste, was sie die Menschen tun ließ, was sie *zuließ*.« Schatten huschten über seine Iriden.

»Wenn du die Macht zurücknimmst, wirst du...« Ich versuchte, einen Weg zu finden, meine Frage zu formulieren, aber Nox schenkte mir ein kleines Lächeln über sein Steak hinweg.

»So enden wie er? Nein.«

»Warum nicht?«

»Zum einen bin ich unermesslich stärker als er, zum anderen werden meine anderen Kräfte die Trägheit aufheben.«

»Auch wenn du noch nicht alle anderen zurückhast?«

»Ja. Meine vorhandenen Kräfte reichen aus. Lust und Gier sind besonders mächtig.«

»Setzt du deine Kräfte bei Menschen ein?« Ich war mir nicht sicher, ob ich die Antwort hören wollte, und ich wusste bereits, dass seine Lustmagie mich beeinflusst.

»Das habe ich, eine Zeit lang, als ich die anderen Sünden aufgegeben habe. Aber ich habe die Konsequenzen nicht genossen.«

Ich schaute ihn fragend an und er warf mir einen langen Blick zu, bevor er weitersprach.

»Ich hatte eine Ewigkeit damit verbracht, diejenigen

zu bestrafen, die die Sünden missbrauchten, und ich wollte sehen, wo die menschlichen Grenzen lagen. Ich wollte sehen, wo die Gier vom Spaß ins Tödliche kippte. Wo die Völlerei von genussvoll zu schmerzhaft überging. Ich kannte die Macht der Sünden, und ich konnte nicht glauben, dass sie alle böse waren. Besonders die drei, die ich behalten hatte. Ich wusste, was Faulheit mit den Menschen macht, also war ich darüber nicht neugierig, und über Zorn braucht man sich keine Fragen zu stellen; Zorn macht Menschen gewalttätig. Stolz langweilte mich, und Neid wäre zu leicht zu missbrauchen gewesen. Also habe ich die Menschen getestet.«

»Ist das der Zeitpunkt, an dem die Wache dir auf die Pelle gerückt ist?« Ich stellte die Frage so mild, wie ich konnte.

»Ja.«

»Hast du... etwas wirklich Schlimmes getan?«

»Nichts Schlimmeres als das, was ich unter der Befehlsherrschaft der Götter getan habe.« Wahre Dunkelheit erfüllte seine Augen, als er dieses Mal sprach und ich beeilte mich, das Thema zu wechseln.

»Glaubst du, die Seite der Faulheit wurde von denselben Leuten genommen, die Max dafür bezahlt haben, dein Buch zu stehlen?«

»Ich denke, dass es nicht gut ist, wenn das der Fall ist. Ich weiß nicht, was sie denken, was sie mit den Büchern und den Seiten ohne mich machen können, aber es wäre unwahrscheinlich, dass sie das ohne Grund tun würden. Es muss einen Plan geben.«

»Ich kann nicht glauben, dass es vor so kurzer Zeit

gestohlen wurde.« Meine Frustration wurde in meinem Tonfall deutlich. »Wir waren so nah dran.«

»Das ist wirklich sehr bedauerlich.«

Ein lauter Schlag ließ uns beide scharf nach oben schauen. Ein kratzendes, krabbelndes Geräusch folgte.

»Was ist das?« Bevor ich die Frage beenden konnte, stand Nox auf und sein Stuhl flog nach hinten. Seine goldenen Flügel schnappten hinter ihm hervor, füllten den Raum und raubten mir den Atem.

»Stell dich hinter mich, sofort«, sagte er und seine Stimme war von tödlicher Bedrohung durchzogen. Ich schob meinen eigenen Stuhl zurück, ließ mein Messer und meine Gabel fallen und eilte dann auf ihn zu.

»Was ist los?«

»Höllenhunde«, zischte er.

Es gab weitere krabbelnde Geräusche und einen Schrei von irgendwo außerhalb des Raumes.

»Was?« Ich schaffte es nicht, die Panik aus meiner Stimme zu vertreiben.

»Große, gefährliche Hunde aus meinem Reich. Sie sollten nicht hier in London sein. Stell dich hinter mich, sofort.«

Dunkle Schatten fegten über sein schimmerndes Goldgefieder, als ich mich weit bewegte, um um seine Flügel herumzukommen und zu tun, was er verlangte.

Ein allmächtiges Krachen ließ meine Hände zu meinen Ohren fliegen, dann strömte Licht von oben herein, als etwas durch die Decke krachte. Die dunkle

Masse landete mit einem dumpfen Aufprall nur einen halben Meter von mir entfernt.

Ein riesiger Hund richtete sich schüttelnd auf und ging auf alle Viere. Mein Herz setzte einen Schlag aus, als er seine leuchtenden scharlachroten Augen auf meine richtete.

Heilige Scheiße.

Das Ding sah aus, als hätte man die Größe und das Gewicht eines Dobermanns verdoppelt und Flammen in sein Fell gemischt. Echtes Feuer glitt an seinem glatten, tintenfarbenen Fell auf und ab und Speichel tropfte von seiner Schnauze, als es mir die messerscharfen Zähne zeigte und knurrte.

»Nox«, flüsterte ich und war überrascht, dass überhaupt ein Ton herauskam. Der Kopf des Dings war auf gleicher Höhe wie meiner, und buchstäblich nur Zentimeter von meiner Nase entfernt. Ich konnte den fleischigen Gestank seines Atems riechen.

Hitze prasselte auf mich ein und meine Knie knickten unter einer Kraft ein, die nicht natürlich war. Ich war mir bewusst, dass sich etwas Helles und Heißes über meinen Kopf bewegte, als ich zu Boden stürzte und in die Richtung rollte, in der ich Nox vermutete. Der Hund stürzte ebenfalls nach vorne, unter dem, was auf ihn geschleudert worden war. Für einen erschreckenden Moment traf seine Schnauze meine Schulter, aber sie glitt wieder davon ohne Schaden anzurichten. Ich konnte einen flüchtigen Blick auf ein Symbol erhaschen, das in sein massives Ohr tätowiert war, als ich mich abrollte, dann jaulte der Hund vor Schmerz auf und verschwand aus meinem Blickfeld.

Keuchend kroch ich auf Knien und versuchte, mich zu orientieren. Nox goldene Flügel waren um ihn und den Höllenhund gewickelt, und Feuer loderte aus dem Hund und verschlang ihn.

Die Angst um Nox packte mich und ein erstickter Laut entkam meiner Kehle. Dann ertönte ein Knurren, bei dem ich mir sicher war, dass es von Nox und nicht von dem Hund kam, und ein Schatten, so dunkel wie ein Abgrund, schwoll um ihn an. Der Hund bellte kreischend, drehte sich um und sprang zu dem Loch, das er in das Dach des Bootes gegraben hatte. Der Schatten bewegte sich jedoch mit ihm und zog ihn wieder nach unten. Nox hob beide Hände, seine Flügel breiteten sich aus und ein reiner, unverfälschter Schrecken überkam mich mit der Wucht eines Schraubstockes, der sich um meinen Oberkörper legte.

Ich kannte das Gefühl. Es war dasselbe wie damals, als ich mit Rory am Kai gewesen war, als Nox Max bestraft hatte.

Aber etwas war dieses Mal anders. Etwas tief in mir reagierte, aber nicht mit Angst. *Mit Hitze.* Das überwältigende Bedürfnis zu schreien, zu weinen und mich zu verstecken, wurde mit einer Welle von Trotzes beantwortet.

Mit etwas, das genauso dunkel ist wie das, wovor ich mich so fürchtete.

Nox brüllte und der Schatten fiel in sich zusammen, nahm den Höllenhund mit sich und beide verschwanden mit einem lauten Knall. Ein schrecklicher, tierischer Schmerzenslaut hallte durch den Raum und dann verstummte alles um mich herum, und nur mein hektischer Atem war zu hören.

Ein schabendes Geräusch durchbrach die Stille und wir beide wirbelten herum, um den Bootswirt zu sehen, der am anderen Ende des Raumes stand, sein Gesicht so weiß wie ein Laken. Er warf einen Blick auf Nox und fiel in Ohnmacht.

Nox bewegte sich schnell auf mich zu und schlang einen Arm um meine Taille. Ich versuchte zu sprechen, aber es kam nur ein sinnloses Krächzen heraus. Sein Hemd und ein großes Stück seiner Hose waren weggebrannt.

»Wir gehen nach Hause«, flüsterte er in mein Ohr, bevor er mich fester an seine Seite drückte und mit seinen Flügeln schlug.

Ich hatte kaum Zeit zum Luftholen, bevor wir durch das Loch im Boot schwebten. Er schlug härter mit den Flügeln und kalte Luft strömte über mich. Vor meinen Augen verschwamm alles und die Tränen verdeckten den Blick auf Nox unglaubliche Flügel und London dahinter.

Mein ohnehin schon adrenalingeladenes System muss entschieden haben, dass das zu viel war, denn anstatt mich zu Tode zu erschrecken, ergriff eine seltsame Ruhe von mir Besitz. Meine zitternden Glieder beruhigten sich und mein mulmiger Magen legte sich. Ich schlang meine Arme fest um seinen Hals, versuchte mich auf seine epischen Flügel zu konzentrieren und wusste mit absoluter Sicherheit, dass sein Griff um meine Mitte sich nie lockern würde.

Ich fühlte mich wie in einem Traum, und spürte eine

benommene Abgeklärtheit, in der ich mich nicht wiedererkannte.

Stattdessen wirbelte ein Gedanke durch meinen Schädel.

War es die Kraft von Nox - die Dunkelheit in mir - die sich der Angst entgegengestellt hatte?

BETH

Wir landeten auf der Dachterrasse von Nox Haus, direkt neben dem Pool. Ich konzentrierte mich darauf, als er mich sanft absetzte. Meine Füße pochten seltsam, als sie die Fliesen berührten.

»Bist du in Ordnung?« Er lockerte langsam seinen Griff um meine Taille, dann nahm er mein Gesicht in seine Hände und zog meinen Blick zu ihm hoch. »Beth, bist du in Ordnung?«, wiederholte er.

»Ich habe es gespürt«, sagte ich. Er runzelte die Stirn.

»Der Höllenhund? Hat er dich verletzt?«

»Nein. Nein, ich habe die Macht gespürt. Deine Macht.« Er versteifte sich, etwas funkelte in seinen Augen.

»Was meinst du damit?«

»Als du gekämpft hast, hat etwas in mir versucht, gegen die Angst anzutreten. Etwas, das genauso unheimlich und dunkel ist. Es ist in mir.«

Nox starrte mich an, und ich starrte zurück.

»Du bist blass«, sagte er schließlich. »Lass uns reingehen.« Ich nickte. Ich fühlte mich immer noch losgelöst von der Realität. Ich ließ mich von ihm die Treppe hinunterführen, anstatt zu den Schlafzimmern zu gehen.

Er brachte mich in das Arbeitszimmer, in dem wir zuvor gewesen waren. Es war weich, warm und dunkel und voller Bücher. Er setzte mich auf die Couch und ich war immer noch so benommen, dass mir nur eine flüchtige Erinnerung an das letzte Mal, als ich auf der Couch war, in den Kopf kam.

»Nox, habe ich Teufelskraft?«

Er ließ einen langen Atemzug aus.

»Gib mir ein paar Minuten zum Umziehen«, sagte er. Ich bemerkte, dass seine Flügel immer noch sichtbar waren, jetzt aber fest an seinen Rücken geklemmt. »Dann werden wir reden.«

Er kam in Jeans und T-Shirt zurück, etwas, das ich ihn noch nie hatte tragen sehen. Er reichte mir einen von zwei Bechern, die halb mit bernsteinfarbener Flüssigkeit gefüllt waren.

»Für den Schock«, sagte er und setzte sich neben mich. »Du trägst etwas von meiner Macht in dir, aber das bedeutet nicht, dass du dunkel oder böse bist«, sagte er, bevor ich etwas sagen konnte. Da waren keine Schatten in seinen Augen, da war kein spielerisches Zucken auf seinen Lippen. Nur Aufrichtigkeit in diesen hellblauen Kugeln. »Wenn das Einzige, was diese Kraft ausgelöst hat, das Bedürfnis ist, sich gegen mehr davon zu verteidigen, würde ich sagen, dass das eine gute Sache ist.« Er nahm einen Schluck von seinem Whiskey und ich fragte mich, warum. Er konnte ihn nicht schmecken. Es erinnerte mich aber daran, dass ich meinen schmecken konnte, also nahm ich einen kleinen Schluck. Es brannte in meiner Kehle und meine Gedanken klärten sich ein wenig. Ich wiederholte, was er gerade gesagt hatte, in meinem Kopf.

Er hatte recht. Wenn es nur durch ihn ausgelöst werden konnte und es versuchte, mich zu verteidigen, war das gut.

»Warum hat uns ein Höllenhund angegriffen?«

Sein Kiefer straffte sich, aber noch immer zeigten sich keine verräterischen Anzeichen von Wut.

»Eine von zwei Optionen. Jemand innerhalb meines Reiches arbeitet gegen mich und hat es losgelassen.«

»Und ist der andere?«, fragte ich, als er aufhörte zu sprechen.

Er schluckte.

»Meine Macht ist so geschwächt, dass ich die Höllen-hunde nicht mehr von hier in London aus in Schach halten kann.«

»Scheiße«, murmelte ich. »Die klingen beide nach ziemlich schlechten Optionen.«

»Wenn wir mehr Berichte über freilaufende Höllen-hunde hören, ist es wahrscheinlich Letzteres.«

»Ich habe ein Tattoo gesehen«, erinnerte ich mich. »In seinem Ohr.« Nox Augenbrauen zogen sich zusammen.

»Höllenhunde sind verwildert. Sie würden keine Tattoos haben.«

»Nun, dieser hier schon. Es war das Tattoo einer Glocke.«

»Eine Glocke? Wenn du das nächste Mal bei der Arbeit bist, sprich bitte mit Malcolm darüber und fang an zu recherchieren. Es könnte wichtig sein.«

Ich nickte. Wir wurden still, jeder nippte an seinem Getränk, ohne zu sprechen.

»Ich, ähm, würde das gerne mal wieder machen«, sagte ich schließlich.

»Gegen einen Höllenhund kämpfen?« Nox starrte mich ungläubig an.

»Nein! Fliegen«, korrigierte ich ihn schnell. »Ich will auf keinen Fall wieder gegen einen Höllenhund kämpfen, verdammt.« Ein Lächeln zog um seinen Mund.

»Ich mag es, wenn du fluchst.«

»Hm.« Sein Gesicht wurde wieder ernst.

»Es tut mir leid. Sowohl, dass meine Kraft dich erschreckt hat, als auch, dass das erste Mal, als ich richtig mit dir geflogen bin, nicht aus angenehmeren Gründen war.«

»Lass uns so tun, als wäre es nicht passiert«, sagte ich. »Das Fliegen, meine ich. Dass deine Kraft mir Angst macht, ist eine weitere Sache, an die ich mich wohl gewöhnen muss.«

»Ich wurde geschaffen, um zu bestrafen. Und damit die Bestrafung wirksam ist, muss der Empfänger sie fürchten. Schrecken und Terror sind genauso Teil meiner Macht wie der Rest meiner Magie.«

Er sprach ohne einen Tonfall einer Entschuldigung, aber es lag eine Anspannung in seiner Nüchternheit.

»Ich verstehe«, sagte ich. Und das tat ich auch irgendwie. Aber es machte es nicht einfacher. Der Mann, der meine Wange berührte und mein Inneres mit Verlangen erfüllte, war so gegensätzlich zu dem schattenhaften Monster, das er in sich trug. Sogar seine Flügel passten nicht zur Dunkelheit, so schimmernd und golden sie auch waren.

»Geht es dir besser?«, fragte er mich.

»Ja. Eigentlich bin ich jetzt müde.«

»Das wird das Adrenalin sein, das nachlässt. Du solltest heute Nacht hier bleiben.«

Ich widersprach nicht. Ich wusste, wie bequem seine Betten waren, sowohl sein eigenes als auch das im Gästezimmer. Und ich hatte keine Lust, wieder in die Nacht hinauszugehen. Oder allein zu sein.

»Könnte ein Höllenhund Alex die Kehle herausgerissen haben?«, fragte ich und der Gedanke purzelte im selben Moment aus meinem Mund, als er mir in den Sinn kam. Die Erinnerung an diese speichelbedeckten Reißzähne ließ mich noch mehr wärmenden Whiskey hinunterschlucken.

»Vielleicht. Das würde die starke magische Signatur erklären. Erwähne das auch gegenüber Malcolm.«

»Okay.«

»Ich wusste, dass du gut in diesem neuen Job sein würdest.« Er lächelte mich an und ein kleiner Schwall von Selbstvertrauen durchströmte mich.

»Detective Abbott, zu Ihren Diensten.« Ich schenkte ihm ein müdes Lächeln. Die Müdigkeit machte sich schnell breit, jetzt wo ich es zugegeben hatte.

»Komm schon.« Er stand auf und streckte seine Hand aus und ich nahm sie.

Ich war müde genug, dass ich nur einen Hauch von Enttäuschung verspürte, als ich in das Gästezimmer geführt wurde, in dem ich zuvor geduscht hatte, anstatt in Nox Zimmer.

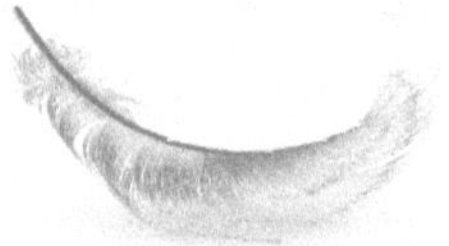

SIEBZEHN

NOX

Ich starrte auf meinen Drink hinunter. Scheiße, ich wünschte, ich könnte es schmecken.

Zu wissen, dass Beth oben war, war eine süße Art von Folter. Ich hatte ihr versprochen, dass ich ihr helfen würde, sich so sehen würde, wie ich sie sah. Stark und kämpferisch, aber ohne Stolz und Zorn. Nur ehrliche Entschlossenheit mit einer guten Seele.

Aber ich konnte es nicht durch die Kraft der Intimität tun.

Ich wusste, dass ein Teil von mir dieses Versprechen gegeben hatte, weil ich befürchtete, dass ich sie im Stich lassen würde. Wenn es darum ging, zwischen ihr und meiner Freiheit zu wählen, wusste ich immer noch nicht, was ich wählen würde. Aber ich würde einen Weg finden, sie glücklich zu machen, egal wie.

Ich knirschte mit den Zähnen, während ich versuchte, meine Gedanken zu klären.

Wenn die Höllenhunde frei herumliefen, dann musste ich die Hölle besuchen. Und wenn ich die Hölle besuchte, dann konnte ich Examinus nicht vermeiden. Wenn ich in seiner Gegenwart war, dann würde er wissen, dass meine Kraft schwand.

Ich griff das Glas zu fest und es zerbrach, und die bernsteinfarbene Flüssigkeit ergoss sich über meine Hand.

Beth hatte meine Kraft gespürt, und sie reagierte auf mich. Was hatte das zu bedeuten?

Mein Telefon klingelte und ich bekam ein unangenehmes Kribbeln im Nacken. Ich versteifte mich. Ich wusste, was das bedeutete.

Auf dem Display meines Handys stand *Nummer unterdrückt*, aber ich wusste, dass es einer von zwei Männern am anderen Ende war.

»Was?« Ich knurrte, als ich antwortete.

»Ist das eine Art, einen Bruder zu begrüßen?« Es war Michael. Der etwas unausstehlichere meiner beiden Engelsgeschwister.

»Was willst du?«

»Ich habe gehört, dass die Dinge im Moment nicht besonders gut für dich laufen.«

»Du hast falsch gehört.«

»Oh, das glaube ich nicht. Es gibt Gerüchte, dass du das Buch der Sünden verloren hast.«

»Ich werde es wiederfinden«, spuckte ich.

»Und dass du ein Verdächtiger in einem Mordfall bist.«

»Ich hatte nichts damit zu tun.« Ich bereute es sofort, seinen Köder geschluckt zu haben. Ich konnte das Lächeln in seiner Stimme hören, als er antwortete.

»Wir sollten uns treffen. Gabriel will auch dabei sein.«

»Wobei genau? Ich höre die Gerüchteküche ebenfalls brodeln, weißt du.«

»Ach ja?«

»Ja. Und meine Quellen sind vertrauenswürdiger als deine.« Michael gluckste.

»Examinus hat wieder von seinem imaginären Krieg erzählt, nicht wahr? Ich versichere dir, Bruder, wir haben nichts mit dem zu tun, was die Götter im Schilde führen.«

Ich vertraute ihm genauso wenig, wie ich Examinus vertraute.

»Warum willst du mich dann treffen?«

»Aus einer Reihe von Gründen. Ich werde dafür sorgen, dass es sich für dich lohnt. Ich habe Informationen über den Mord, die die Wache speziell vor dir geheim halten will.« Wut entbrannte in meinem Bauch.

»Willst du mich bestechen? Was willst du?«

»Wir wollen dir helfen.«

»Mir helfen?«

»Deine Kraft zurückzugewinnen.« Ich runzelte die Stirn.

»Warum?«

»Triff dich mit uns. Wir werden das persönlich besprechen, nicht über diesen dummen elektronischen Apparat.«

Michael wusste, dass er gewonnen hatte, ich konnte es in seiner Stimme hören. Ich konnte nicht *nicht* herausfinden, was er wusste. Mehr Informationen waren immer besser als weniger. Aber ich würde den Rahmen dafür setzen.

»Mein Casino, Provoco. Samstagabend, 10 Uhr.«

»Gut. Oh, und bitte, bring deine neue menschliche Freundin mit. Ich habe schon viel von ihr gehört.«

Bevor ich etwas sagen konnte, legte er auf. Ich knurrte das Telefon an.

Ich konnte es ihm nicht verübeln, gut informiert zu sein. Ich hielt mich aus den gleichen Gründen gut informiert. Und jeder, der sich für mich interessierte, hätte Beth schon längst bemerkt. Es hatte keinen Sinn, sie von ihnen fernhalten zu wollen.

Aber würden sie meine Macht in ihr sehen? Das könnte ihnen einen Vorteil verschaffen, den ich nicht über sie oder mich haben wollte. Es war Donnerstag. Ich hatte zwei Tage, um einen Weg zu finden, ihre Flügel zu verstecken, bevor sie meine Brüder traf.

ACHTZEHN

»D a«, sagte ich, beendete meine kleine Skizze und hielt sie für Malc in die Kamera. »So sah das Symbol in dem Hundeohr aus.« Der Vampir blickte stirnrunzelnd durch den Bildschirm darauf.

»Ich habe es noch nie gesehen. Mach ein Foto und schick es mir per E-Mail, ich versuche es mal mit einer umgekehrten Bildersuche.«

»Okay.«

»Also«, sagte Malc, als ich mein Handy herausholte, um die Zeichnung zu fotografieren. »Hattest du gestern einen interessanten Abend?«

»Du meinst den Höllenhund?«

»Ähm, ja? Was zum Teufel sollte ich sonst meinen?« Ich warf ihm einen Blick zu.

»Der Teufel hat mich zu einem Date ins Aquarium mitgenommen. Das ist auch ganz interessant.«

»Ich schätze, du hast recht.«

»Haben Vampire Dates?«, fragte ich ihn und legte meinen Kopf schief.

»Nicht längerfristig, nein «, antwortete er vage. »Also, wie sah er aus?«

»Was?« Er verdrehte die Augen.

»Der Höllenhund. Mensch, geht es dir gut?«

»Müde«, sagte ich. Und das war ich auch. Meine Träume waren voller Blut und Dunkelheit gewesen, aber ich konnte mich an nichts weiter erinnern als an beunruhigende Eindrücke, jedes Mal, wenn sie mich aufweckten.

»Oh. Nun, wir können später darüber reden, wenn du möchtest.«

»Nein, nein, ist schon gut.« Ich beschrieb ihm den monströsen Hund.

»Hört sich beschissen an«, sagte er mit schadenfrohen Augen.

»Ich schätze, du hast noch nie einen gesehen?«

»Beth, niemand hat je einen gesehen. Sie leben in der Hölle.« Er sprach, als wäre ich ein Idiot, und ich sah ihn finster an.

»Es gibt noch andere merkwürdige Dinge hier in London«, protestierte ich. »Woher sollte ich denn wissen, dass Höllenhunde sonst nicht zu Besuch kommen?« Er hob seine Augenbrauen.

»Tu mir einen Gefallen. Wenn du ein riesiges flammendes Biest in der Londoner U-Bahn siehst, nimm nicht an, dass es dort sein soll«, sagte er und schüttelte den Kopf. »Lauf weg.«

»Gut zu wissen. Danke für den Tipp.« Ich seufzte.

»Ich habe Zeichnungen gesehen und Beschreibungen von Kreaturen aus der Hölle gelesen«, fuhr Malc fort. »Aber sie tatsächlich in echt zu sehen, ist etwas anderes.

Ich kann es kaum erwarten, herauszufinden, wie es hierhergekommen ist.«

»Nox sagte, dass es jemand hierhergebracht haben muss, oder...« Ich beendete den Satz nicht. Würde Nox wollen, dass Malc weiß, dass seine Kraft schwächer werden könnte?

»Oder was?«

»Ähm«, sagte ich.

»Oder seine Macht könnte so geschwächt sein, dass einer entkommen ist?« Malc schaute mich intensiv durch die Kamera an. Ich schluckte unbeholfen. »Ist schon gut. Ich weiß, dass das Aufgeben der Sünden ihn geschwächt hat.«

»Oh. Gut«, sagte ich. Er wusste offensichtlich nicht, dass die Übertragung seiner Kraft auf mich durch eine Art verrückte Sex-Fluch-Magie ihn weiter geschwächt haben könnte.

»Nun, unsere Liste wird nicht kürzer, Beth. Wir haben immer noch« Er zählte unsere Aufgaben an seinen Fingern ab. »Alex Mord, das Buch der Sünden, die Seite der Faulheit zurückbekommen und den Aufenthaltsort der Seiten von Neid und Stolz herausfinden.«

Alles, bevor wir zu meinen Eltern kommen können, fügte ich leise in meinem Kopf hinzu.

Meine übliche Positivität fehlte heute, stellte ich fest, als ich mürrisch auf meinen Notizblock starrte. Der Angriff einer tödlichen Höllenkreatur schien meine Laune zu dämpfen.

»Oh, wo wir gerade dabei sind...« Er drehte sich zurück zu seinem Laptop und begann zu tippen, während er sprach. »Ich habe etwas von einem von Alex

Nachbarn bekommen. Ich habe mich in den Computer von Inspector Singh gehackt und sie hatte ein paar Zeugenaussagen. Diese hier war interessant.«

Einer der Bildschirme vor uns füllte sich mit getipptem Text. Ich las ihn schnell durch.

Die Nachbarin erinnert sich, einen Mann vor der Wohnung des Opfers gesehen zu haben, den sie als »einen großen Kerl in einem langen Mantel und einem komischen Hut« beschreibt. Sie hat sein Gesicht nicht gesehen und sagte, dass sie ihn nicht wiedererkennen würde, wenn sie ihn sehen würde.'

Ich kaute auf meiner Lippe und dachte nach.

»Ein großer Kerl. Das könnte jeder sein.«

»Außer einer kleinen Frau«, grinste mich Malc an.

»Meinst du, wir sollten zu dieser Nachbarin gehen?« Malc schüttelte den Kopf.

»Nee. Sie sagte, sie würde ihn nicht wiedererkennen und sie hat sein Gesicht nie gesehen. Das grenzt das Feld allerdings ein wenig ein. Ich denke, wir können Zorn somit ausschließen.« Ich schüttelte den Kopf.

»Sie hätte ihren Lieblingsdämon, Cornu, schicken können. Er ist groß.« Ich spürte, wie mir ein Hauch von Hitze in die Wangen kroch, als mir klar wurde, was ich gesagt hatte und dass ich den Dämon nackt gesehen hatte.

Mein Tischtelefon klingelte und ich nahm den Hörer dankbar ab.

»Hast du Lust auf einen Ausflug nach Solum heute

Nachmittag?« Nox heisere Stimme klang am Telefon nicht weniger verlockend.

»Ja. Auf jeden Fall. Aber ich werde mit diesem Berg von Dingen, die ich untersuchen muss, nicht weiterkommen, wenn ich mit dir durch London streife.«

»Nun, ich habe eine neue Spur. Meine Brüder wollen mich treffen. Sie behaupten, etwas zu wissen, was die Wache weiß und wir nicht wissen. Über den Mord an Alex.«

»Deine Brüder? Wie in, diejenigen, die anscheinend mit dir in den Krieg ziehen wollen?«

»Ja. Obwohl Michael behauptet, dass das nicht wahr ist. Wir werden sie treffen und die Wahrheit selbst herausfinden.«

»Wir?«

»Ja. Samstagabend. Weshalb wir heute unseren freundlichen Nachbarschaftsgeist besuchen müssen. Ich werde dir mehr erzählen, aber nicht am Telefon.«

»Musst du meine Flügel verstecken?« Ich schaute unsicher zu Nox auf dem Rücksitz des Stadtautos. Claudes Auto war so etwas wie ein sicherer Zufluchtsort für mich geworden. Ein ruhiger, privater Ort, an dem Nox und ich anscheinend viele unserer wichtigen Gespräche führten.

»Ja. Ich möchte nicht, dass meine Brüder wissen, dass du etwas von meiner Macht hast. Natürlich sind sie sehr mächtige Engel und könnten es trotzdem in dir spüren, aber ich hoffe nicht.«

»Ich kann meine Flügel nicht sehen«, sagte ich, beugte mich über meine Schulter und schaute ins Leere. Ab und zu fing etwas ein leichtes Flattern auf, aber wirkliche Flügel konnte ich nicht ausmachen. »Ich kann sie nicht spüren oder so. Sind sie sichtbarer geworden seit... dem letzten Mal?«

»Nein, das glaube ich nicht. Nur diejenigen, die viel Magie besitzen, können sie sehen. Die meines Bruders fallen in diese Kategorie.«

»Wie habe ich sie das erste Mal gesehen?«

»Ich kann mir vorstellen, dass es mit der Tatsache zu tun hat, dass die Kraft gerade in deinen Körper eingedrungen ist.« Sein Gesichtsausdruck veränderte sich und ich zuckte ein wenig zusammen. »Sie sind sehr schön. Zart, delikat. Wie du.«

Ich bewegte mich, um ihn zu küssen, hielt mich aber zurück.

»Ich bin mir nicht sicher, wie zart ich mittlerweile noch bin.«

»Ich habe dich gewarnt, dass der Einfluss des Teufels auf dich abfärben könnte«, lächelte er. Ich biss mir auf die Innenseite der Wange.

»Da wir schon mal auf dem Weg nach Solum sind«, begann ich und stählte mich. »Ich würde gerne den Geist sehen und die Bluttests machen.« Licht flackerte in Nox Augen auf.

»Ich bin sehr froh, das zu hören.«

»Ich denke, wir müssen so viel wie möglich über den Fluch wissen«, sagte ich und fügte den wahren Grund nicht hinzu, der darin bestand, dass ich unbedingt in der Lage sein wollte, ihn zu küssen und wenn der Flaschengeist irgendetwas tun könnte, um das wieder möglich zu machen, würde ich es riskieren wollen.

»Ich stimme zu.« Seine Augen bohrten sich in meine, und sein Blick war ein Versprechen auf die Erfüllung einer Million Wünsche, von denen ich nie wusste, dass ich sie hatte.

Er wusste genau, was meine Beweggründe waren.

NEUNZEHN

Es stellte sich heraus, dass es Adstutus war, den Nox sowieso besuchen wollte, also war es ein idealer Zeitpunkt, um mich für die Tests des Genies anzubieten.

»Ich muss gestehen, dass ich selbst neugierig auf deine Situation bin. Ich bin froh, dass du dich entschieden hast, mehr herauszufinden«, sagte Adstutus zu mir, bevor er meinen Ärmel hochkrempelte. Er trug dieses Mal ein Guns-and-Roses-Shirt und sein kleiner Laden roch nach Weihrauch. Es erinnerte mich ein wenig an das Altersheim.

Es war eine surreale Erfahrung, in einem Raum im Stil eines arabischen Zeltes zu sitzen und einem Flaschengeist dabei zuzusehen, wie er mir mit einer nicht-magischen Nadel in den Arm stach. Aber ich konzentrierte mich auf das Gespräch, das Nox und Adstutus führten und versuchte, den medizinischen Vorgang zu ignorieren.

»Ich kann dir definitiv einen Trank machen, der jegliche Magie von ihr fernhält. Obwohl ich ehrlich sagen muss, dass ich selbst nicht sehr viel spüren kann, also denke ich nicht, dass du dir Sorgen machen musst.«

»Ich würde dich nicht fragen, wenn es nicht nötig wäre«, sagte Nox knapp.

»Nein, ich nehme an, das würdest du nicht. Gut, ich werde dir etwas fertigmachen. Du kannst es morgen abholen.«

»Danke. Schicke die Rechnung an Rory.«

»Das werde ich tun. Nettes Mädchen.« Ich verzog das Gesicht. Ich hätte Rory nie als *nettes Mädchen* bezeichnet.

»Können wir dich jetzt bitte zurück zum Brunnen bringen, bevor du gehst?«, fragte mich der Flaschengeist, als er mit meinem Arm fertig war und ein winziges rosa Pflaster auf das kleine Loch in meiner Haut klebte.

»Sicher.« Mein Magen flatterte nervös bei dem Gedanken, diese goldenen Flügel wieder hinter mir zu sehen. Aber da war etwas mehr als nur meine Nervosität. Etwas, das ein wenig aufgeregt war.

Ich meine, es war Magie. Echte Magie, und sie war in mir. Es war schwer, sich nicht ein bisschen wie eine Märchenfigur zu fühlen.

Ich stand über der glasigen Flüssigkeit und spürte wieder diesen kühnen Schuss Magie von Adstutus.

Ich beobachtete atemlos, wie die Flügel hinter mir erschienen, hell und golden. Mehr Schatten als beim letzten Mal schienen über sie zu wirbeln, und der Stromschlag, der sie verschwinden ließ, war so viel stärker als beim ersten Mal, dass ich tatsächlich stolperte.

Nox fing mich auf und blickte den Genie an.

»Was ist passiert?«, bellte er.

Der Geist warf ihm einen Blick zu, der mich an meine

strengsten Schullehrer erinnerte, die sich anschickten, ihren Schülern die Hölle heiß zu machen.

»Sie hat jetzt mehr von deiner Macht. Das ist es, was passiert ist.« Nox hielt seinen anklagenden Blick aufrecht, aber ich konnte es nicht.

»Wir haben keinen Sex gehabt«, protestierte ich mit leiser Stimme.

»Dann habt ihr euch auf eine andere Art von Aktivität eingelassen, die Macht zwischen euch weitergegeben hat?« Er hob seine Augenbraue.

»Ähm. Es war eine auf Sex basierende Aktivität.«

»Wie ich dachte.« Er nörgelte unverständliche Worte. »Den Mangel an Willenskraft eines Menschen kann ich verstehen, aber du solltest es besser wissen«, sagte er zu Nox.

»Ich sage dir noch einmal, dass mich deine Vorträge nicht interessieren, alter Mann. Ich werde morgen wegen des Trankes vorbeikommen und informiere mich sofort, wenn du etwas von den Bluttests erfährst.«

»Arroganter Scheiß-Genie«, murmelte Nox, als wir gingen.

»Da hat er aber irgendwie recht. Es war ein bisschen unverantwortlich von uns, ähm, den Fluch zu testen.«

»Wir sind erwachsen und es war unser eigenes Risiko, das wir eingegangen sind.« Er blieb stehen und zog mich zu sich heran. »Bedauerst du es?«

»Nein.« Habe ich nicht.

»Ich auch nicht. Also machen wir weiter. Kaffee?«

· · ·

Einmal auf der gleichen Sitzbank am Fenster des schicken Cafés installiert, fühlte ich mich tatsächlich ein wenig hoffnungsvoller. Die Besucher des Solum-Basars zu beobachten, war äußerst faszinierend. Ich sah einen Mann, der etwa einen Meter größer war als alle anderen, mit einer schwachen grünen Wolke, die um ihn herum schimmerte. Alle machten einen großen Bogen um ihn.

»Was ist er?«, fragte ich Nox.

»Troll.«

»Troll? Ich dachte, die wären hässlich?« Der große Mann war weit davon entfernt hässlich zu sein, obwohl er nicht konventionell gut aussah. Eher wie ein Holzfäller, aber doch heiß.

Nox zuckte mit den Schultern.

»Manche schon. Fühlst du dich zu ihm hingezogen?« Etwas Gefährliches schimmerte in seinen Augen, und mein Körper reagierte nicht mit Empörung, sondern mit Vergnügen. Ich wollte, dass er eifersüchtig ist.

»Er fällt auf«, sagte ich beiläufig. Ich spielte mit dem Feuer, und ich wusste es.

Der Troll stolperte und die Leute drängten sich, um ihm aus dem Weg zu gehen, da es so aussah, als würde er gleich umfallen. Er richtete sich jedoch wieder auf und blickte von einer Seite zur anderen, als ob er über etwas gestolpert wäre.

Ich drehte mich zu Nox um, mit offenem Mund.

»Hast du das gemacht?«

»Es ist nicht meine Schuld, wenn die Kreatur nicht einen Fuß vor den anderen setzen kann.«

»Du hast es getan, nicht wahr?«

Ranken aus rauchiger Energie erschienen um ihn herum und er schenkte mir ein verwegenes Lächeln.

»Wenn er mit seinen Füßen nicht richtig umgehen kann, bezweifle ich, dass er mit seinen Händen sehr geschickt ist.«

Mein Verstand füllte sich mit Erinnerungen an Nox Hände, die meine Haut berührten und streichelten, und sich immer näher an mein schmerzendes Inneres heran bewegten. Mein geistiges Auge wurde erfüllt von der Erinnerung daran, wie seine Fingerspitzen über den dünnen Stoff meines Höschens glitten.

Ich funkelte ihn an.

»Das ist vollkommen unnötig. Ich denke von selbst oft genug daran. «

Er sagte nichts, sondern leerte nur seine Kaffeetasse.

Nach weiteren zehn Minuten des Beobachtens der magischen Menschen, begann er endlich zu sprechen.

»Ich weiß, dass ihr noch die Nachwirkungen des gestrigen Angriffs spürt, aber ich fürchte, ich kann die Untersuchung von Alex Tod nicht aufschieben. Ich hatte geplant, dem Wolfsrudel heute Nachmittag einen Besuch abzustatten.« Mein Bauch zog sich bei der Erwähnung von Alex und Wölfen zusammen. »Ich verstehe, wenn du dieses Mal aussetzen willst.«

»Willst du, dass ich komme?«, fragte ich ihn. Ich wusste bereits, dass ich mitkommen würde. Ich mochte müde und mürrisch sein, aber ich wollte mir weder die Chance entgehen lassen, mehr über den Mord herauszufinden, noch die Chance, Werwölfe zu treffen. Aber ich wollte seine Antwort hören.

»Ja. Du kanntest Alex gut, was vielleicht hilft. Und wir waren uns einig, dies gemeinsam zu unternehmen.«

»Ich werde mitkommen.«

»Gut. Vergiss nie, dass ich dich beschützen werde, wenn etwas schief geht. Wölfe sind gefährlich, aber du wirst bei mir sicher sein.«

Ich legte den Kopf schief und sah ihn an. Die Ironie war, dass ich in größerer Gefahr war, seit ich ihn kennengelernt hatte, als ich es jemals in meinem Leben gewesen war. Und er war derjenige, der mich an noch gefährlichere Orte brachte.

Ich dachte zurück an den Höllenhund in der Nacht zuvor und an meine instinktiven Reaktionen. Sicher, da war der erste Angstschock, der mich erstarren ließ, aber er war vergangen. Ich war nicht wie angewurzelt stehen geblieben, hatte nicht angefangen zu schreien oder zu weinen. War das so, weil ich wusste, dass Nox da war und mich beschützen würde? Oder lag es daran, dass ich jetzt etwas Vertrauen in mich selbst hatte? Nox hatte mich nicht vor Max gerettet, das hatte ich selbst getan.

»Danke«, sagte ich. »Weißt du, ich würde gerne gut darin werden, mich selbst zu schützen.«

Er sah mich nachdenklich an.

»Rory ist ein Experte in Kampfsportarten.«

»Was?«

»Kampfkunst braucht keine Magie, kann aber sowohl für die Verteidigung als auch für den Angriff sehr nützlich sein.«

»Du willst doch nicht etwa andeuten, dass Rory es mir beibringen würde?«

»Warum nicht?«

»Sie hasst mich!«

»Wirklich?« Nox schaute mich wahrlich überrascht an.

»Ja.«

»Ich nehme an, sie hasst die meisten Menschen«, sinnierte er. »Ich könnte ihr sagen, dass sie dich unterrichten muss. Ich bin ihr Chef.«

»Ja, das wäre bestimmt ein super lustiger Unterricht«, sagte ich sarkastisch. »Ich werde sehen, ob ich es ansprechen kann«, sagte ich. »Und wenn nicht, werde ich mich nach anderen Kursen umsehen.«

Eigentlich war es gar keine schlechte Idee. Wenn ich ein Teil dieser neuen Welt des Champagners und der Leichen sein wollte, dann könnte die Fähigkeit, ein paar anständige Tritte auf einen Gegner zu landen, durchaus nützlich sein. Vielleicht nicht gegen einen Höllenhund, aber Feinde gab es in allen Formen und Größen.

BETH

Als wir unseren Kaffee ausgetrunken hatten, klärte mich Nox über die Arbeitsweise der Werwölfe auf.

»Sie sind Rudeltiere und haben einen Alpha und einen Beta. Sie werden immer tun, was ihr Alpha befiehlt, ohne Ausnahme«, sagte er mir.

»Auch wenn sie es nicht wollen?«

»Ja. Was in gewisser Weise gut für die Wache ist, denn solange sie den Alpha im Griff haben, benehmen sich alle anderen.«

»Und warum ist es schlimm?«, fragte ich.

»Jeder will der Alpha sein. Herausforderungen kommen regelmäßig vor und sind chaotisch.«

»Oh.«

»Der aktuelle Alpha dieses Rudels hat seinen Platz erst vor ein paar Monaten gewonnen. Er ist dafür bekannt, viel aggressiver zu sein als die letzten, weshalb ich ihn bereits im Auge behalten hatte.«

»Wie viele Rudel gibt es?«

»Drei in London. Und der, an der wir interessiert

sind, heißt Mordere-Pack. Es ist das größte und schlimmste. Und sie frequentieren das Moon and Fiddle.«

»Moon and Fiddle?«

»Eine Kneipe. In Solum.«

»Das ist der Ort, wo wir als nächstes hingehen?«

»Ja, das ist es.«

Der Pub sah von außen wie jeder normale britische Pub aus, abgesehen von der Tatsache, dass er sich inmitten eines magischen Basars befand. An den Balken, die das Gebäude zierten, hing eine Tafel, die einen Vollmond und die Silhouette einer Violine davor zeigte. Ich war mir sicher, dass ich andere Pubs in London mit dem gleichen Namen gesehen hatte. Ich bezweifelte jedoch, dass sie voll von Werwölfen waren.

Nox trat zuerst ein und ich atmete tief durch, bevor ich ihm folgte, unsicher, was mich erwartete.

Das erste, was mir auffiel, war, dass es voll mit Menschen war. Jeder Tisch in dem beengten Raum im Landhausstil war besetzt. Die niedrige Bar am anderen Ende des Raumes war von Kunden gesäumt. Das zweite, was mir auffiel, war der Geruch. Ein schwacher Geruch von nassem Hund durchdrang die Luft, zusammen mit dem süßlichen Geruch von Bier.

Alle Augen richteten sich auf Nox, als sich die Tür hinter uns schloss. Ein paar Augenpaare huschten zu mir, aber keines verweilte. Ich schätze, der Teufel war von weitaus größerem Interesse als ich. Die lauten Unterhaltungen verstummten, als Nox einen Schritt in den überfüllten Raum machte. Ich folgte ihm, der altmodische burgunderfarbene Teppichboden federt seltsam unter meinen Füßen.

»Guten Tag. Ist Jaxon hier?«, fragte Nox milde und schaute sich in der Kneipe um. Ein gut gebauter Mann trat von der Bar weg und neigte seinen Kopf in einer deutlich räuberischen Bewegung, als er uns gegenüberstand. Seine Nasenlöcher blähten sich in seinem harten, verwitterten Gesicht. Ich schätzte ihn nicht älter als vierzig. Ungepflegtes blondes Haar fiel ihm über die Stirn und er hatte einen kurzen Bart.

»Setzt euch«, sagte er nach einer Pause und wies mit einer Geste auf einen Tisch, an dem zwei Frauen und ein viel jüngerer Mann saßen. Sie standen sofort auf, nahmen ihre Becher in die Hand und gingen zur Wand.

»Danke«, sagte Nox und machte sich auf den Weg zum Tisch.

»Und was wirst du trinken?«, fragte ihn der Mann.

»Scotch, und einen Gin für meine Begleiterin.«

Ein Gin klang nach einer guten Idee, dachte ich, als ich den Platz neben Nox einnahm. Eine tiefe Unruhe durchströmte mich, die mich dazu brachte, mich stark auf alles um uns herum zu konzentrieren.

Summende Unterhaltungsgeräusche nahmen wieder in Lautstärke zu, als der Mann sich wieder der Bar zuwandte, aber die Augen verließen uns nicht. Ich nutzte die Gelegenheit, um den Rücken des Mannes zu studieren. Er trug zerrissene Jeans und ein enges T-Shirt und sein ganzer Körper war in dicke Muskeln gehüllt. Ich konnte weiße Narben überall auf seinen entblößten Armen sehen, als er sich zu uns umdrehte und ein Bier herbeitrug. Ein kleines Mädchen, das zu jung aussah, um in einem Pub zu sein, eilte ihm mit einem Whiskey und einem Gin Tonic hinterher.

»Also. Was will der Teufel mit dem Mordere-Rudel?«, sagte Jaxon, als er sich setzte.

»Kennst du einen Mann namens Alex Smith?«

»Klar.« Ich setzte mich aufrecht hin.

»Woher kennst du ihn?«

»Er hat diese Sarah aus dem Aphrodite Club gevögelt.« Ich griff nach meinem Drink.

»Das beantwortet die Frage nicht«, sagte Nox. Jaxon seufzte und nahm einen Schluck von seinem Bier, bevor er sich in seinem Stuhl zurücklehnte. »

Sarah hat mal einen von uns gebumst. Als er hörte, dass Alex hinter den Schleier sehen kann, haben wir beschlossen, ihn ein bisschen zu verarschen. Das ist alles.«

»Wusstest du, dass er tot ist?« Jaxon zuckte mit den Schultern.

»Ja, dieser Wichser von der Wache hat rumgeschnüffelt. Ich sag dir, was ich ihm gesagt habe. Es hat nichts mit uns zu tun.«

»Hat er dir gesagt, dass es wie ein Tierangriff aussieht?«

»Na und? Und warum zum Teufel interessiert dich das?« Nox versteifte sich.

»Meine Angelegenheiten gehen dich nichts an.« Jaxon schnaubte.

»Warum zum Teufel sollte meine dann dich etwas angehen?«

Die Kraft von Nox flammte auf, Hitze und Schatten kringelten sich auf seinem makellosen Anzug.

»Du weißt sehr gut, warum.«

Jaxon lehnte sich vor, die Ellbogen auf dem Tisch. Ich konnte den wilden, warnenden Funken in seinen Augen sehen und ein schwaches Glühen ging von seiner eigenen gebräunten Haut aus.

»Hör zu, es heißt, du bist nicht mehr der, der du einmal warst. Nun, ich suche keinen Streit mit dem Teufel, aber ich habe keinen Grund, hier zu sitzen und mich vor dir zu verteidigen.«

Mit Verspätung bemerkte ich, dass die anderen um uns herum wieder still geworden waren. Ein tiefes, grollendes Knurren kam von irgendwo hinter uns, und Jaxon warf einen scharfen Blick über meine Schulter. Er gab ein seltsames schnappendes Geräusch von sich und das Knurren verstummte.

»Gerüchte sind oft unwahr«, sagte Nox, und seine Stimme klang nun heiser und hart. »Ich bin nicht dein Feind. Ich will nur wissen, wer Alex getötet hat.«

»Warum?« Jaxon verschränkte seine Arme und starrte Nox an. Seine Bedeutung war klar. Er würde nichts aufgeben, ohne eine Gegenleistung zu erhalten.

»Er tut mir einen Gefallen«, sagte ich. »Ich kannte Alex.«

Die Augen des Alphas trafen auf meine und ein Gefühl von Intelligenz und Gewaltbereitschaft überkam mich.

»Ich bin mir sicher, dass du das getan hast«, säuselte er halb. Hitze pulsierte von Nox, aber er sagte nichts. »Wir haben ihn ein paar Tage lang gejagt. Dann fing er an, sich weiter aus der Stadt herauszubewegen, und wir konnten ihn nicht weiter verfolgen. Es war ein Spiel. Wir haben ihn aber nie angerührt.«

»Weiter außerhalb der Stadt? Wo?«, fragte Nox.

»Ich weiß es nicht, irgendwo im Süden. Jenseits unserer Grenzen.«

Das Gefühl, dass so viele Augen auf uns gerichtet waren, ließ mich über meine Schulter blicken, und meine Haut kribbelte. Ich holte tief Luft, als ich erkannte, dass einer der Zuschauer ein riesiger weißer Wolf war, der zwischen zwei Tischen saß und uns mit leuchtenden gelben Augen anstarrte. War der Wolf schon da gewesen, als wir hereinkamen, oder hatte er sich verwandelt, während wir uns unterhielten?

Ich drehte mich langsam wieder zu Jaxon um. Er hatte ein träges Grinsen im Gesicht. »Ich kann dein Herz klopfen hören und ich kann dich riechen«, sagte er zu mir.

»Nun, hör auf, an mir zu schnuppern«, antwortete ich, bevor Nox etwas sagen konnte. Jaxons Grinsen wurde breiter.

»Wenn du nicht willst, dass deine Fährte aufgenommen wird, dann gehst du besser.«

Zu gehen schien langsam eine gute Idee zu sein.

»Danke für deine Zeit.« Ich schenkte ihm ein sarkastisches Lächeln und stand auf, während ich meinen Drink leerte. Der sprudelnde Tonic ließ meine Augen brennen und ich bereute das übermütige Manöver ein wenig.

»Gern geschehen«, antwortete Jaxon mit spöttischer Stimme und stand zur gleichen Zeit wie Nox auf. Auch er kippte den Rest seines Drinks zurück, warf dem Alpha einen Blick zu und schritt zur Tür, um sie für mich aufzuhalten.

Es war eine Erleichterung, wieder draußen zu sein. Das Gefühl, beobachtet zu werden, fiel weg, als wir uns weiter vom Pub entfernten, in Richtung des belebteren Teils des Basars.

»Glaubst du ihm?«, fragte ich, während ich neben Nox her trabte. Er ging schnell, weil er sauer war, vermutete ich.

»Leider ja. Der Mann ist ein Arschloch, aber ich glaube nicht, dass er lügt.«

»Ja, das habe ich auch gedacht. Was hat er mit Grenzen gemeint? Und dass ich nicht will, dass meine Fährte Duft aufgenommen wird?«

»Die drei Rudel haben Grenzen, die sie nicht überschreiten. Und wenn ein Wolf deine Fährte aufnimmt, wird er dich leicht finden können.« Ich erschauderte.

»Ich will nicht, dass er oder irgendjemand anderes in diesem Raum mich finden kann.« Nox blieb auf dem Kopfsteinpflaster stehen und drehte sich zu mir um.

»Ich werde jede Markierung entfernen, die dir ein Wolf jemals auferlegt«, knurrte er.

»Ich, ähm, weiß das zu schätzen«, sagte ich ihm, unsicher, was ich noch sagen sollte. Er nickte nur und nahm seinen Weg wieder auf.

Den Rest des Weges zurück zum Auto war er schweigsam und ich legte ihm eine Hand auf den Arm, als wir uns in den Verkehr einreihten, der zurück zum Büro führte.

»Bist du okay?«

»Ich wünschte, die Wölfe wären es gewesen. Ich bin verärgert, dass sie es nicht waren.« Schatten schwammen in seinen Augen.

»Ich weiß, was du meinst. Vielleicht war es dann ein Höllenhund?«

»Ich habe darüber nachgedacht. Es gab keine Anzeichen von Feuer oder Brand in Alex Wohnung. Es hätte welche gegeben, wenn es ein Angriff der Höllenhunde gewesen wäre.«

»Huh. Gutes Argument.«

Also wieder zurück zum Anfang, was den Mord an Alex angeht. Nox stieß einen wütenden Atemzug aus.

»Wir werden alle Aufnahmen überprüfen, die in der Nähe dieses ekligen Spas gemacht wurden, als die Seite von Trägheit gestohlen wurde.«

»Okay. Heißt das, du kommst und hilfst mir in der Forschungsabteilung? Mein Büro ist nicht so schön wie deins.« Ich sagte die Worte neckisch und versuchte, ihn zu beruhigen.

Es funktionierte. Die Schatten huschten davon, als er sich auf mich konzentrierte.

»Dann werden wir dir ein schöneres Büro besorgen.« Ich lachte.

»Es wird schöner sein, wenn du darin bist.« Begierde blitzte über seine Züge.

»Ich würde deiner Versuchung nie widerstehen können «, grummelte er.

»Das habe ich nicht gemeint«, sagte ich, aber die Worte waren hohl. Eine Welle der Frustration stieg in mir auf und wir wurden still.

»Willst du heute Nacht bei mir bleiben?«, fragte er, als das riesige Walkie-Talkie-Gebäude endlich in Sicht kam. »Im Gästezimmer, natürlich. Ich denke nicht, dass es für dich sicher ist, alleine zu sein, bis wir herausgefunden haben, warum der Höllenhund angegriffen hat.«

»Wir müssen vielleicht drei Meter auseinander sitzen und bestimmte Worte verbieten«, sagte ich.

»Bestimmte Worte?«

»Ja. Die, bei denen mein Inneres komische Dinge macht. Tu nicht so, als würdest du sie nicht absichtlich so sagen.«

»Worte wie *Versuchung*?«, sagte er, langsam und köstlich.

»Ja. Genau solche Worte«, sagte ich, holte aus und schlug ihm auf den Arm.

»Gut. Ich werde nichts wie *Versuchung* sagen.«

»Ernsthaft? Hör auf es zu sagen!« Er lächelte mich verrucht an, als das Auto an den Bordstein fuhr.

»Du musst vielleicht doch ein Monopoly-Spiel mitbringen.«

EINUNDZWANZIG

BETH

Nox hatte offensichtlich nicht erwartet, dass ich tatsächlich Monopoly unter meinem Arm haben würde, als Claude mich später am Abend bei ihm absetzte. Ich winkte ihm damit zu, sobald er die große Eingangstür öffnete, und Überraschung flackerte in den Augen auf, die schnell durch Belustigung ersetzt wurde.

»Dir ist klar, dass ich dich schlagen werde.«

»Du kannst nicht schummeln«, sagte ich und ging an ihm vorbei ins Haus. »Ich bin es gewohnt, mit Francis zu spielen, also kenne ich alle üblichen Methoden.«

»Ich bin mir ziemlich sicher, dass ich viele Methoden habe, von denen du nichts weißt«, sagte er, und ich glaubte nicht mehr, dass er von Monopoly sprach.

Ich zog meine Stiefel aus und Beelzebub stürmte zu mir rüber, sobald ich mich hinhockte. »Vielleicht kannst du ja die Bank sein, hm?« sagte ich zu dem Hund, während er fröhlich mit dem Schwanz über den glänzenden Holzboden wedelte. »Streitigkeiten klären, bevor sie entstehen?«

Riesige Welpenaugen starrten mich an und seine Zunge lugte aus seinem Mund, bevor er aufsprang und versuchte, meine Wange zu lecken. Ich lachte.

»Vielleicht besser nicht.«

»Ich dachte, wir könnten heute Abend Essen bestellen«, sagte Nox.

»Toll.«

»Ist Thai okay?«

»Auf jeden Fall«, antwortete ich, während ich ihm in die Küche folgte. Ich könnte mich an das Menü gewöhnen, wenn ich Zeit mit Nox verbringe, ganz sicher.

»Willst du ein weiteres Zimmer sehen?«, sagte er und drehte sich plötzlich zu mir um.

Zur Hölle, ja, das tat ich. Das Haus war riesig und ich hatte bisher nur etwa fünf Räume gesehen.

Ich folgte ihm zu der Treppe, die zur Dachterrasse führte, aber anstatt abzubiegen, gingen wir weiter nach oben, in den hinteren Flügel des Hauses. In der nächsten Etage trat er von der Treppe auf einen Treppenabsatz und stieß eine von zwei Türen auf.

Wir betraten einen formellen Speisesaal, die hintere Wand war ganz aus Glas, mit Blick auf den Swimmingpool und das glitzernde Deck. Der Esstisch war sauber mit einer weißen Tischdecke und strahlend weißem Geschirr gedeckt, und eine einzelne gelbe Rose stand in der Mitte. Hohe Tiffany-Lampen im Art-Déco-Stil beleuchteten den Raum, an den Wänden hingen abstrakte Ölgemälde in Pastellfarben.

Der Raum sah gleichzeitig modern und retro aus.

»Reicht das, für ein Abendessen und Brettspiele?«

»Es ist perfekt.«

. . .

Ärgerlicherweise war Nox besser in Monopoly als ich. Und ich war mir ziemlich sicher, dass er nicht schummelte.

Das Essen war köstlich gewesen, ebenso wie der Wein, den Nox dazu gepaart hatte, und ich fragte mich, ob der Alkohol meine Fähigkeit, das Immobilienspiel zu meistern, beeinflusst hatte.

»Ich gebe auf«, sagte ich schließlich, stieß einen Seufzer aus und wandte meinen Blick vom Spielbrett ab. Ich konnte nicht gewinnen.

Ein böser Schimmer der Zufriedenheit glänzte in seinen Augen von der anderen Seite des Tisches. Mein Vorschlag, drei Meter Abstand zu halten, war gar nicht so dumm gewesen - wir waren mindestens eineinhalb Meter voneinander entfernt und ich hatte mich noch nicht auf ihn gestürzt.

Und er hatte keine unverschämt erregenden Worte gesagt. In der Tat hatte er gar nicht viele Worte gesagt.

»Nox, erzähl mir etwas über dich.«

»Du kennst bereits meine Lieblingsfarbe.«

»Ja, ich weiß. Erzähl mir noch etwas.«

Er lehnte sich in seinem Stuhl zurück und machte ein nachdenkliches Gesicht, wobei seine Augen meine nicht verließen. »Ich ziehe Schach dem Monopoly vor.« Ich schnaubte und wünschte mir dann, ich hätte ein damenhafteres Geräusch gemacht.

»Du wirst dir jemand anderen suchen müssen, mit dem du Schach spielen kannst. Ich kenne die Regeln nicht.«

»Ich werde es dir beibringen.«

»Okay. Sobald wir unser aktuelles Chaos in Ordnung gebracht haben, werde ich Schachspielen lernen«, sagte ich.

»Unser derzeitiges Chaos ist das Verbot, Sex zu haben?«, fragte er milde, aber ich funkelte ihn an.

»Das ist ein verbotenes Wort«, sagte ich ihm. »Aber ja. Das und dass *du* dieses Mal ein Mordverdächtiger bist.« Sein Gesicht verfinsterte sich.

»Ich hoffe, dass das Treffen mit meinen Brüdern zumindest etwas Licht in diese Angelegenheit bringt.«

»Da wir gerade über deine Brüder sprechen«, sagte ich. »Du sagtest vor einer Weile, dass sie mit der Wache verbunden sind?«

»Ja. Sie haben ein Händchen in die Leitung. Seit ich zurückgetreten bin.«

»Richtig. Und, ähm…warum genau komme ich mit zu diesem Treffen?«

»Michael hat mich gebeten, dich mitzubringen.«

Die Nerven überschlugen sich in mir. Zorn und Trägheit waren die einzigen beiden anderen Engel, die ich kennengelernt hatte, und es klang, als wären Nox Brüder stärker als sie. Wenn sie so stark waren wie Nox…. Das wäre eine Menge Engelsaura an einem Ort.

»Wo treffen wir sie?«

»Wieder in dem Casino. Es ist mein Grund und Boden und nun auch dir vertraut.«

Mein Magen sank. Ich fühlte mich dort so fehl am Platz. Meine Stimmung muss sich in meinem Gesicht gezeigt haben.

»Wenn du Kleidung kaufen möchtest, in der du dich

wohler fühlen würdest, kannst du es auf Geschäftskasse tun. Dies ist schließlich ein Geschäftstreffen«, sagte er.

Ich öffnete meinen Mund, um *»Nein, danke« zu* sagen, hielt aber inne. Ich erinnerte mich daran, wie viel besser ich mich in der Nähe von Nox gefühlt hatte, als wir das erste Mal ins Ivy gegangen waren, als ich gekleidet war, um zu beeindrucken. Es fühlte sich wie eine Rüstung an.

Und es war nicht so, dass er das Geld nicht hätte entbehren können.

»Ich bin sicher, das würde helfen, danke«, sagte ich. Ein Schauer der Erregung durchlief mich bei der Vorstellung, Kleidung einkaufen zu gehen. Ich liebte es, einkaufen zu gehen, aber in den letzten Jahren hatte ich nur sehr selten die Möglichkeit dazu gehabt. Dies war ein Vergnügen und ich wollte sicherstellen, dass ich es als solches genießen konnte.

Wieder einmal hat Nox meine Stimmung perfekt gelesen. »Ich denke, wir sollten den Abend damit beenden, dass du dich auf den Morgen freust.« Er lächelte warmherzig und stand auf.

Ein kleiner Stich der Enttäuschung durchzuckte mich, aber er hatte recht. Wir sollten jetzt ins Bett gehen, bevor wir uns noch näherkommen.

»Wenn du noch weiterschläfst, dann musst du allein gehen.« Die kühle britische Frauenstimme rüttelte mich aus dem Schlaf. Als mein schläfriger Dunst so weit verblasst war, dass ich merkte, dass die Stimme mit mir im Raum war, setzte ich mich kerzengerade auf.

Rory lehnte gegen den Türrahmen des Schlafzimmers und tippte auf ihrem Handy herum.

»Was... Warum bist du hier?«

»Anscheinend gehen wir zusammen shoppen.« Sie warf mir einen Blick zu, der sagte, dass sie sich lieber die Augen mit einem Löffel ausstechen würde, als mit mir einkaufen zu gehen.

Ich starrte sie weiterhin ausdruckslos an und sie rollte mit den Augen.

»Als ich vor ein paar Minuten Nox Klamotten vorbeigebracht habe, meinte er, dass es vielleicht nett wäre, wenn ich dich zur Oxford Street begleiten würde. Ich finde nicht, dass es nett wäre, aber da er mein Chef ist und ich ihn eigentlich mag, bin ich hier.«

Sie gestikulierte im Raum umher, und dann widmete sie sich wieder ihrem Handy.

Ich würde Nox töten. Warum zum Teufel hatte er vorgeschlagen, dass Rory mit mir kommt?

Ich dachte zurück an das letzte Gespräch, das wir über die Elfe geführt hatten. Er war überrascht gewesen, dass Rory mich nicht mochte, und hatte mir geraten, sie um Selbstverteidigungsstunden zu bitten. Mit einem Seufzer ließ ich meinen Kopf wieder auf das Kissen fallen. Ich hatte gesagt, ich würde sie fragen, wenn sich eine Gelegenheit ergeben würde. Ich hatte nicht erwartet, dass er eine schaffen würde.

»Kommst du bitte aus dem Bett, damit wir das hinter uns bringen können.« Ich blickte Rory an und schwang dann meine Beine aus dem Bett.

»Wir sehen uns in einer Viertelstunde unten«, sagte

ich zu ihr. Sie schaute mich nicht einmal an, als sie sich vom Türrahmen abstieß und ging.

Ich sah mir ihr Outfit an, als sie ging. Ein schwarzes enganliegendes Kleid mit Kappenärmeln und Stiefeletten. Sie sah toll aus. Vielleicht wäre sie eine gute Beraterin beim Shoppen. Obwohl ich mir nicht vorstellen konnte, dass sie mir hilfreiche Ratschläge geben würde.

Ich duschte so schnell ich konnte und zog mir eine schwarze Jeans und ein blaues T-Shirt mit Kirschen auf der Vorderseite an. Es war niedlich im Vergleich zu dem, was Rory trug, aber genau deshalb hatte ich es ausgewählt. Ich konnte nicht mit ihrer Frechheit mithalten, also war etwas ganz anderes wahrscheinlich die beste Wahl.

Ich legte etwas Make-up auf und ging nach unten. Nox war in der Küche und schob mir eine Tasse Kaffee zu, als ich eintrat. Er trug Anzug und Krawatte und strahlte Wohlstand und Selbstbewusstsein aus.

Ich nahm den Kaffee dankend an.

»Es ist kühl genug, um schnell zu trinken«, sagte er mit einem Seitenblick in Richtung Eingangstür, wo Rory bestimmt schon ungeduldig wartete.

»Warum hast du sie gebeten, mit mir einkaufen zu gehen?« zischte ich ihn an.

»Weil ich heute zu einer Vorstandssitzung muss und nicht wollte, dass du alleine bist«, sagte er leise.

»Also, sie ist mein Babysitter?«

»Stell dir das eher wie einen Bodyguard vor, wenn du dich dann besser fühlst.« Ich runzelte die Stirn.

»Das hilft mir nicht gerade.«

»Rory ist gut vernetzt, weiß, was in einer Krise zu tun

ist und ist stärker als sie aussieht. Darüber hinaus ist sie eine von nur zwei Personen, denen ich bedingungslos vertraue.« Ich fragte mich, wer die andere war, aber er gab mir keine Zeit zu fragen. »Ich wünsche dir einen schönen Tag. Wir sehen uns hier um sieben.« Er lehnte sich über den Tresen und presste seine Lippen auf meine Wange. Hitze flammte durch die Berührung auf, und Stromstöße durchzuckten meine Brust.

Ich biss ein Stöhnen zurück, als sich meine Nippel verhärteten. Mit einem letzten schwelenden Blick verließ er die Küche.

Ich starrte ihm hinterher, bis Beelzebub mit dem Kopf gegen mein Bein stieß.

»Tut mir leid, Junge«, murmelte ich zu ihm, beugte mich vor und kraulte seine Ohren.

»Wenn wir irgendwann in dieser Woche gehen könnten, wäre das gut!«, rief Rory aus dem Flur. Ich schaute auf den Hund hinunter und er starrte mich verständnisvoll an.

»Wünsch mir Glück«, sagte ich zu ihm.

ZWEIUNDZWANZIG

BETH

»Nö. Leg es zurück.« Ich knirschte mit den Zähnen, tat aber, was Rory sagte und legte das lange grüne Kleid zurück auf die Stange, von der ich es aufgehoben hatte.

»Was ist daran falsch?«

»Die Farbe ist schlecht für dich.«

Ich drehte mich zu ihr um und war überrascht zu sehen, dass sie zum ersten Mal nicht ihr Handy in der Hand hatte.

»Wirklich? Ich mag grün.«

»Nun, du liegst falsch. Blau steht dir gut.« Ihr Blick wanderte zu meinem T-Shirt. »Eisblau. Oder lila. Aber lila ohne zu viel rot darin.«

»Oh. Richtig. Danke.«

Ich durchstöberte wieder die Warenauslagen und versuchte, etwas in den Farben zu finden, die sie erwähnt hatte. Sie seufzte laut.

»Komm schon.«

»Was?«

»Komm schon. Dieser Laden hat nicht das, was du brauchst.«

»Aber es ist...« Sie hielt einen Finger hoch, während sie gleichzeitig ihre andere Hand in die Hüfte stemmte, und ich hörte auf zu sprechen.

»Willst du meine Hilfe, oder nicht?«

Ich musste umwerfend aussehen und mich nicht hilflos fühlen in der Gegenwart von drei allmächtigen Engeln. Ich brauchte all die verdammte Hilfe, die ich bekommen konnte.

»Ja. Bitte«, sagte ich.

»Dann komm mit.«

Ich folgte ihr aus dem Laden, und dann von der Oxford Street weg, in die Great Marlborough Street. Sie gestikulierte auf ein massives Gebäude im Tudorstil mit schwarzen Balken und weißem Putz. Es war wunderschön, und ich erkannte es sofort.

»Das ist Liberty of London.« Sagte ich und starrte.

»Und?«

»Und ich kann mir da nichts leisten.«

Sie rollte wieder einmal mit den Augen.

»Erstens, du zahlst nicht. Zweitens, dein Lohn ging heute Morgen ein, also könntest du es dir wahrscheinlich leisten, selbst wenn du es tätest. Und drittens, es ist der einzige Laden im Umkreis von einer Meile, wo das Personal magisch ist und mich verdammt nochmal sehen kann - also nimm es oder lass es bleiben.«

»Mein Lohn?«, fragte ich und konzentrierte mich auf Punkt Nummer zwei. »Aber es ist noch nicht das Ende des Monats.«

»Die speziellen Mitarbeiter von Mr. Nox werden wöchentlich bezahlt.«

»Oh. Und ich wurde so bezahlt, dass ich mir *das* leisten konnte?« Sie schürzte die Lippen.

»Ich gehe davon aus, dass er dir keinen Vertrag gegeben hat, da du nichts zu wissen scheinst.«

»Nein, hat er nicht.«

»Verdammt, Männer können so arrogant sein«, murmelte sie. »Wenigstens steht es ihm.«

Sie hatte recht, Nox stand die Arroganz gut.

»Er kauft auch Kleidung für mich«, sagte ich. Sie richtete ihre schönen Augen auf meine und sah mich eindringlich an.

»Bestellt er Sachen, die du magst?«

»Ja.«

»Dann lass ihn.«

»Zu diesem Schluss war ich irgendwie auch gekommen.«

»Gut. Jetzt lass uns ein Kleid kaufen gehen.«

Rory war gut im Einkaufen.

Wir waren kaum fünf Minuten im Laden, als sie schon eine Reihe von Verkäufern hinter uns herlaufen ließ, die entweder nach Kleidungsstücken suchten, die ihren detaillierten Kriterien entsprachen, oder versuchten, die richtige Größe in anderen zu finden, die sie entdeckt hatte.

Es dauerte nicht lange, bis ich in eine Umkleidekabine geladen wurde, die fast so groß wie mein Schlafzimmer war, mit einem Arrangement von atemberaubenden Kleidern, die vor mir hingen.

»Probiere zuerst das königsblaue Bodenlange«, rief Rory. »Ich glaube nicht, dass es funktionieren wird, und ich möchte es frühzeitig aus der engeren Auswahl werfen.«

Ich tat genau das, was sie mir auftrug, und sie hatte recht. Es stand mir nicht. Ich verließ die Umkleidekabine, um es ihr trotzdem zu zeigen.

»Jupp. Das hatte ich mir schon gedacht«, sagte sie von dem großen Sessel aus, in dem sie saß. »Weiter im Text.« Sie winkte mit der Hand.

Es dauerte vier weitere Kleider, bis wir das richtige gefunden hatten und ich wusste es, bevor ich es Rory zeigte. Es war blasslila und die Büste bestand aus zwei Teilen Stoff über meinen Schultern und Brüsten, die zu einem hohen Bund gerafft wurden und in der Mitte einen Zentimeter frei ließen. Es war viel mehr Dekolleté als ich normalerweise zeigen würde, aber ich mochte es. Der Rock war knielang und voll, so dass ich mich am liebsten auf der Stelle im Kreis herumdrehen wollte.

»Ja«, sagte Rory, sobald ich aus dem Vorhang hervortrat. »Aber du wirst einen anderen BH brauchen.«

Ich schaute hinunter auf den BH-Träger, der in der Mitte des tiefen Ausschnitts zu sehen war. »Das oder ohne«, sagte ich. Sie blickte mich finster an.

»Wenn du eine Ausrede hast, um neue Unterwäsche zu kaufen, dann nimm sie an.« Ich betrachtete ihre Worte für ein paar Sekunden, bevor ich mit den Schultern zuckte.

»Warum nicht?« Ich fing an, diese Sache mit dem Geld zu genießen.

Wir fanden einen BH, der genau für die Art von Kleid, die ich trug, entworfen wurde. Er hatte einen winzigen Diamantenriemen, der die Körbchen zusammenhielt, und stärker war, als er aussah, und der perfekt zwischen dem Stoff des Kleides aussehen würde.

Als nächstes fanden wir Schuhe mit ebenso glitzernden Steinchen darauf, die aber deutlich unbequemer waren als der BH. Und irgendwie auch billiger.

»Wer hätte gedacht, dass Unterwäsche mehr kostet als Schuhe?« murmelte ich, als wir den Laden verließen. Rory sah mich an, als wäre ich ein Alien.

»Alle, Beth.«

»Oh.« Ich schaute die belebte Straße auf und ab. Überall tummelten sich Einkäufer und Touristen. »Gibt es etwas, das du besorgen musst?«, fragte ich sie.

»Nein. Ich rufe Claude an«, sagte sie und zog ihr Telefon aus der Handtasche.

»Nun, danke dir für deine Hilfe.«

Ihr Blick wanderte zu mir und ich versuchte, daraus Kapital zu schlagen, dass sie sich tatsächlich herabließ, mich anzuschauen.

»Ich meine es ernst. Ich hätte dieses Kleid niemals alleine gefunden. Du hast ein erstaunliches Auge.«

Sie sagte einen langen Moment lang nichts, und gerade als ich mich gedanklich davon verabschieden wollte, nett zu ihr zu sein, hustete sie.

»Du siehst gut darin aus. Ich hoffe, es hilft.«

Es war mit Abstand das Netteste, was sie zu mir gesagt hatte und ich musste mich bemühen, lässig zu bleiben. Ich konnte mir nicht vorstellen, dass sie ein strahlendes Lächeln von mir zu schätzen wüsste. Lächeln war nicht wirklich ihr Ding.

Claude fuhr mit der Limo vor und ersparte uns damit jegliche Unannehmlichkeiten.

»Hast du Nox Brüder kennengelernt?«, fragte ich sie, als wir drinnen waren.

»Ja.«

»Wie sind sie denn so? Gibt es etwas, das ich vorher wissen sollte?«

»Mächtig. Höllisch heiß. Aber auch himmlisch heilig.« Sie verzog das Gesicht, als sie den letzten Satz sagte.

»Heilig? Sollten Engel nicht heilig sein?«

»Sie wirken auf das Gegenteil von Nox Kraft. Das Gute. Freundlichkeit. Nächstenliebe. Aufopferung. Diese Art von Scheiße.«

»Oh.« Mein Kopf versuchte, das zu verarbeiten. Wie könnten sie böse sein, wenn das wahr war?

Ehrlichgesagt hatte Nox nie gesagt, dass sie die Bösen sind, sondern nur, dass sie ihn nicht mögen und dass sie vielleicht planen, gegen ihn in den Krieg zu ziehen. Es kam mir in den Sinn, dass Nox am ehesten als der Bösewicht angesehen werden sollte.

Ich schluckte mein Unbehagen und über zwanzig Jahre christlicher Predigt herunter und sah Rory wieder an.

»Nox erwähnte, dass du Selbstverteidigung beherrscht.« Sie blinzelte mich an.

»Ich habe den schwarzen Gürtel in drei Kampfsportarten«, sagte sie langsam. »Aber ich weiß nicht, was das mit irgendetwas zu tun hat.«

»Ich, ähm, na ja...« *Komm schon Beth, reiß dich zusammen. So furchteinflößend ist sie nicht.* »Hättest du vielleicht Zeit, mir ein paar Sachen zu zeigen? Nur so viel, dass ich aus einer brenzligen Situation herauskomme, nicht, dass du mir hilfst, den schwarzen Gürtel zu bekommen oder so.« Sie blies einen langen Atemzug aus.

»Hat Nox dir gesagt, dass du mich fragen sollst?«

»Ja, er hat es vorgeschlagen, aber bitte sag nicht ja, nur weil dein Chef es will.« Ich hielt ihren Blick und stellte sicher, dass ich mit fester Stimme sprach. »Es ist mir ernst damit, zu lernen, mich zu verteidigen und ich möchte von jemandem lernen, dem es wichtig ist.« Ein Flackern der Überraschung zeichnete sich in ihren Augen ab.

»Nun, wenn du es ernst meinst...? Ich werde darüber nachdenken.«

»Danke«, nickte ich. Ich wollte so schnell wie möglich loslegen, aber von Rory zu lernen wäre besser als von jedem anderen - sie würde genau wissen, in welche Art von Gefahren jemand geriet, der sich mit Nox verband. Wie Höllenhunde, verrückte Vogelwandler und wütende Alphawölfe. »Champagner und Leichen«, murmelte ich.

»Was?«

»Oh, nichts.« Sie starrte mich weiter an, also erklärte ich. »Champagner und Leichen. Wenn du den Champagner willst, kriegst du auch Leichen. So ist das nun mal, wenn man Zeit mit Nox verbringt.« Sie sah mich noch eine Weile an.

»Vielleicht bist du doch nicht so erbärmlich, wie ich ursprünglich angenommen habe«, murmelte sie schließlich und tippte wieder auf ihr Telefon.

Es war ziemlich beschissenes Kompliment, aber ich nahm mir vor, diese Aussage als einen monumentalen positiven Sprung in unserer Beziehung zu nehmen.

DREIUNDZWANZIG

BETH

Ich fing an, das schöne Gästezimmer als mein eigenes zu betrachten, merkte ich, als ich mein Kleid glättete und in den Spiegel schaute. Als ich zurückkam, lagen eine kleine Flasche und ein Zettel auf dem Bett.

Beth, bitte trink das - es wird deine Flügel verstecken. Wir sehen uns um sieben. Nox

Es klopfte an der Tür und ich warf einen Blick auf die stilvolle schwarze Uhr an der Wand. Genau sieben Uhr. Mein Herz flatterte, als ich mich bewegte, um sie zu öffnen.

Ich hatte noch nie etwas so Gewagtes wie das tief ausgeschnittene Kleid vor Nox getragen - zur Hölle, vor *irgendwem* - und es hatte keinen Sinn, so zu tun, als ob ich nicht auf eine Reaktion hoffen würde.

Junge, habe ich vielleicht eine Reaktion erhalten.

»Das kannst du nicht tragen.« Seine Stimme war schroff, und seine Augen auf meine Brust geheftet und lodernd.

»Ähm, dir auch ein freundliches Hallo «, sagte ich.

»Ich meine es ernst, Beth. Ich muss mich heute Abend konzentrieren, und das kann ich nicht, wenn du so aussiehst...« Seine Augen wanderten den Rest des Weges meinen Körper hinunter, dann wieder hoch zu meinem Gesicht. »So verdammt heiß«, beendete er den Satz.

Tiefstes Vergnügen strahlte aus meinem Zentrum heraus, und Selbstvertrauen wogte mit ihm mit.

»Gut, dann musst du dich eben besonders anstrengen, um dich zu konzentrieren. Denn ich trage es. Du warst derjenige, der vorgeschlagen hat, dass ich mir ein Kleid kaufen soll.«

Er ließ ein Zischen der Luft heraus.

»Weil ich dachte, du würdest dich dann in meinem Casino wohler fühlen. Nicht weil ich die ganze Nacht einen steinharten Schwanz wollte.«

Ich spürte, wie sich meine bereits geröteten Wangen erhitzten und ein deutliches Pulsieren zwischen meinen Beinen entstand. Mein Blick wanderte unaufgefordert zu seinem Schritt. Er fing den Blick auf.

»Möchtest du einen Beweis für das, was du mit mir machst?«, knurrte er.

Ja. Mehr als alles andere auf der Welt. Zieh deine Hose aus und zeige mir diesen großen, harten, perfekten Schwanz.

»Nein, danke«, sagte ich, während meine schmutzigen Gedanken meine Wangen brennen ließen. Ich hielt meine Stimme so luftig wie möglich, aber ich fürchtete, sie kam eher atemlos als distanziert heraus.

»Du siehst auch sehr gut aus.«

Sein Kiefer straffte sich, aber er nickte mir dankend zu. Er trug einen schwarzen Anzug mit einer schwarzen Krawatte. Seine Augen tauchten zu dem Juwelenband zwischen meinen Brüsten.

»Hast du dir neue Unterwäsche gekauft?« Ich nickte.

Ohne ein weiteres Wort, wirbelte er herum und ging auf die Treppe zu.

»Gut gemacht, Kleid«, flüsterte ich, klopfte anerkennend auf den Rock und ging ihm nach.

Nox saß so weit von mir entfernt wie möglich hinten im Auto und ich wäre beleidigt gewesen, wenn ihm nicht jedes Mal, wenn er mich ansah, das unverhohlene Verlangen ins Gesicht geschrieben gewesen wäre.

»Wie war dein Meeting?«, fragte ich ihn.

»Lang.«

»Oh.«

»Ich kann deine Flügel nicht sehen. Hast du den Trank getrunken?«

»Ja. Schmeckte nach Erdbeere.« Ich lächelte ihn an. Er lächelte nicht zurück.

»Hat dir das Shoppen Spaß gemacht?«

»Ja. Rory ist extrem gut darin.«

»Das glaube ich dir. Hattest du die Möglichkeit, den Selbstverteidigungsunterricht zu erwähnen?«

»Ja, das habe ich. Sie sagte, sie würde darüber nachdenken. Aber Nox, bitte sag ihr nicht, dass sie es tun soll.

Ich möchte von jemandem lernen, der mir auch helfen will, nicht von jemandem, der es aus Pflichtgefühl tut. Wenn sie es nicht tun will, dann werde ich mir woanders einen guten Lehrer suchen.«

»Wenn es das ist, was du willst«, nickte er.

»Es ist das, was ich will. Danke.«

Sein Blick intensivierte sich, verdunkelte sich und verwandelte sich in etwas, das an Wildheit grenzte.

»Dir ist schon klar, dass ich in diesem Moment *alles* tun würde, *was* du willst.« Ich schluckte.

»Was? «

»Alles. Nur für eine kleine Kostprobe sogar.«

»Eine Kostprobe von was?«

Sein Blick intensivierte sich, konzentrierten sich erst auf meinen Mund, dann auf meine Brust und glitten dann nach unten. Ich drückte meine Schenkel zusammen.

»Eine Kostprobe von dir«, hauchte er. »Den Geschmack von dir. Ich brauche etwas, Beth. Oder ich werde verdammt noch mal explodieren.«

Mein Atem ging schneller und mein Puls beschleunigte sich.

»Wird ein Kuss genug sein?«

»Fürs Erste«, knurrte er und mit einer so schnellen Bewegung, dass ich keine Zeit hatte, mich darauf vorzubereiten, war mein Gesicht in seinen Händen und sein gieriger Mund schloss sich über meinem.

Eine Flut von Bildern überschwemmte meinen Kopf, als er mich wie ein Besessener küsste. Seine Lust war in jedem Zug seiner Zunge, jedem Biss auf meine Lippen und dem Druck seiner Hände auf meiner Haut spürbar.

Immer wieder sah ich ihn in meinem Kopf, nackt und vor Erregung glänzend, seinen Körper mit meinem verschlungen, in den endlosen Wellen der Lust, die uns verschlangen.

»Stopp«, keuchte ich und stieß ihn zurück. Seine Augen waren wild und dunkel, als sie sich auf meine konzentrierten. »Wir können nicht weitermachen«, keuchte ich. »Nicht jetzt, und nicht hier. Wenn wir schon so dumm sind, das zu tun, dann machen wir es richtig.«

Loderndes Licht flackerte in seinen Augen auf, als er meine Worte registrierte.

»Was sagst du da?« Wut flackerte plötzlich über sein Gesicht und er rückte in seinem Sitz weiter zurück, weg von mir. »Nein, nein, Beth, es tut mir leid. Wir können das nicht tun. Wir kennen das Risiko nicht. Ich hätte nicht...«

Guter Gott, ich wollte ihn so sehr. Es war schmerzhaft, wie sehr mein Körper sich nach ihm verzehrte. Aber er hatte recht. Wir kannten das Risiko nicht. Wenn wir es wüssten, könnten wir vielleicht entscheiden, ob es sich lohnt, nachzugeben.

»Adstutus sollte sich bald melden«, sagte ich leise. »Dann werden wir mehr wissen.«

Nox Ausdruck wurde weicher, obwohl ich immer noch die Anspannung sehen konnte. »Ja. Lass uns darauf hoffen.«

Es war fast eine Erleichterung, das Casino zu erreichen. Die Spannung zwischen uns war so hoch, dass man sich an der Elektrizität in der Luft verbrennen konnte.

Nox öffnete mir die Autotür, formell und steif, und ich nahm seinen Arm, als wir das Gebäude betraten.

Wir machten uns auf den Weg in denselben Hinterraum, in dem wir Madaleine getroffen hatten, aber anstatt zu den Tischen zu gehen, wandten wir uns nach rechts, in Richtung einer Bar. Cocktailgläser hingen an einer Stange über dem polierten Holz und zwei Männer drehten sich auf ihren Hockern um, als wir näherkamen.

Wenn es so etwas wie eine Aura gab, dann hatten diese beiden sie. *In Hülle und Fülle.*

Die Macht ging nicht in Wellen von ihnen aus, wie es bei Nox und Madaleine der Fall war. Es war eher so, als wären sie das Zentrum einer riesigen Wolke, und sanfte Schwaden von verlockender Energie, triefe um sie herum und betörte die Menschen in ihrer Nähe.

Der Mann auf der linken Seite sah aus, als würde er an einen kalifornischen Strand gehören. Ein weißes T-Shirt mit einem verblichenen Bierlogo spannte sich über seine breite Brust und er hatte lange blonde Haare, die im Nacken zu einem Pferdeschwanz gebunden waren. Sein gebräuntes, gemeißeltes Gesicht war ernster, als es seine Kleidung vermuten ließ, und sein Lächeln hatte etwas Wachsames an sich.

Der Mann auf der rechten Seite lächelte jedoch so breit, dass sich Grübchen in seinen dunklen Wangen bildeten. Er hatte eine Masse schwarzer, unordentlicher Locken auf dem Kopf, der untere Teil war rasiert in einem Stil, der erst kürzlich in Mode gekommen war. Er trug Jeans, ein weißes Hemd und einen hellblauen Blazer und sprang von seinem Sitz auf, als wir uns näherten. Seine lachenden Augen fixierten erst mich, dann Nox.

Als er nur noch einen Meter von uns entfernt war, überkam mich ein aufgeregtes Amüsement und ich wollte mit ihm lachen, obwohl ich keine Ahnung hatte, worüber.

»Bruder«, sagte er, griff nach vorn und zog Nox in eine Umarmung, die nicht im Geringsten erwidert wurde. Nox ließ nicht einmal meinen Arm los. »Und Beth Abbott«, sagte der Mann, ließ Nox los und streckte mir beide Arme weit entgegen. »Eine Freude, eine Frau zu treffen, die so besonders ist, dass sie Luzifers Aufmerksamkeit auf sich zieht.«

Es verwirrte mich, dass Nox Luzifer genannt wurde, und ich wusste nicht, was ich antworten sollte

»Es tut mir so leid, ich habe mich nicht vorgestellt«, sagte er und bewahrte mich davor, die richtigen Worte finden zu müssen. »Ich bin Michael. Und das ist mein Bruder, Gabriel.«

Gabriel schlenderte mit seinem Getränk herüber. Bilder vom Strand, heiter und ruhig und wunderschön, schwebten durch meinen Kopf.

»Es ist mir ein Vergnügen, dich kennenzulernen«, sagte er und hielt mir seine Hand hin. Ich schüttelte sie, und dann reichte er sie Nox, der sie kurz musterte und dann ebenfalls schüttelte.

»Bruder, ich liebe, was du aus diesem Ort gemacht hast«, sagte Michael fröhlich. »Hier gibt es so viel köstliche Aufregung.«

»Es ist egal, dass es mit Verlust, Enttäuschung und Angst behaftet ist«, murmelte Gabriel, bevor er einen Schluck Bier nahm.

»Nun, du weißt doch, dass es das eine nicht ohne das

andere geben kann. In der Welt geht es um das Gleichgewicht, lieber Gabriel«, sagte Michael und sah zwischen
den beiden anderen Männern hin und her. Sein Akzent
war britisch, während der von Gabriel eine seltsame
Mischung war, die ich nicht einordnen konnte. Vielleicht
australisch. »Sollen wir uns setzen?«

VIERUNDZWANZIG

BETH

Wir saßen alle an einem Tisch direkt vor der Bar, die bereits mit Essen und Getränken eingedeckt war. Ich hatte mich gerade erst gesetzt, als ich bemerkte, dass die Geräusche der anderen Gäste zu einem dumpfen Summen verstummt waren.

»Wir können offen sprechen, ohne belauscht zu werden«, lächelte Michael.

»Richtig«, sagte ich, beugte mich vor und schnappte mir eine der Champagnerflöten. Das Kleid war gut, aber ein paar Schlucke Alkohol konnten nicht schaden, um sicher zu gehen, dass ich das hatte, was ich brauchte, um mit den dreien mitzuhalten.

»Du bist ein Mensch«, sagte Gabriel, und ich sah ihn an. Er saß mir gegenüber, Nox zu meiner Rechten und Michael zu meiner Linken.

»Ja.«

»Mutig, Bruder«, sagte er und blickte zu Nox auf.

»Mutig?«, fragte ich verwirrt. Ich war mir ziemlich

sicher, dass niemand mutig sein musste, um mit mir zu interagieren.

»Du bist sterblich «, sagte Michael. »Es endet normalerweise nicht gut.«

»Wir sind nicht hier, um über Beth zu reden«, sagte Nox. Er wirkte ruhig, und keine rasende Hitze strömte aus seiner Haut, also nahm ich mir ein Beispiel an ihm und versuchte, mich ein wenig zu entspannen.

»Nein, aber es ist so selten, dich in Gesellschaft zu sehen«, strahlte Michael. »Ich freue mich für dich, Bruder.«

»Das ist nicht das, was Examinus mich glauben lassen will.« Gabriel rollte mit den Augen und stützte einen Ellbogen auf den Tisch.

»Examinus ist ein Narr. Er ist gelangweilt von seiner Position in der Hölle.«

»Ich kenne das Gefühl«, stieß Nox hervor. Ein Blick ging zwischen den beiden anderen Engeln hin und her.

»Was auch immer er dir über uns erzählt hat, es ist nicht wahr. Aber wir wünschen uns, dass du wieder an die Macht kommst, Luzifer.«

»Warum?«

»Die Wache hat nur ein gewisses Maß an Macht. Je länger die Sünder von einem Wesen, das sie wirklich fürchten, unbestraft bleiben, desto dreister werden die Sünder.«

Michael sagte das Wort *Sünder*, als ob es seine Zunge verunreinigen würde.

»Warum meldest du dich nicht freiwillig für den Job?« Nox fixierte ihn mit seinen Augen und ich spürte ein erstes bisschen Hitze von ihm abgehen.

»Du weißt, dass es so nicht funktioniert.«

»Ich weiß nichts dergleichen. Ich habe bewiesen, dass Macht übertragen werden kann.«

Mein Magen krampfte sich für einen Moment bei seinen Worten zusammen, und dann wurde mir klar, dass er die Sünden und das Buch meinte, nicht mich.

»Luzifer, du wurdest für diese Rolle geboren. Du bist der Aufseher über die Sünder. Der Bestrafer des Bösen.«

»Ich bin ein gefallener Engel«, knurrte Nox. »Mit einer Rolle, die ihm verliehen wurde. Ich habe es satt, jede wache Stunde meines Lebens damit zu verbringen, dass mir der Abschaum der Erde vorgeführt wird. Ich habe meinen Teil getan.«

»Und jetzt bittest du mich zu fallen? Um deinen Platz einzunehmen?« Nox stieß zischend Luft aus.

»Du sollst zu Empathie fähig sein. Zur Selbstlosigkeit. Ich fordere dich heraus, Bruder. Schlüpfe in die Rolle, die du mich anflehst anzunehmen.«

Gabriel richtete sich auf, als Michaels Augen mit etwas Dunklem aufblitzten. Seine Schultern waren starr geworden, und sein Lächeln wirkte nicht mehr echt.

»Luzifer, die Welt braucht dich. Ob es fair ist oder nicht, dass die Last deiner Rolle auf den Schultern eines Wesens liegt, ist nicht der Punkt. Das kann nicht geändert werden. Du hast die Fähigkeit, mehr Macht auf dich zu nehmen als wir beide. Du wurdest dafür geboren, der Bestrafer zu sein.«

Nox drehte sich langsam in seinem Stuhl zu ihm hin.

»Ich habe diesen Vortrag schon viele Male gehört, Gabriel. Was lässt dich glauben, dass ich dieses Mal anders reagieren werde?«

»Die Wache«.

»Du meinst die Organisation, die du so gut wie leitest? Was ist mit ihnen?«

»Wir leiten sie nicht, wir beaufsichtigen sie. Und die Organisation weiß, dass sie versagt. Sie glauben nicht, dass die erhöhte Anzahl von Verbrechen auf ihre Unfähigkeit zurückzuführen ist, Fügsamkeit zu schaffen. Sie glauben, dass deine Macht nicht richtig eingedämmt ist, und das verursacht die Entstehung von mehr Sünde.«

Nox zuckte mit den Schultern.

»Es ist mir scheißegal, was sie glauben. Du hast Einfluss, peitsche sie in Form. Stell mehr Wächter ein.«

»Ich bin mir nicht sicher, ob du da nicht vielleicht recht hast «, sagte Michael.

»Was?«

»Ich habe gehört, ein Höllenhund hat es nach London geschafft.«

Eine angespannte Stille legte sich über den Tisch und ich war mir sicher, dass jeder mein Herzklopfen hören konnte. Ich fühlte mich, als würde ich ein Gespräch belauschen, das ich nicht hören sollte. Ich wusste, dass Nox es hasste, der Teufel zu sein, dass er die Verantwortung nicht wollte, aber ihn so verbittert darüber reden zu hören... ich fühlte mit ihm, auf einer tiefen Ebene. Und noch mehr ärgerte ich mich über die beiden, die herummarschierten und ihm sagten, er solle einfach seinen Scheiß in Ordnung bringen und weitermachen, ohne sich darum zu scheren, was das mit ihm machte. Seine eigenen Brüder.

»Da war ein Höllenhund. Ja.« Nox war kurz angebunden. Etwas mehr Hitze pulsierte aus ihm heraus, aber seine Augen waren normal. Ich bewegte meine Hand, näher dorthin, wo seine auf dem Tisch ruhte. Ich wollte ihn nicht schwach aussehen lassen, oder als ob er mich bräuchte, aber der Impuls, ihn daran zu erinnern, dass er hier eine Verbündete hatte, war stark.

Seine Hand bewegt sich zu meiner, und unsere Haut berührt sich.

»Ich glaube, er wurde absichtlich herausgelassen.«

»Von wem?«

»Ich weiß es nicht. Ich würde dieselbe Person hinter dem Diebstahl des Buches der Sünden und der Seite der Faulheit vermuten.«

Eine unangenehme Spannung umspülte uns und ich wünschte mir, dass etwas von der beruhigenden Lounge-musik durch unsere magische Blase hörbar wäre.

»Ich kann dir eines versichern, Bruder«, sagte Michael. »Wir haben überhaupt nichts mit irgendwelchen Diebstählen zu tun. Und die Idee, absichtlich einen Höllenhund in London freizulassen, ist abscheulich.« Sein Lächeln war nun völlig verschwunden. »Solange du nicht beweisen kannst, dass er absichtlich freigelassen wurde, wird die Wache glauben, dass es an deiner schwindenden Macht liegt, die in diese Welt sickert.«

»Und das ist im besten Fall«, fügte Gabriel hinzu. »Im schlimmsten Fall werden sie glauben, dass du absichtlich sündige Verbrechen verursachst.«

Jetzt straffte sich Nox Gesicht, und die Hand, die meine berührte, blitzte heiß auf. Ich zuckte zurück, behielt aber meine Hand neben seiner.

»Sie sind schlechte Verlierer. Es ist Jahrzehnte her,

dass ich das letzte Mal mit ihnen gespielt habe. Sie sollten solche alten Bagatellen auf sich beruhen lassen.«

»Luzifer... Sie haben eine Feder am Todesort des Jungen gefunden.« Ein imaginärer, eisiger Finger bahnte sich seinen Weg meine Wirbelsäule hinunter.

»Was?«

»Alex Smith«, sagte Michael. »Sie haben eine goldene Engelsfeder gefunden.«

Ich drehte meinen Kopf zu Nox, als er sich auch zu mir drehte.

»Ich habe ihn nicht getötet«, sagte er, und seine Stimme war tief und intensiv. Die Worte waren für mich bestimmt. Er ergriff meine Hand, und heiße Energie sprühte aus ihm. »Du weißt, dass ich die Macht der Lust nutzen kann, um meine Seele zu entblößen. Spüre die Wahrheit meiner Worte.«

Er hob meine Hand an seine Lippen, und Verzweiflung war deutlich in seinem Gesicht zu lesen.

Die Gewissheit überflutete mich und verstärkte das Wissen, das ich bereits hatte. Nox hat meinen Ex-Freund nicht getötet.

»Ich habe keine Sekunde lang gedacht, dass du das getan hättest«, flüsterte ich. Erleichterung machte sich auf seinem Gesicht breit, und dann verhärtete sich sein Ausdruck.

»Das hat etwas mit Max zu tun.« Er wandte sich an seine Brüder. »Wir konnten den Dieb fangen, der mein Buch gestohlen hat, weil er eine Feder in mein Büro fallen ließ. Das muss damit zusammenhängen. Ich bin reingelegt worden. Hereingelegt durch eine gefallene Feder.«

Gabriel und Michael starrten ihn beide an. Gabriel sah nachdenklich aus, und Michaels Gesicht war unleserlich.

»Es ist möglich«, sagte Gabriel schließlich.

»Möglich? Du denkst tatsächlich, dass es möglich ist, dass ich diesen Mann getötet habe?«

»Er hatte eine sexuelle Beziehung zu Beth«, sagte Michael und zeigte auf mich. »Zorn, Neid und Stolz könnten ein solches Töten motivieren.«

»Drei verdammte Sünden habe ich aufgegeben«, knurrte Nox. »Ich werde nicht hier sitzen und mit Leuten plaudern, die mich für Verbrechen verantwortlich machen, die ich nicht begangen habe.«

Er stand auf, schob lautstark seinen Stuhl zurück und nahm meine Hand. Ich stand ebenfalls auf und tat mein Bestes, beleidigt auszusehen. Es war nicht schwer.

»Wir versuchen nur, dich zu warnen, Luzifer«, sagte Gabriel.

»Vor was wollt ihr mich warnen? Das Buch der Sünden wurde gestohlen, jemand hat einen Höllenhund geschickt, um uns anzugreifen, und Examinus glaubt, dass ihr zwei Teile eines bevorstehenden Krieges gegen die Hölle seid. Dachtest du, ich wüsste nicht, was für ein Tornado an Unannehmlichkeiten da auf mich zukommt?«

»Wenn du all deine Kraft hättest, könntest du jeden Sturm abwehren, der auf dich zukommt, Bruder.«

»Fick dich, Michael. Wenn du nicht die Macht des Teufels übernehmen willst, dann halte dich verdammt noch mal aus meinem Leben raus, oder halte mir zumindest die Wache vom Hals.«

Wenn ich Nox zuvor wütend gesehen hatte, hatte er streng und kurzangebunden gewirkt, als würde er sich anstrengen, sich zu beherrschen. Aber jetzt war sein irischer Akzent stärker, als ich ihn je gehört hatte, und sein Fluchen ließ ihn irgendwie jünger erscheinen. Nicht weniger mächtig oder gefährlich, aber irgendwie mehr menschlich als göttlich.

»Dann auf Wiedersehen.« Michael verschränkte die Arme, nicht einmal ein Rest seines warmen Lächelns war noch übrig.

Nox drehte sich um, und ich drehte mich mit ihm.

BETH

Nox machte sich nicht auf den Weg zur Limousine, als wir draußen ankamen. Stattdessen blieb er auf dem Bürgersteig stehen und starrte auf die vage erschrockenen Kunden, die das Casino betraten.

»Willst du... Willst du laufen?« Er hielt immer noch meine Hand und ich drückte sie, während ich sprach.

Er sah mich an und ich konnte nicht anders, als auf ihn zuzugehen. Ich küsste ihn sanft, ganz und gar nicht von der ausgehungerten Leidenschaft getrieben, die unseren letzten Kuss angeheizt hatte. Ich musste ihn wissen lassen, dass ich auf seiner Seite war.

Er spannte sich für einen Moment an und entspannte sich dann, wobei er eine Hand in mein Haar legte. Er ließ mich zu schnell wieder los.

»Ja. Bitte.«

»Willst du, dass ich mit dir gehe?«

Er nickte.

· · ·

»Familien, hm?« sagte ich, als wir die Straße hinunterschlenderten. Die Schaufenster waren hell und Touristen und Einheimische stolperten von Bar zu Bar, während die Autos zwischen den Ampeln an uns vorbei krochen.

»Sie sind nicht meine Brüder auf die gleiche Weise, wie du Geschwister haben könntest.«

»Nein?«

»Nein. Wir wurden nicht geboren, sondern erschaffen. Ich wurde nur zufällig aus demselben Haufen Magie erschaffen wie sie.«

»Haufen?«

»Magie ist wie Energie. Sie kann nicht erschaffen oder zerstört werden - sie ist unendlich. Sie wandert nur von einer Sache zur anderen, wenn sie nicht richtig eingesetzt wird. Gespeicherte, schlafende Magie kann wieder zum Leben erweckt werden. Und in ausreichend großen Ausbrüchen kann sie Leben erschaffen.«

»Wow.«

»Hmm.«

»Nox?« Ich sagte seinen Namen, weil ich wusste, dass er mich ansehen würde, und das tat er auch. »Ich möchte, dass du weißt, dass ich es verstehe. Ich verstehe, warum du deine Macht aufgegeben hast, und ich finde es nicht fair, dass du mit so viel belastet wirst. Ich denke...« Ich schaute ihn an, unser Schritt verlangsamte sich fast bis zum Stillstand. »Ich denke, wir sollten etwas an unserer Liste ändern.«

Er hob eine Augenbraue, und seine Augen waren voller stürmischer Emotionen. Ob es gute oder schlechte Gefühle waren, konnte ich nicht sagen.

»Unsere Liste?«

»Ja. Erstens: das Auffinden der Sünden-Seiten. Zweitens, das Auffinden des Buches. Drittens: Herausfinden, wer Alex umgebracht hat, was jetzt dazu führt, dass dein Name vom Mordverdacht reingewaschen wird.« Deutlicher Zorn huschte dabei über sein Gesicht. »Vier, das Brechen deines Fluchs und das Verhindern eines Krieges zwischen den Göttern.«

»Der Krieg, von dem meine Brüder meinen, dass er nicht stattfinden wird.«

»Egal, das ist der Punkt, den wir ändern müssen.« Wir waren stehengeblieben. Ich nahm seine andere Hand. »Wir müssen einen Weg finden, deinen mürrischen Gott bei Laune zu halten und deinen Fluch zu brechen, ohne dir mehr Macht aufzuhalsen. Es ist nicht richtig, und selbst deine Brüder wissen das.« Nox wollte den Kopf schütteln, doch ich hielt seine Hände fest umklammert. »Nox, schreibe noch nicht ab, was ich sage. Du hast deine Sünden an gefallene Engel weitergegeben, die nicht alle so stark sind, richtig? Madaleine ist eindeutig stark, aber der Herr der Trägheit ist es nicht.«

»Ja, aber...« Ich ließ ihn nicht ausreden.

»Es ist klar, dass deine Brüder nichts von der Macht übernehmen wollen, aber was wäre, wenn du bessere Engel finden würdest, die die Sünden beherbergen, und anstatt dass ihr alle getrennt seid, arbeitet ihr *mit der Wache zusammen* und macht, was immer getan werden muss, um zu bestrafen? Als ein Team?«

Ich konnte die Ablehnung in seinem Gesicht sehen.

»Ich arbeite nicht gut mit anderen zusammen, Beth. Und das würde Examinus nicht dazu bringen, den Fluch aufzuheben. Ihm geht es nicht um die Wache, ihm geht es darum, meine Macht ausnutzen zu können.« Er stieß einen langen Atemzug aus. »Ich bin einer der mächtigsten Engel, die es je gegeben hat.« Sein Blick fiel auf den Boden. »Oder ich war es zumindest.« Ich verzog das Gesicht.

»Okay, dann ist das vielleicht nicht die Antwort. Aber es muss etwas geben, was wir tun können.«

»Beth, meine Brüder haben recht. Deshalb nerven sie mich auch so sehr.«

»Was meinst du?«

»Ich wurde geschaffen, um Menschen zu bestrafen. Wenn ich es nicht tue, wird die Macht der Sünde am Ende außer Kontrolle geraten. Ich bin der Einzige, der es tun kann.«

Meine Schultern sackten durch. Er sagte die Worte mit einer solcher Endgültigkeit.

»Aber vielleicht...« Diesmal drückte er meine Hände. »Vielleicht wäre es nicht mehr so schlimm wie früher, wenn ich meine ganze Kraft zurückhätte und gezwungen wäre, meine Tage damit zu verbringen, mich mit den größten Arschlöchern der Welt abzugeben.«

»Was wäre dieses Mal anders?«

»Ich weiß es nicht. Vielleicht nichts. Vielleicht alles.«

Sein Blick war durchdringend und ich wusste nicht, ob ich ein Idiot war, weil ich dachte, dass er über mich reden könnte. Könnte ich der Unterschied sein? Ich meine, ich kannte ihn erst seit ein paar Wochen.

»Dir ist klar, dass das super kryptisch ist?«, sagte ich und versuchte, die Intensität des Moments zu mindern.

»Strategisch kryptisch«, korrigierte er mich, ein

Schimmer seiner üblichen Überheblichkeit kehrte zurück.

»Hm.«

»Ich will dich nicht erschrecken.« Ich gab aus Versehen ein Schnauben von mir.

»Nox, du machst mir mehr als nur Angst.« Er warf mir einen finsteren Blick zu.

»Ich glaube, ich könnte dich auch ohne Feuer und Schatten erschrecken.« Ich schluckte. Ich zweifelte nicht daran.

»Weißt du, meine Brüder hatten auch mit etwas anderem recht.«

»Ach ja?«

»Ja. Engel und Menschen haben einige Probleme damit, auf Dauer zusammen zu bleiben.«

Mein Herz flatterte in meiner Brust. *Langfristig.* Vielleicht *war* ich der Unterschied, auf den er gerade angespielt hatte. Ich vermied es, ihn anzuschauen, als ich antwortete.

»Sobald wir deinen Fluch aufgehoben haben, werden wir vielleicht anders füreinander empfinden.« Das war der Code für: *wenn du erst einmal mit jeder schlafen kannst, die du willst, anstatt nur mit mir, wirst du wahrscheinlich das Interesse verlieren.*

»Wie wäre es mit dieser Idee. Wie wäre es, wenn wir einen neuen Punkt auf unsere Liste setzen. Nummer 5: Herausfinden, wie wir Beth länger leben lassen können. Nur für den Fall der Fälle.«

Mein Kiefer klappte langsam auf, als mein Kopf hochschnellte, um ihn anzusehen.

»Meinst du das ernst?«

»Ja. Es gibt viele magische Artefakte in dieser Welt. Es muss etwas, oder jemand geben, der helfen kann.«

»Wow, nun, man redet nicht einfach darüber, ein Mädchen unsterblich zu machen, ohne sie vorher zu fragen.«

Sein Mund verzog sich zu einem Lächeln.

»Es tut mir leid. Beth, bitte, kann ich versuchen, einen Weg zu finden, damit du länger lebst?«

»Ich werde darauf zurückkommen müssen«, sagte ich und ließ eine seiner Hände los, damit wir weitergehen konnten, wobei mich eine Unruhe ergriff.

Er gluckste, und der Klang war reich und köstlich und so anders als der von Michael.

»Gute Antwort. Weißt du, wie selten es ist, so wenig Gier in einem Menschen zu sehen wie in dir?«

Ich schaute ihn von der Seite an, als wir zwischen hohen eisenbeschlagenen Toren hindurchgingen und den Park betraten.

»Ich habe gelernt, welchen Wert Dinge für mich haben, als ich meine Eltern verloren habe. Ich bin keine Heilige, das versichere ich dir.«

»Die härtesten Lektionen im Leben sind oft die nützlichsten«, sagte er leise.

»Und sie können vergessen werden«, murmelte ich. »Ich würde lügen, wenn ich sagen würde, dass ich den Lebensstil, den du führst, nicht liebe. Dieses Kleid, dein Zuhause, das Essen und der Wein... ich liebe es.«

»Wenn der Luxus nicht auf Kosten anderer geht, kannst du ihn doch auch ohne Schuldgefühle genießen.«

»Und du schwörst, dass es nicht auf Kosten der anderen geht?« Ich blieb stehen und schaute ihn an. Um uns herum gab es nichts außer dunklen Bäumen, deren Frühlingsblätter sich leise im Wind bewegten, und die Parklaternen schienen nur schwach.

»Beth, lass mich dir etwas über mich selbst erzählen, und die Lektionen, die ich gelernt habe«, sagte Nox und starrte zurück. »Ich bin mächtig genug, um die Welt zu verändern. Das ist keine Übertreibung. Ich habe ein Temperament, das Leben beenden kann. Ich habe eine Leidenschaft, die Gemüter ruinieren kann. Ich habe ein grenzenloses Verlangen. Aber es ist kein Verlangen nach der Zerstörung anderer oder die Ruinierung des Glücks von Menschen.«

Ich sah die schimmernde, goldene Form seiner Flügel hinter ihm entstehen.

»Meine Position in der Welt ist untrennbar mit der Sünde verbunden, mit dem Tod und der Bosheit und dem Schmerz, aber diese treiben mich nicht an. Sie erschrecken mich nicht. Sie machen mich nicht traurig. Das ist nicht der Grund, warum ich von meinen Verpflichtungen weggetreten bin. Ich habe meine Verantwortung aufgegeben, weil ich das finden wollte, was in meinem Leben fehlte. Da ist eine klaffende Leere in mir, von der ich weiß, dass sie niemals durch Hass und Sünde gefüllt werden kann. Es dauerte Jahrhunderte, bis ich erkannte, dass ich keine Erfüllung darin fand, Abschaum zu bestrafen. Es hat mich noch einige mehr gebraucht, um zu entscheiden, dass das, was ich wollte, mir wichtiger war als meine Verantwortung. Egoismus treibt mich an, Beth. Ich töte, aber nur die, die es verdient haben. Ich stehle, aber nur, wenn es fällig ist. Ich quäle, aber nur die, die andere leiden ließen.«

Ich merkte, dass ich den Atem angehalten hatte, als er innehielt und seine Augen meine suchten, die vor Licht strahlten. Seine Flügel leuchteten heller und dehnten sich langsam aus.

»Ich profitiere nicht auf Kosten anderer. Aber Beth, versuche nicht, dich davon zu überzeugen, dass ich weich, gütig oder gesundheitsfördernd bin. Ich wurde nicht so erschaffen. Ich wurde erschaffen, um Vergeltung zu verkörpern, brutal und tödlich.«

Er war göttlich. Allumfassend, allmächtig und das dunkelste, schönste Wesen, das je existiert hatte.

Ich saugte seine Worte in mich auf und versuchte, sie in meine Denkweise einzubauen, was mir nicht gelang.

Er war ein riesiger Widerspruch in meinem Gehirn. Ich glaubte jedes Wort, das er gesagt hatte, und doch fühlte ich mich total zu ihm hingezogen und vertraute ihm vollkommen. Ich war keine Person, die mit jemandem umgehen konnte, der Menschen tötete oder quälte. Ich war kein Mensch, der sich mit jemandem abgeben würde, der mit Sünde, Schmerz und Tod verbunden ist. Aber hier war ich, verzweifelt, und wollte mich dieser Person völlig hingeben. Diesem *gefallenen Engel*.

»Glaubst du an Vergeltung, Beth?«

Ich suchte selbst nach einer Antwort.

»Ich glaube zuerst an faire Prozesse und zweite Chancen.« Schatten wirbelten zwischen uns und um uns herum. »Und ich glaube an dich.«

Hitze legte sich um mich, und es war ein Druck, der mich näher zu ihm zog.

»Du glaubst an mich?«

»Ja. Wenn du von deiner Verantwortung weggetreten bist, dann müssen deine Gründe für dich überzeugend gewesen sein. Wenn du jetzt zu ihnen zurückkehren willst, dann hast du neue Gründe.«

»Vielleicht habe ich gefunden, was mir gefehlt hat.«

Ich war jetzt nur noch Zentimeter von ihm entfernt, und seine gemurmelten Worte sandten Atemzüge über meine Lippen, die die empfindliche Haut streichelten.

»Nox, wir kennen uns kaum.« Mein Magen machte bei seinen Worten Luftsprünge, und meine Aufregung grenzte an Unglauben, dass er so über mich sprach. Aber mein Kopf war in den letzten Jahren lauter geworden als mein Herz, und meine Angst verlieh ihm noch mehr Lautstärke.

Jeder Zweifel hämmerte nacheinander durch meinen Kopf und hielt mich davon ab, mich ganz seiner Umarmung hinzugeben.

Er wird vielleicht genug von mir haben, wenn ich nicht mehr seine einzige Option bin.

Er kann ein anderer Mensch werden, wenn er es schafft, seine Macht wieder zu erlangen.

Die Verlockung könnte das Leben, das er beschrieb, nicht aufwiegen, ein Leben voller Schmerz und Bosheit.

»Wir sind mehr als flüchtige Bekannte. Es geht mir nicht um deinen Körper. Du bedeutest mir etwas, Beth, und obwohl ich nicht weiß, was es ist, weiß ich, dass es nicht flüchtig ist.«

Er hatte recht. Ich hatte es in meinem Krankenhausbett gewusst, nachdem Max mich fast getötet hatte. Vielleicht hatte ich es sogar schon vorher gewusst.

Wir waren verbunden, irgendwie.

»Bring mich nach Hause.«

Seine Flügel legten sich um mich und er beugte sich leicht hinunter, um mich in seine Arme zu nehmen. Ein entzückter Laut entwich mir, als ich meine Arme um seinen Hals schlang und er mich fest an seinen harten, heißen Körper zog.

Ein Kribbeln der Vorfreude ließ meine Haut prickeln, als seine Flügel straff wurden und dann hart schlugen. Wir erhoben uns, nur ein paar Zentimeter über dem Boden. Nox Lippen fanden meine für einen kurzen, brennenden Kuss, und dann schlugen seine großen Flügel erneut.

Diesmal stiegen wir einen Meter auf.

Ein weiterer Schlag, und weitere drei Meter.

Innerhalb von Sekunden waren wir hoch in der Luft und schwebten über London. Ich drückte mein Gesicht an seinen Nacken und schaute ihm über die Schulter. Das Mondlicht ließ die Schwade aus goldenen Federn hell leuchten und mit jedem Schlag bewegten sich seine Flügel genug, um den Blick auf die Londoner Skyline unter uns freizugeben. Helle Lichter gegen die Schwärze, dann glitzerndes Gold.

Der Wind rauschte über die Hälfte meines Gesichts, die nicht durch Nox starke Schulter geschützt war, und das kühle Stechen ließ meine Haut noch lebendiger anfühlen als das Adrenalin, das durch meinen Körper brummte.

Es war so anders als damals, als er mich aus dem Boot geholt hatte, und der benommene Schock verhindert hatte, dass der ganze Rausch des Fliegens mir bewusstwurde.

Ich sah das London Eye, und die Gondeln waren hell beleuchtet, und dann das Wembley Stadion weiter draußen.

Um uns herum waren Wolken, die sich im Mondlicht schwach und diffus abzeichneten.

»Das ist unglaublich«, sagte ich, ohne zu wissen, ob Nox mich hören konnte.

Seine Arme packten mich fester und er veränderte unseren Winkel. Plötzlich bewegten wir uns schnell, und seine Flügel zogen sich leicht ein. Der Wind rauschte förmlich über mich hinweg und ein kleines Quietschen entzückter Erregung entkam mir, als ich meinen Kopf hinter seinen Schultern vergrub und nur meine Augen hinüberblicken ließ.

Nox schwebte und tauchte und wirbelte mich in der Luft herum und ich war enttäuscht, als er schließlich in Richtung eines Stadthauses mit einem markanten Pool auf dem Dach hinabstieg.

Er setzte mich ab und überraschte mich, indem er sofort einen Schritt zurücktrat.

»Beth, ich kann dir gar nicht sagen, wie sehr ich dich will.«

»Ich will dich auch«, sagte ich und meine Brust hob sich. Aufregung und Adrenalin vermischten sich schnell zu Erregung.

»Aber solange ich nicht weiß, ob ein Zusammensein dir schaden könnte, werde ich es nicht riskieren.«

Ich versuchte, den Stich der Enttäuschung zu verdrängen. Er hatte absolut recht. Wir konnten das Risiko nicht eingehen. Ich nickte.

»Wir werden morgen zu Adstutus gehen. Ich werde ihn ermutigen, schneller zu arbeiten, wenn er nichts mit uns zu teilen hat.«

»Okay.«

Er streckte die Hand aus und strich mir mit dem Daumen über die Wange, dann strich er mir das vom Wind zerzauste Haar hinter das Ohr.

»Jemand will mir eine Falle stellen, und ich werde nicht zulassen, dass dir etwas passiert«, sagte er leise. »Ich werde nichts riskieren, wenn es um dich geht.«

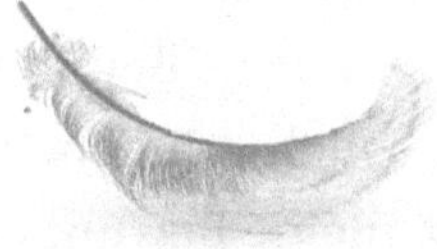

SECHSUNDZWANZIG

NOX

Ich hatte schon zu viel gesagt.

Ich konnte es in ihren Augen sehen, es in ihrem Tonfall hören. Beth kannte mich kaum, und ich sprach davon, ein ewiges Leben mit ihr zu verbringen. Ihr Leben ewig zu machen.

Ich schoss einen Feuerball auf den Basketballkorb am anderen Ende meines Kellers. Er explodierte. Nicht einmal ein Hauch von Genugtuung erfüllte mich. Nichts.

Sie hatte keine Angst vor mir, seltsamerweise. Sie hatte allerdings Angst vor etwas. Bindung? Magie? Ich schaute auf meine flammende Faust hinunter. Die Welt, die sie mit mir bewohnen müsste, wenn ich meine Kräfte wiedererlangen würde?

Ich feuerte einen weiteren Feuerball ab.

Jemand hat mir einen Mord angehängt. Den Mord an ihrem Ex-Freund. Dieser Mann würde für seine diebische, lügnerische Art bezahlen, dafür würde ich sorgen.

Der Gedanke, dass er jemals Hand an sie legen könnte, ließ die Wut in mir hochkochen und ich schleuderte zwei Handvoll Feuer an das andere Ende des Raumes. Sie trafen nichts als die Steinwand.

Mein Bedürfnis nach Beth, mein körperliches Verlangen nach ihr, wuchs täglich. Aber meine Verbindung zu ihrem Geist, meine Bewunderung für ihre Stärke und ihr Verständnis - das wuchs *stündlich*. In einer Welt, die so voller Urteile ist, und in einer Kultur, die so sehr von selbstsüchtiger Gier geprägt ist, war sie ein verdammtes Leuchtfeuer.

Sie könnte der Unterschied sein.

Ich brauchte sie, bis in mein Innerstes. In dem Fleisch und Blut, aus dem ich gemacht war, war eine Bindung zu ihr, die mich verzehrte.

Beth dachte, ich sei vor meiner Verantwortung davongelaufen, weil es zu viel für mich war, es zu ertragen. Dass ich es nicht ertragen könnte, alle Sünder der Welt zu bestrafen.

Sie lag falsch, und das Bedürfnis, dass sie mich verstand, war schmerzhaft. Mir wäre es lieber, sie würde gut von mir denken, denn ich wollte, dass sie bleibt.

Aber was würde passieren, wenn ich ihr vollständig ausgesetzt wäre? Ich konnte den Gedanken an ihre Enttäuschung nicht ertragen, an ihre Angst. Besser sie wusste es jetzt und traf ihre eigene Entscheidung.

Ich hatte meine Kraft aufgegeben, um zu versuchen herauszufinden, was die Ursache für die katastrophale verdammte Leere in meiner Seele war. Das ständige

Wissen, dass es da draußen etwas Besseres gab als das, was ich tat. Und ich hatte es gefunden. Ich hatte sie gefunden.

Jetzt musste ich ironischerweise meine Macht zurücknehmen, um sie zu genießen. Aber wie konnte Beth jemals an der Seite eines Wesens glücklich sein, das seine Tage damit verbrachte, Sünder in der Hölle zu zerfleischen?

Ein weiterer doppelter Feuerball, der aus meinen Händen geschleudert wurde, half mir nicht, meine Gedanken zu sortieren. Es gab keinen Ausweg mehr, keine andere Option.

Das konnte sie nicht. Ich würde ihr das nicht zumuten.

SIEBENUNDZWANZIG

BETH

Ich hoffte inständig, dass der Geist etwas Nützliches gefunden hatte, als wir am nächsten Tag in seinen kleinen Laden traten.

Als ich an diesem Morgen Nox Küche betrat, herrschte eine neue Spannung zwischen uns. Sein Ton war härter, und seine kokette Art verschwunden. Als ob auch nur ein falsches Wort uns dazu bringen könnte, etwas Dummes zu tun.

»Ah. Genau pünktlich«, sagte der Flaschengeist, als er sich in der Mitte des arabisch gestalteten Raumes materialisierte.

»Wirklich?« Meine Hoffnung, dass Adstutus helfen könnte, wurde durch die Tatsache gestärkt, dass er uns erwartet hatte.

»Hast du irgendwelche Neuigkeiten?«

»Das tue ich, Mr. Nox. Ich will.« Der Geist gab mir eine

Handbewegung und ich trat auf ihn und den Brunnen zu. Der Geruch von Zimt war stark, und ein Hauch von Nelkenduft und Antiseptikum kitzelten meine Nase.

»Weißt du, wie man verhindern kann, dass Nox Kraft übertragen wird?«, fragte ich.

»Nein. Aber ich habe einen starken Verdacht, warum es geschieht und wie es ausgehen wird. Nach dem, was ich in den Spuren der Macht in deinem Blut sehen konnte, glaube ich nicht, dass Nox Macht dir schaden wird. Der Verlust der Macht wird ihn jedoch weiter schwächen. Wenn ihr beide weiterhin intim miteinander seid, wirst du seine ganze Kraft in dich aufnehmen und stärker werden. Er hingegen wird zu einem Nichts verkümmern.«

»Ich könnte dich töten, indem ich Sex mit dir habe?« Ich schaute Nox alarmiert an.

»Nicht töten. Nur dramatisch schwächen«, sagte Adstutus.

»Ich will dich nicht schwächen«, sagte ich schnell. »Ich will dich überhaupt nicht verletzen. Oder dir deine Magie nehmen.«

»Ich weiß.« Nox warf mir einen beruhigenden Blick zu, dann richtete er seinen Blick auf den Flaschengeist. »Lass mich raten, warum du denkst, dass es passiert. Examinus. Er hat dafür gesorgt, dass ich geschwächt werde, wenn ich den Fluch jemals durch Intimität überlisten kann?« Eine resignierte Bitterkeit durchzog seine Worte.

Adstutus nickte.

»Ich halte das für das wahrscheinlichste Szenario.«

»Also, Sex wird dich verletzen und nicht mich. Dein Gott scheint ein echtes Arschloch zu sein.« Ich seufzte.

»Das ist er.«

»Bitte, wenn ihr lästern wollt, dann tut das woanders«, schimpfte der Geist und ließ mich an das strenge Gesicht meiner Mutter denken.

»Kann er uns hören?«

»Examinus? Er ist nicht so mächtig, wie er glaubt«, grummelte Nox.

»Mr. Nox, bitte. Nicht hier«, sagte Adstutus wieder.

»Gut. Danke für deine Zeit, Adstutus«, sagte Nox, untypisch höflich zu dem Geist. Er schien nicht verärgert zu sein. Vielleicht hatte er sich mehr Sorgen gemacht, dass ich verletzt werden könnte als er.

Der Genie zögerte, bevor er seine Hand hochhielt.

»Da ist noch etwas anderes. Es war sehr schwach und möglicherweise nichts, aber ich habe Spuren von etwas anderem in Beths Blut gefunden. Andere Alchemisten hätten es übersehen, aber ich bin überdurchschnittlich gut.« Adstutus Gesicht trug eine Mischung aus Stolz und ernster Besorgnis im Gesicht geschrieben.

Ich runzelte die Stirn, die Besorgnis baute sich wieder auf.

»Was hast du gefunden?«

»Es sieht so aus, als ob mindestens eines deiner Elternteile übernatürlich war.« Mein Herz setzte einen Schlag aus.

»Was?«

»Du bist definitiv ein Mensch, hundertprozentig.« Er schaute kurz zu Nox auf, bevor er fortfuhr. »Es gibt nur sehr wenige Wesen, die die Magie nicht von Geburt an weitergeben, aber stark genug wären, um Spuren davon in ihren Nachkommen zu hinterlassen.«

»Engel«, hauchte Nox.

Ich drehte mich langsam zu ihm um, als Adstutus nickte, und mein Puls raste nun. Was er mir erzählt hatte, dass Engel nicht geboren, sondern erschaffen werden, schoss mir durch den Kopf. »Meine Eltern waren Engel? Das kann doch nicht dein Ernst sein.«

»Die Spuren sind zu schwach, um ganz sicher zu sein. Aber Engel sind nicht in der Lage, Magie durch Geburt weiterzugeben, sie muss ihnen geschenkt werden. Bei Vampiren zum Beispiel ist es genauso, auch wenn sie auf andere Weise zu ihrer Magie kommen.«

»Vampire?« Meine Stimme war so wackelig, wie ich mich plötzlich fühlte. Nox war blitzschnell an meiner Seite und legte seinen Arm um mich. Wärme strömte in meinen Körper und beruhigte mich.

»Vampire können sich nicht fortpflanzen«, sagte er. Seine Stimme war ernst. »Adstutus, bei welchen anderen Wesen ist das möglich?«

»Im Moment fallen mir keine ein, außer Engeln. Ich werde weiter recherchieren.« Der Flaschengeist sah mich an. »Ich bin überrascht, dass deine Eltern dir das nie erzählt haben.«

»Das sind wir beide«, murmelte ich.

Wie konnten meine Eltern Engel sein? *Und es verdammt noch mal nicht erwähnen?*

Die Auswirkungen dessen, was mir gerade gesagt wurde, wurden mir plötzlich klar.

»Ich wusste es«, hauchte ich. Nox hob eine Augenbraue. »Ich habe es seit Jahren gewusst, Nox, ich konnte es nur nicht akzeptieren. Ich wusste, dass Magie und das Übernatürliche existieren. Ich wusste, dass meine Eltern nicht einfach verschwunden sind.« Zu meiner und Nox Überraschung entkam ein Lachen meinen Lippen. »Sie sind am Leben. Nur nicht mehr auf der Erde. Engel können diese Welt verlassen, richtig? Das hast du doch gesagt?«

Nox nickte, und ein zögerliches Lächeln zog über seine angespannten Züge. »Engel sind unsterblich und können sich zwischen den Welten bewegen.« Er starrte mich einen langen Moment lang intensiv an. Gedanken und Emotionen rauschten mit einer Million Kilometer pro Stunde durch meinen Kopf, und ich konnte ehrlich gesagt nicht herausfinden, was ich fühlte.

»Das ist eine Menge, Beth. Was brauchst du?«

Ich zögerte, bevor ich sprach. Was brauchte ich? Ich konzentrierte mich auf die Frage und versuchte, den Sturm in meinem Kopf zu stoppen.

Ich brauchte etwas Normales, etwas Erdendes. Etwas, das den absoluten Wahnsinn ausgleicht, zu dem mein Leben geworden war.

Meine kleine Wohnung und Francis waren in den letzten fünf Jahren der beste Teil meines Lebens gewesen und sie waren es, die die Flutwelle des Wahnsinns durchschnitten.

»Ich würde gerne ins Lavender Oaks Retirement Home gehen, bitte.«

ACHTUNDZWANZIG

BETH

»Whoa, whoa, whoa. Süße, hast du dir den Kopf gestoßen?« Francis starrte mich mit großen Augen von der Holzbank, auf der wir saßen, aus an. Wir befanden uns auf dem Gelände des Altenheims, weit weg von neugierigen Ohren.

»Nein. Ich habe einen Bluttest von einem Flaschengeist machen lassen und er denkt, dass meine Eltern Engel sind.«

Ich holte tief Luft, nachdem ich ihr die Aussage wiederholt hatte.

Es war notwendig, es laut auszusprechen. Ich musste es immer wieder laut sagen.

Wenn diese Offenbarung nicht nach so vielen Beweisen für Magie, Nox und Shiftern und Höllenhunden und Vampiren aufgetreten wäre, dann hätte ich es nie, niemals auch nur in Erwägung gezogen.

Aber es war real. Ich wusste, dass es real war. Es machte irgendwie Sinn, die durcheinander geworfenen Teile meiner Person begannen sich irgendwie zu ordnen.

Teile, von denen ich schon immer wusste, dass sie nicht an der richtigen Stelle waren, aber nicht sicher war, warum.

»Francis, als ich meine Eltern verlor, wusste ich, dass etwas Größeres als nur ein Autounfall oder ein anderer Unfall passiert war. Ich *wusste* es. Niemand glaubte mir und selbst ich schrieb meine Überzeugung als Teil meiner Trauer ab. Aber ich hatte die ganze Zeit recht. Sie sind tatsächlich verschwunden, an einen Ort, den ich nicht erreichen konnte. Und jetzt, zum ersten Mal seit ich mich erinnern kann, könnte ich einen tatsächlichen Grund dafür haben.«

»Gib mir den Flachmann«, sagte Francis nach einer Pause und griff nach dem silbernen Flachmann, auf den sie bestanden hatte, dass wir ihn mit nach draußen nehmen. Ich reichte ihn ihr, und sie nahm einen großen Schluck. »Willst du was?«

»Was ist das?«

»Brandy.«

»Nein, danke. Francis, was ich nicht verstehe, ist, warum haben sie mir nie etwas erzählt? Über Magie oder Engel oder irgendetwas von alledem? Das ist doch etwas, was man seinem Kind erzählt, oder nicht? Dass man ein *Engel* ist.« Ich versuchte, den aufsteigenden Vorwurf aus meiner Stimme zu halten, den Hauch von Verrat zu unterdrücken, der drohte, hochzusprudeln und überzuschwappen.

Ich hatte nie eine wirkliche Verbindung zu meiner Mutter gehabt, aber mein Vater... Er war mein ganzes Leben lang mein bester Freund gewesen. Wir haben alles miteinander geteilt. Ich konnte nicht glauben, dass er etwas wie das hier auslassen würde.

»Vielleicht haben sie es getan und die Magie hat es dich vergessen lassen? Zum Teufel, vielleicht wussten sie es selbst nicht? Es könnte hundert Gründe geben.« Ihre Haltung wechselte von ungläubig zu allwissend, als sie mich anschaute. »Wenn Magie im Spiel ist, ist alles möglich«, sagte sie in einem ernsten Ton.

»Eben dachtest du noch, ich hätte mir den Kopf gestoßen«, sagte ich.

»Nun, jetzt hatte ich ein paar Momente zum Nachdenken und einen Schluck Brandy, ich dachte mir, wenn Mr. Nox ein Engel sein kann, warum nicht auch du?«

»So sehe ich das eigentlich nicht«, sagte ich zweifelnd. Sie zuckte mit den Schultern.

»Du hast schon immer gewusst, dass etwas komisch daran ist, dass deine Eltern verschwunden sind. Das macht Sinn. Sie wären in der Lage gewesen, die magische Welt zu betreten, diesen Ort des Schleiers, ist das richtig?« Ich nickte.

»Und wenn sie wirklich Engel sind, sind sie höchstwahrscheinlich noch am Leben. Engel können nicht sterben.« Meine Kehle schnürte sich zu, als ich das Wort *sterben* aussprach.

Zum ersten Mal seit einer langen Zeit erlaubte ich mir tatsächlich den kleinsten Hoffnungsschimmer, dass sie noch lebten. Die Familie, um die ich bereits getrauert hatte.

Ich sah den Zweifel in Francis warmem Gesicht und sprach aus, was wir beide dachten.

»Aber warum sind sie nicht zu mir zurückgekommen,

wenn sie noch am Leben sind? Oder haben mir eine Nachricht geschickt?«

»Vielleicht werden sie gefangen gehalten? Oder Magie hat sie dazu gebracht, dich zu vergessen?«

»Vielleicht«, sagte ich und ließ meinen Blick auf das helle Gras unter meinen Füßen sinken. »Vielleicht.« Ich schaute zurück zu Francis, der noch mehr Brandy schluckte. »Das ist ein ganzer Haufen von Unbekannten.«

»Stimmt. Aber dieser ganze Haufen von Unbekannten ist vielleicht mehr, als du jemals zuvor hattest«, sagte sie, während sie meine Hand tätschelte. Ich blinzelte, als meine Augen heiß wurden. Sie hatte recht. »Oh, Süße«, lächelte sie und zog mich in eine Umarmung. »Du kannst weinen, wenn du es brauchst. Das ist alles ziemlich viel.«

Ich umarmte sie fest.

»Danke, Francis. Du bist so gut zu mir.«

»Süße, du bist das Beste, was mir passiert ist, seit ich in dieses verdammte Haus gezogen bin. Besonders seit du angefangen hast, mit heißen magischen Männern zu schlafen.«

Sie grinste mich an, als ich mich von ihr zurückzog und mir ein paar entkommene Tränen von den Wangen wischte.

»Ich frage mich, welche Magie sie haben? Sie sollten es dir sagen können, wenn du sie findest.«

Wenn du sie findest. Die Worte prallten in meinem Kopf ab.

»Ich muss Nox zuerst helfen, seinen Fluch aufzuheben. Dann werden wir sie finden. Er wird mir helfen.«

Das Problem war allerdings, dass ich keine Ahnung

hatte, wie lange es dauern würde, die Sünden, die Seiten und das Buch zu finden.

Der Versuch, herauszufinden, was mit meinen Eltern passiert war, war schon vorher wichtig gewesen, aber jetzt, wo es eine gute Chance gab, dass sie noch lebten - war es jetzt mehr als wichtig.

Was, wenn Francis recht hatte und sie gefangen gehalten wurden? *Etwas* hielt sie davon ab, mich zu kontaktieren - was, wenn sie in Gefahr waren?

»Wenn dir jemand helfen kann, dann ist er es«, sagte Francis. »Es ist gut, ihn auf deiner Seite zu haben.«

»Ja. Das ist er.« Gedanken an Nox und Magie und Macht schwirrten in meinem Kopf herum.

»Da ist noch eine Sache«, sagte ich. Ich hatte mich so sehr auf meine Mutter und meinen Vater konzentriert, dass der Rest von dem, was der Geist gesagt hatte, in den Hintergrund getreten war.

»Was ist das?«

»Wenn ich, ähm, wieder mit Nox schlafe, bekomme ich mehr von seiner Kraft, aber es wird mich nicht umbringen.« Francis Gesicht leuchtete auf.

»Nun, das sind doch gute Neuigkeiten«, strahlte sie.

»Nein, das ist es nicht. Es wird ihn schwächen, bis er so gut wie tot ist. Oder so tot, wie Engel eben sein können.«

»Oh.« Ihr Gesicht verzog sich. »Du bist also wie sein Kryptonit?« Ich warf ihr einen Blick zu.

»Du hast dir Superheldenfilme angesehen?«

»Superman wurde erschaffen, bevor du geboren wurdest«, sagte sie und schüttelte den Kopf. »Na, ist das nicht scheiße. Ihr lernt euch kennen, habt epischen Sex und findet dann heraus, dass Sex einen von euch töten kann.«

»Ja.«

»Bist du sicher, dass du nicht auch etwas davon willst?« Sie bot mir wieder den Flachmann an.

»Ich bin sicher. Danke.« Sie nickte.

»Ja, du hast wahrscheinlich recht. Du hast eine Menge zu tun, was damit zu tun hat, einen Fluch des Teufels aufzuheben, deine Familie zu finden und keinen Sex mit dem heißesten Kerl der Welt zu haben. Brandy hilft da vielleicht nicht.« Ich starrte sie einen Moment an und streckte dann meine Hand aus.

»Gib mir den Flachmann.«

NEUNUNDZWANZIG

BETH

Nox Fluch aufzuheben war das Wichtigste, worauf ich mich konzentrieren musste. Diese neuen Informationen über meine Eltern änderten daran nichts, so sehr sich ein Teil von mir das auch wünschte.

Er hatte das Sagen, sowohl in beruflicher Hinsicht als auch in jeder anderen Hinsicht. Ich hatte nichts im Vergleich zu ihm, keine Kontakte, kein Geld, keine Informationen. Und selbst wenn man den ständigen Kampf gegen unser Verlangen nacheinander wegließ, gab es eine massive Dringlichkeit, die verlorenen Sünden zu finden. Jemand versuchte, ihm den Mord an Alex anzuhängen, Höllenhunde waren auf der Flucht und wir hatten die Seite der Trägheit nur um eine Woche verpasst.

Wenn man zusammenzählte, was am dringendsten unsere Aufmerksamkeit brauchte, war es nicht zu leugnen, dass meine vermisste Mutter und mein vermisster Vater ganz unten auf der Liste standen. Was auch immer sie fünf Jahre lang von mir ferngehalten hatte, es war unwahrscheinlich, dass sich das in den nächsten paar Wochen ändern würde.

»Guten Tag, Beth.«

Eine tiefe männliche Stimme schreckte mich auf und ich schaute von unserer Parkbank auf, um einen Mann vor uns stehen zu sehen.

Kein Mann, korrigierte ich mich, als ich sein langes goldenes Haar, sein kantiges Kinn und sein Leinenhemd im Surfer-Stil betrachtete. Ein Engel.

»Gabriel«, sagte ich und stand schnell auf. »Was machst du...«

Er unterbrach mich. »Es tut mir leid, dass ich unangemeldet vorbeikomme. Ich habe einen Moment gestohlen und muss ihn nun ausnutzen. Ich möchte, dass du mir zuhörst, bitte.«

»Ich werde dir zuhören, Süßer«, sagte Francis. »Den ganzen Tag, jeden Tag. Verdammt, du bist ein gutaussehender Mann.« Ich warf ihr einen Blick zu.

»Francis, das ist der Engel Gabriel.«

Francis starrte zwischen mir und Gabriel hin und her und schenkte ihr ein kleines Lächeln, bevor er seine Aufmerksamkeit wieder mir zuwandte.

»Luzifer muss seine Macht zurückgewinnen.«

Ich recke mein Kinn vor.

»Warum hilfst du ihm dann nicht, wenn es dir so wichtig ist?«

»Ich bin nicht dafür geschaffen, solcher Magie zu widerstehen. Er wurde für diese Rolle geschaffen, und die Welt braucht ihn. Nicht nur deine Welt. Auch unsere.« Nox hatte das Gleiche gesagt, dass er der einzige Mensch war, der mit der Macht des Teufels umgehen konnte, also stellte ich das nicht in Frage. Aber der Rest...

»Was meinst du damit, dass die Welt ihn braucht? Meinst du damit, dass es mehr Sünder gibt, seit er seine Macht aufgegeben hat?«

»Es ist mehr als das. Es ist wahr, dass die Sünder zwar nichts zu befürchten haben, aber sie werden immer zahlreicher. Aber das Gleichgewicht der Magie verschiebt sich, und die Götter haben es gespürt.«

»Die Götter?«

»Ja. Michael will es nicht glauben, aber ich vermute, dass Examinus die Wahrheit über einen kommenden Krieg sagt. Und Luzifer wird das erste Ziel von Examinus Feinden sein. Er ist seine stärkste Waffe, und sie werden ihn früh aus dem Spiel nehmen wollen. Ohne seine volle Kraft könnten die anderen Götter ihn töten.«

Mein Magen verknotete sich bei seinen Worten, ein schweres Gefühl ergriff meine Brust bei dem Gedanken, Nox zu verlieren.

»Welche anderen Götter? Götter, für die du arbeitest?«

»Die Feinde von Examinus sind keine Götter, denen ich die Treue halte.«

»Warum hast du Nox nichts davon vorher im Casino erzählt?«

»Luzifer weiß bereits, dass er im Falle eines Krieges zwischen den Göttern sterben wird, wenn er nicht bei voller Stärke ist. Und er weiß, dass da draußen jemand daran arbeitet, ihn machtlos zu sehen. Michael hat ihm gesagt, dass es keinen Krieg geben wird, und ich bin nicht geneigt, ihm öffentlich zu widersprechen.«

»Warum sagst du es mir dann? Das ist doch sicher das Gleiche?«

»Nein, ich glaube nicht, dass es so ist. Du bedeutest Luzifer eindeutig etwas. Etwas, das ich bei ihm noch nicht gesehen habe.« Interesse schimmerte in seinen hellblauen Augen. »Sag ihm nicht, dass ich dich besucht habe. Sag ihm nicht einmal, dass ich den Krieg für echt halte - er weiß es bereits. Er wusste es an dem Tag, als ein Höllenhund ihn in London aufsuchte.«

»Was soll ich dann tun?«

»Hilf ihm, an die Macht zurückzukehren, um seines eigenen Lebens willen.«

»Deshalb bist du hier? Du sorgst dich um sein Leben?«

»Er ist mein Bruder.«

Das war keine richtige Antwort. Ich blickte den Engel finster an, völlig unsicher, ob ich ihm vertrauen sollte. Nox tat es definitiv nicht, und das bedeutete mir mehr als jedes von Gabriels Worten.

»Du brauchst mir nicht zu vertrauen«, sagte Gabriel, der meinen Gesichtsausdruck richtig las. »Aber wenn die Zeit gekommen ist, hilf ihm.« Er trat vor und streckte seine Hand aus. In ihr lag etwas Kleines und Goldenes. »Wenn du mich brauchst oder ich ihm helfen kann, benutze das.«

Vorsichtig streckte ich meine eigene Hand aus und er ließ den Gegenstand in meine Handfläche fallen. Es war eine kleine Schildkröte. Ich sah auf sie hinunter und als ich wieder aufblickte, war er weg.

Francis stieß einen langen Pfiff aus.

»Also, alle Engel sind verdammt heiß, wie ich sehe. Nicht nur dein Mr. Nox.«

»Ja«, murmelte ich und studierte die goldene Schildkröte. Sie sah aus wie ein Touristenschmuckstück von einem Strandhändler oder so.

Wollte Gabriel seinem Bruder wirklich helfen? Oder war dies ein Trick, etwas, um Nox Macht weiter zu reduzieren und den Weg freizumachen für welchen Gott auch immer, der mit Examinus kämpfen wollte?

Der Gedanke, dass Nox in einen Krieg mit Wesen, die so mächtig wie Götter sind, hineingezogen wird, machte mich an seiner Stelle wütend. Für eine Sache zu kämpfen, an die man glaubte, oder für eine wahre Loyalität, war eine Sache. Aber als Waffe für ein Wesen zu kämpfen, das man verachtete, war scheiße.

Und wenn er seine Kraft nicht zurückgewann... Er könnte nicht einmal die Chance bekommen, überhaupt zu kämpfen.

»Francis, es ist Zeit, dass alle reinkommen«, rief eine singende Stimme. Eine junge Pflegerin kam auf uns zu, die Haare zu einem ordentlichen Dutt gebunden und mit einem fröhlichen Lächeln auf dem Gesicht, das nicht weiter von meinem trostlosen Gesichtsausdruck entfernt sein könnte.

Francis winkte ihr zu.

»Das ist Lina. Das heißt, mein Essen ist fertig. Ich habe Appetit, jetzt, wo ich diesen Brocken von einem Engel gesehen habe.« Sie hievte ihren großen Körper von der Holzbank hoch, hielt aber inne. Ihre Augen verengten sich. »Spürst du das?«

»Was?«

»Eine heiße Brise. Die Art, die man in England nicht bekommt.« Sie sah sich um und eine Welle heißer Luft schlug gegen meine nackten Arme. Ein schwacher Geruch von Schwefel stieg mir in die Nase und meine Haare standen zu Berge.

»Francis, ich glaube, das könnte Magie sein. Wir

müssen zurück zum Haus.« Ich bewegte mich schnell auf sie zu, mit der Absicht, sie zu beschleunigen, aber ein Donnerschlag ließ mich langsamer werden und meinen Blick nach oben richten.

»Was ist das für ein grässlicher Geruch?«, fragte die Pflegerin, als sie uns erreichte, schlang einen Arm durch Francis und lenkte sie in Richtung des Hauptgebäudes von Lavender Oaks. »Und es war kein Regen vorherge-sagt.« Sie schaute zu den Wolken hinauf, die über uns hinwegzogen.

Ich wollte ihr nicht antworten, aber ich erkannte den Geruch. »Ich hoffe sehr, dass ich mich irre, aber ich glaube, es könnte ein Höllenhund sein.« Linas hübsches Gesicht verzog sich vor Verwirrung.

»Ein was?«

Ich packte Francis anderen Arm und begann zu laufen, so schnell wie sie mithalten konnte.

Aber es war zu spät.

Als ich einen Blick über meine Schulter warf, gab es einen erschütternden Knall und der Boden unter unseren Füßen hob sich.

Wir stolperten alle, doch Lina schaffte es, sich an Francis festzuhalten. Ich wurde nach hinten geschleu-dert, drehte mich und fiel hart auf ein Knie, bevor ich wieder auf die Beine kam. Ein riesiger Riss im gepflegten Rasen wuchs vor mir und der Gestank von Schwefel strömte aus ihm in die erstickende Luft.

»Beth!« Francis rief. »Wo ist dein Engel?«

Ich hatte *meinen Engel* um Raum gebeten. Und er war so gnädig gewesen, ihn mir zu geben.

Oh Scheiße, Scheiße, Scheiße. Ich krabbelte rückwärts, als etwas, das wie Feuer aussah, in dem Loch im Boden flackerte.

Der Höllenhund sprang blitzschnell aus der Felsspalte und der Boden erzitterte, als seine riesigen Pranken ihn berührten. Er schwang sein massives Maul und schnupperte die Luft.

Lina schrie und ich hätte es auch getan, wäre da nicht das sehr, sehr seltsame Gefühl in meiner Brust gewesen, das sich aufbaute.

Die Bestie war genauso riesig wie die letzte, monströs und flammend. Seine roten Augen waren auf mich gerichtet, während seine Schultern tief hingen und seine Vorderpfoten den Boden zerkratzten.

Es machte sich bereit, zuzuschlagen.

Aber so war etwas in *mir*.

All die Wut und Frustration und geradezu überwältigende Verwirrung schienen in einer Masse von etwas zusammenzukommen, das unter meinen Rippen brannte. Es war heiß und heftig, und ich wusste, dass es kein Teil von mir war. Meine Emotionen nährten es, ganz sicher, aber die Macht gehörte nicht zu mir. Es war die von Nox.

Ich konnte das Verlangen der Kreatur nach dem Kampf spüren, seinen Hunger nach dem Geschmack meines Fleisches.

»Lauft!«, brüllte ich Lina und Francis an. Sie waren auf der anderen Seite des riesigen Hundes, so dass ich nicht sehen konnte, ob sie meine Anweisung befolgten.

Ich wirbelte herum und rannte zu dem kleinen Wäldchen nur dreißig Metern entfernt.

Wäre ich dem Hund nicht vorausgeeilt, hätte ich es

nicht geschafft. Doch ich schaffte es und sprang auf den untersten Ast, als ich die Welle der unnatürlichen Hitze in meinem Rücken spürte.

Ich verfehlte mein Ziel. Mein Sprung trug mich zu weit nach vorne und nicht hoch genug und ich prallte gegen die dicke Rinde des Baumes, bevor ich zur Seite abprallte.

Ein schreckliches Bellen ertönte von dem Hund, so laut, dass der Schmerz in meinen Ohren und meinem Kopf schlimmer war als der des Sturzes auf die kiefernbewachsene Erde.

Eine flammende Pfote schnappte nach mir und ich konnte mich gerade noch rechtzeitig aus dem Weg schieben.

»Stopp!«

Eine weibliche Stimme brüllte den Befehl und ich erstarrte für den Bruchteil einer Sekunde, bevor mir klar wurde, dass der Höllenhund sich nicht mehr bewegte.

»Auf den verdammten Baum, Beth. Jetzt.«

Ich kletterte auf meine Füße und der Besitzer der vertrauten Stimme kam in Sicht.

»Rory«, keuchte ich und kratzte mit den Fingern an dem rauen Stamm, während ich versuchte, genug Halt zu finden, um zu klettern. Das Adrenalin machte meine Muskeln stärker und betäubte den Schmerz.

Der Hund knurrte und drehte sich zu ihr um. Ich schleppte mich ein paar Meter den Baum hinauf und versuchte, höher zu kommen. Der Überlebensinstinkt trieb mich weiter.

»Du solltest nicht hier sein, du böser Hund«, rief sie dem Tier zu. Es bellte wieder, und ich zuckte zusammen.

Ich erreichte einen stabilen Ast und fühlte ein wenig Erleichterung, als ich es schaffte, meine Füße darauf zu stellen, um sicherzustellen, dass mein ganzer Körper mindestens drei Meter über dem Boden war. Obwohl ich mir ziemlich sicher war, dass der Höllenhund so hoch springen konnte.

Ich sog die Luft ein, als ich auf Rory und den Höllenhund hinunterstarrte. Sie trug einen hochtaillierten schwarzen Bleistiftrock mit einem hautengen scharlachroten Shirt und sah aus, als sollte sie irgendwo einen Unternehmer-Instagram-Account leiten und nicht einem Monster aus der Hölle entgegentreten.

Ich dachte, ich könnte nicht mehr Ehrfurcht vor ihr haben, bis das Ding zuschlug. Sie warf beide Hände hoch und eine schimmernde Welle aus rosa Energie schoss aus ihren Handflächen. Der Höllenhund kläffte auf, als die rosafarbene Magie ihn direkt traf, er flog nach hinten und fiel auf den Rücken. Er kratzte sich am Gesicht und rollte sich wieder auf die Beine.

Rory rührte sich nicht. Die Elfe mag ein Problem mit ihrer Einstellung haben, aber sie war höllisch wild.

Der Geruch verschlimmerte sich und ich überlegte, ob ich höher klettern sollte. »Kannst du es töten?«, rief ich ihr zu.

»Niemand kann es töten. Und ich kann es auch nicht zurück in die Hölle schicken.« Ihre schneidende Stimme war fest, ihr Fokus ganz auf den Hund gerichtet, als er vor ihr auf und ab zu stürmen begann. Flammen leckten höher von seinem schlanken Körper.

»Was kann ich tun?«

»Bleib verdammt weg, bis Nox hier ist.«

Bei der Erwähnung von Nox schienen die Flammen, die den Höllenhund umhüllten, ein tieferes Rot anzunehmen, und er drehte seinen Kopf zu meinem Baum. Diese scharlachroten, wilden Augen fanden mich, und das fremde Gefühl pulsierte in meiner Brust. Es war Zorn, an der Grenze zur Wut, über meine eigene Ohnmacht, über meine Unfähigkeit, mit den Situationen, in denen ich mich immer wieder befand, fertig zu werden.

Der Höllenhund drehte sich um und näherte sich dem Baum.

Das Ding konnte Nox Macht in mir spüren, wurde mir klar. Rory fluchte.

»Das ist das verdammte Gegenteil von dem, was ich dir gerade gesagt habe!«

»Ich mache das nicht mit Absicht!«

Der Höllenhund legte eine riesige Pfote auf den Stamm des Baumes und mein Herz klopfte gegen meine Rippen, als ich sah, was passieren würde. Feuer sprühte gegen die Rinde, zuerst winzig klein, dann immer größer werdend, schlängelte sich das Feuer den Stamm hinauf.

»Verdammt.« Mein Baum stand in Flammen. Ich hatte zwei Möglichkeiten; springen oder höher klettern. Beides war nicht verlockend und beides konnte leicht mit meinem Tod enden. »Wie lange brauchen Bäume, um abzubrennen?«, schrie ich, als ich zur Baumkrone hinaufblickte.

»Länger als die Höllenhunde brauchen, um dich zu zerfleischen«, schrie Rory zurück.

Wie ich vermutet hatte, war meine Wahl, höher zu

klettern. Ich griff hoch nach dem Ast über mir und begann zu kraxeln.

Die Äste wurden weniger stabil, je höher ich kam, und das Laub wurde dichter und versperrte mir die Sicht auf so ziemlich alles außer dem Wald um mich herum. Ich schwitzte, das Adrenalin war das Einzige, was meine Muskeln in Bewegung hielt und meine Hände ruhig hielt, während ich weiter nach oben kletterte.

Abrupt löste sich mein Kopf von der Masse der grünen Blätter um mich herum und ich registrierte, dass ich den Gipfel erreicht hatte. Ich klammerte mich fest an den schwindenden Stamm und schaute mich um.

Ich muss fünfzehn Meter hoch gewesen sein und ich konnte das dunkle Loch im Boden sehen, durch das der Hund hochgekommen war, aber es gab kein Zeichen der Kreatur.

Ich betete, dass das nicht bedeutete, dass er begonnen hatte, auf den Baum zu klettern, und atmete ein paar Mal tief durch.

Der Geruch von Schwefel umspülte mich und ein Hitzeschwall war die einzige Warnung, die ich bekam, bevor der Schmerz meinen Fuß durchzog.

Ich schrie auf und warf mich zur Seite. Pure Panik erfüllte mich. Ich konnte nirgendwo hin. Der Schmerz ließ meine Sicht verschwimmen und die Hitze erstickte meine Gedanken.

Feuer schoss in meine Vision, als ich nach unten blickte und den Höllenhund sah, der sich durch die dicken Blätter schob, die alle um seinen riesigen Kopf herum in Flammen aufgingen. Er schnappte wieder nach meinen Füßen und meine Bewegung war instinktiv. Ich wich seinen knurrenden Kiefern aus, aber ich verlor meinen Halt in der Baumkrone. Ich rutschte ab und die Welt bewegte sich in Zeitlupe, als ich merkte, dass ich fallen würde.

Direkt in die Kiefer der Kreatur.

Die Angst, genauso wie die Kraft, zwang mich meinen Körper gegen das Holz zu drücken und mich von dem Höllenhund zu entfernen. Äste zerkratzten meine Arme, als ich mit dem Kopf voran auf den Boden zu stürzte. Besser der Boden als das Feuer, dachte ich. Alle rationalen Gedanken verließen mich, als ich meine Augen zusammenkniff.

Etwas schlug in mich ein und raubte mir den ganzen Atem. Meine Augen flogen auf, als ich würgte, unfähig, irgendetwas zu verarbeiten. War ich auf dem Boden aufgeschlagen?

Nein. Ich war in Bewegung. Gold füllte meine verschwommene Sicht und ich versuchte Luft zu saugen, meine Lungen brannten.

»Du bist okay, nur außer Atem. Halte durch.«

»Nox«, versuchte ich zu sagen, aber ich konnte nicht sprechen. Ich hatte nicht genug Luft. Mein Kopf drehte sich, Gedanken verschwammen, während Luft über uns strömte.

Er hatte mich aufgefangen. Ich war dabei, in den Tod zu fallen und er fing mich auf. Ein echter Schutzengel.

»Atme, Beth. Du bist in Ordnung.«

Erleichterung erfüllte mich genauso wie der Sauerstoff, als sich mein Brustkorb zu bewegen begann.

»Ich muss dich absetzen. Rühr dich nicht vom Fleck, ich bin gleich wieder da.«

Meine Augen funktionierten immer noch nicht richtig, und der Schwindel verzerrte alles, als ich den Boden unter meinem Hintern spürte.

»Nox«, würgte ich hervor, als er mich losließ.

»Ich muss diesen Hund zurück in die Hölle schicken. Ich bin gleich wieder da.« Ich erhaschte einen flüchtigen Blick auf sein Gesicht, als sich meine Sicht zu klären begann, dann einen goldenen Fleck, als er sich vom Boden abhob, zurück in die Luft.

Ich sackte auf den Rücken und zog so viel Luft ein, wie ich nur konnte. Ich stand auf Gras und um mich herum waren Bäume, die nicht brannten, aber ich hatte keine Ahnung, wo ich war. Und es war mir auch egal.

Ich hatte wirklich geglaubt, dass ich sterben würde.

Schon wieder.

Erst vor wenigen Wochen hatte ich das gleiche Gefühl des drohenden Untergangs, das gleiche Gefühl des resignierten Schreckens, als ich unter der Oberfläche der Themse war.

Nox behauptete, er hätte mich nicht vor Max gerettet, sondern ich hätte mich selbst gerettet. Aber dieses Mal hatte er mich wirklich gerettet.

Ich setzte mich auf, Adrenalin schoss durch mich hindurch, und meine Glieder begannen zu zittern, während sich meine Atmung beruhigte.

Er hatte mir das Leben gerettet und mich aufgefangen, als ich durch den Himmel fiel, wie ein verdammter Superheld.

In diesem Moment wusste ich, dass es keine Rolle

spielte, was Nox wurde, wenn seine volle Kraft zurück-kehrte. Was auch immer er für den Rest der Welt war, bedeutete nichts.

Für mich war er ein Held. Mein Held.

Sobald ich ihn durch den blauen Himmel auf mich zufliegen sah, kam ich auf die Beine. Er trug kein Hemd, und das Schwarz seiner Jeans und das Gold seiner Flügel waren ätherisch schön. Er landete vor mir, und Kraft strahlte von ihm aus.

»Es tut mir leid. Es tut mir leid, dass ich fast zu spät war.«

»Du warst genau zur richtigen Zeit da«, sagte ich und ging zu ihm. »Du hast mein Leben gerettet.«

»Ich werde jeden vernichten, der es noch einmal bedroht.«

Ich glaubte ihm. Seine Augen waren granithart und die Emotion verzerrte sein Gesicht zu Wut, als er sprach.

»Küss mich.«

»Beth...« Ich trat auf ihn zu, und Hitze durchströmte meinen Körper. Ich hielt meine Hand hoch und drückte die Finger auf seinen Mund, um ihn am Sprechen zu hindern.

»Nox, du hast mir gerade das Leben gerettet. Ich war mir sicher, dass ich sterben würde. Ich will, dass du mich küsst.«

Leidenschaft erfüllte seine Augen, aber es war nicht die schwüle Lust, die ich von ihm gewohnt war. Es war tiefer. Es war ein echtes *Bedürfnis nach mir*. Das gleiche Bedürfnis, das ich für ihn empfand.

Ich ließ meine Hand fallen und seine Lippen trafen meine. Seine Hand fand meinen Hinterkopf, und ich drückte meine Handflächen gegen seine Brust und verlor mich in seiner Leidenschaft.

Ich ließ meine Dankbarkeit, meinen Respekt und meine Ehrfurcht vor ihm in den Kuss einfließen und betete, dass es bei ihm ankam, denn ich wusste noch nicht, wie ich es laut aussprechen sollte.

Irgendetwas bewegte sich zwischen uns und ich wusste nicht, ob es daran lag, dass ein Teil von ihm in mir war, oder ob es nur die wachsende Verbindung zwischen uns war.

Was auch immer es war, es war gefährlich. Es könnte mich verzehren, da war ich mir sicher.

»Beth«, hauchte er gegen meine Lippen, und ich wartete auf den Rest des Satzes, aber da war nichts. Er sagte nur meinen Namen.

»Ich danke dir. Dafür, dass du mich gerettet hast.«

»Ich werde dich auf hundert verdammte Arten retten, für den Rest deines Lebens.«

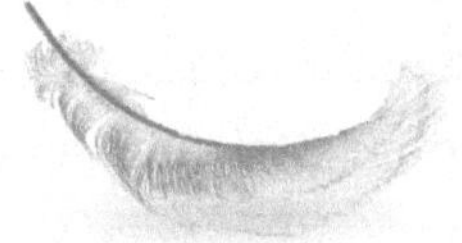

NOX

Ihre Nägel gruben sich bei meinen Worten in meine Brust und sie lehnte sich zurück, und ihre großen Augen fanden und fokussierten sich auf meine.

»Den Rest meines Lebens?«, flüsterte sie.

Ich knirschte mit den Zähnen. Ich hatte noch nie etwas so sehr gebraucht wie sie. Sie war eine Droge, berauschend.

»So lange, wie du mich lässt. Und möglicherweise länger.« Ein Lächeln huschte über ihr Gesicht, bevor Sorge es beherrschte.

»Nox, Gabriel ist gekommen.«

»Was?«

»Gabriel ist zu mir gekommen. Er glaubt, dass der Krieg echt ist und dass sein Bruder sich irrt.«

Wut ließ jeden Muskel in meinem Körper anspannen und als Beths Hände auf meiner Haut zuckten, wurde mir bewusst, dass ich vor Hitze pulsierte.

»Warum ist er zu dir gekommen und nicht zu mir?«

»Er hat gehofft, dass ich dich überzeugen kann, deine

Kraft zurückzubekommen. Er sagt, dass er sich um dein Leben sorgt, und dass es in Gefahr ist.«

Ich ließ meinen Kopf zu ihr fallen, unsere Stirnen berührten sich. Eine schwere Resignation machte sich in mir breit. Ich würde nicht zulassen, dass Arschloch-Engel oder beschissene Götter Beths Leben ruinieren.

»Wir werden alles tun, was wir können, um die Sünden und das Buch zu finden. Ich werde jeden Tag zu dir in dieses Büro kommen und zehn weitere Leute auf die Aufgabe ansetzen. Dies wird enden, und zwar bald.«

Sie bewegte sich, um mich anzuschauen, und ihr Gesicht war immer noch von Sorgen gezeichnet.

»Was ist, wenn wir nicht alle von ihnen finden können?«

»Dann beenden wir das ohne meine volle Kraft«, sagte ich.

»Das beenden?«, fragte sie zweifelnd. »Das heißt, für einen Gott, den du hasst, in den Krieg ziehen? Ohne deine ganze Kraft?«

»Ich bin auch ohne all die Sünden mächtig«, sagte ich ihr. Und das war ich auch. Aber nicht mächtig genug, um gegen einen Gott anzutreten. Mit wem auch immer sich Examinus zerstritten hatte, versuchte mich aus einem verdammt guten Grund auszuschalten, bevor ich meine Macht wiedererlangte. Aber das brauchte Beth nicht zu wissen. Zumindest noch nicht.

»Okay. Aber wir sollten das hart angehen. Nichts anderes tun, als daran zu arbeiten.«

»Ich stimme zu. Sobald du dich etwas ausgeruht hast.« Ich beobachtete ihr Gesicht, als sie darüber nachdachte, zu argumentieren, und ihre Meinung änderte.

»Rory war unglaublich. Ich möchte auf jeden Fall, dass sie mir beibringt, wie ich auf mich selbst aufpassen kann.«

»Nun, es scheint, sie muss dir nicht beibringen, wie man auf einen Baum klettert.«

Beth lachte, und der Klang machte mich glücklich; ich würde mich für sie von einer Klippe stürzen, Flügel hin oder her.

»Nein. Anscheinend gibt mir eine flammende Höllenbestie den Anstoß, da plötzlich ein neues Talent zu entwickeln.«

»Weißt du, ich bin eine dieser flammenden Höllenbestien.«

»Ja, aber du siehst wirklich verdammt gut aus in einem Anzug«, grinste sie mich an.

»Ich liebe es, wenn du fluchst.« Meine Stimme war ein Knurren und das Verlangen erfüllte ihre lachenden Augen.

»Ich weiß. Deshalb habe ich es getan.«

Ich zog sie nah zu mir und küsste sie tief. Mein Schwanz spannte sich in meiner Hose, mein Bedürfnis nach ihr ließ mein Herz in meiner Brust pochen. Sie musste es spüren können. Ich hoffte, dass sie es spüren konnte.

»Ich will dich. So sehr. Ich kann nicht glauben, dass ich dich verletzen könnte, indem ich dir zeige, wie sehr ich...« Sie brach ab, ihre Lippen streiften immer noch meine. Wollte sie gerade *Ich liebe dich* sagen?

»Zeig es mir«, sagte ich, unfähig, mich zurückzuhalten. »Zeig mir, wie sehr du mich willst. Ich muss es fühlen. Es ist mir egal, was es mit mir macht.«

»Natürlich tust du das.«

»Nein. Das tue ich nicht. Wir werden bald meine Kraft zurückbekommen und dann wird es egal sein. Ich brauche dich.«

»Nein. Ich werde dir nicht wehtun.«

»Und ich werde nicht ohne dich gehen. Du machst mich stärker, Beth. Scheiß auf das, was dieses Arschloch von Genie sagt. Wenn ich in dir bin, wenn ich so verdammt tief drin bin, können wir genauso gut eine Person sein...« Sie stöhnte gegen meinen Mund und drückte sich fester an meinen Körper. »Du machst mich zu etwas Neuem, Beth. Ich brauche dich.«

BETH

Nox Worte spukten in meinem Kopf herum und hallten über die Wogen der Lust, die meinen Körper eroberten, als er seinen Kopf senkte und seine heißen Lippen auf meinen Hals presste.

Könnten wir es riskieren? Könnte er mit noch mehr Machtverlust umgehen? Seine Hand schob sich in mein Haar, die Finger schlossen sich und zogen meinen Kopf zurück, so dass meine Kehle freigelegt wurde.

Nervenenden feuerten überall in meinem Körper, meine Brust hob sich, als er sich seinen Weg hinunter zum Ausschnitt meines Shirts küsste.

»Nox«, keuchte ich. Er richtete sich auf, der wilde Blick in seinen Augen ließ neue Wellen des Bedürfnisses durch mein Blut pulsieren. »Nox, ich weiß nicht einmal, wo wir sind.«

Er blickte um uns herum.

»Regent's Park«, knurrte er. Er hob mich hoch und ich jaulte vor Überraschung auf. »Hör mir zu, Beth«, sagte er, während er auf ein Wäldchen mit dichten Bäumen zuging. »Ich werde ein Kraftfeld um uns herum errichten und ich schwöre dir, dass uns niemand sehen oder hören wird. Und du wirst meinen Namen schreien. Du wirst alles spüren, was ich mit dir mache. Denn dies ist das einzige Mal, dass wir es tun. Du wirst dich für den Rest der Zeit so verhalten, als hätten wir nur diese wenigen Stunden zusammen.« Er neigte mich und schaute mir direkt in die Augen. Seine leuchteten und Erinnerungen an die Nacht, die wir zusammen verbracht hatten, stürmten auf mich ein und ließen mein ohnehin schon pochendes Geschlecht noch mehr erhitzen. »Du wirst jede verdammte Hemmung, die du hast, komplett über Bord werfen. Du wirst dich mir ganz und gar hingeben. Hast du verstanden?«

Ich biss mir auf die Lippe und nickte.

Ich könnte jetzt nicht *nein* sagen, wenn mein Leben davon abhinge. Ich würde alles aufgeben, um mich von ihm beanspruchen zu lassen, um diese exquisite Glückseligkeit zu spüren, die nur er mir einflößen konnte.

»Sag es. Laut.«

»Ich verstehe.«

»Sag mir, dass du dich mir hingeben wirst. Ganz und gar.«

Er war unter einer massiven Eiche angehalten. Die gleiche seltsame Blase, die im Casino mit seinen Brüdern vorhanden gewesen war, flammte um uns herum auf, aber ich nahm sie kaum wahr.

In seiner Stimme lag eine gewisse Schärfe. Das letzte Mal war er kaum in der Lage gewesen, die Kontrolle zu behalten, kaum in der Lage, sich von dem fernzuhalten, was ihm so lange verwehrt worden war.

Aber diese Besessenheit war neu. Und höllisch heiß.

Ich wollte nichts mehr, als dass dieser Gott von einem Mann, dieser Engel, mich besitzen wollte. Kein Teil von mir wetterte gegen die Vorstellung, dass ein Mann meinen Körper beanspruchen würde, wie ich es vielleicht erwarten würde. Nox war an mich gebunden, und ich an ihn, es gab keine Frage, dass er mich haben konnte. Ich gehörte ihm.

Mein Puls raste, als wir uns gegenseitig anstarrten.

Wir wussten beide, dass dies mehr als Sex war. Er fühlte wie ich, er spürte die Verbundenheit, ich konnte es in jedem seiner Blicke sehen, in jedem Zucken, in seinem ständigen Bedürfnis.

»Ich gehöre dir, Nox.«

Er bewegte sich blitzschnell. Kaum Zeit zum Luftholen, presste er die Luft aus mir heraus, als er mich gegen den Baumstamm hinter mir schleuderte.

Seine Hände griffen nach meinen Rippen, dann glitten sie meinen Körper hinauf, während seine Lippen meinen Hals küssten, meinen Kiefer, dann meinen Mund fanden.

Wie ein besessener Mann küsste er mich. Die Macht der Lust durchströmte mich und für einen surrealen Moment konnte ich ihn auf eine Weise spüren, die nicht körperlich war.

Seine Seele. Dunkel und wild und so voller Leidenschaft, dass sie an Unzähmbarkeit grenzte. Und ich war sein Kern. Jedes Quäntchen dieser wilden, flammenden, leidenschaftlichen Energie drehte sich um seine Wahrnehmung von mir.

Das Hochgefühl durchströmte mich und ich küsste ihn fester, ließ meine eigenen Gefühle in die Umarmung einfließen, unfähig, ihm auf magische Weise meine Seele zu offenbaren, aber verzweifelt, damit er weiß, dass ich dasselbe fühle.

Er grunzte, als ich seine Unterlippe zwischen meine Zähne nahm, und dann bewegte er sich zurück, um den Saum meines Shirts zu greifen und anzuheben.

Ich lehnte mich keuchend gegen den Baumstamm, als er ihn langsam an meinem Oberkörper hochzog, mich ganz mit seinem Blick aufnahm, die Augen lebendig vor Verlangen. Als seine Hände über die Seiten meiner Brust strichen, hob ich meine Arme über meinen Kopf. Mein Shirt reichte mir bis zu den Handgelenken und anstatt es mir auszuziehen, schloss er seine Faust um meine Hände und fixierte mich.

Seine andere Hand strich über meinen nackten Bauch und öffnete geschickt meine Jeans, als er den Bund erreichte.

»Nox«, hauchte ich. »Ich kann mich nicht bewegen.«

»Du brauchst dich nicht zu bewegen. Du musst stillhalten, während ich dich deinen eigenen verdammten Namen vergessen lasse.«

Köstliche Vorfreude durchschüttelte mich, als er meine Jeans erst über meine rechte Hüfte, dann über meine linke herunterzog.

Er atmete zischend einen Atemzug ein, dann drückte er sich gegen mich und kippte mein Kinn hoch, um mir ins Gesicht zu schauen. Mein eigenes flammte vor Verlangen auf.

»Ich werde Magie einsetzen, um deine Hände dort zu halten, wo ich sie haben will.« Es war keine Bitte um Erlaubnis, aber er hielt lange genug inne, um keinen Einwand von mir zu bemerken.

Als er seine Hand von meinen Handgelenken löste, spürte ich keine Veränderung des Drucks. Ich zupfte experimentell, und ein kleines Zischen strömte meine Arme hinunter. Meine Brustwarzen verhärteten sich.

Ein böser Schimmer des Hungers erhellte Nox Gesicht und er fiel auf die Knie.

Der Anblick von ihm vor mir, ohne Hemd, mit ausgebreiteten goldenen Flügeln und auf den Knien, entlockte meinen Lippen ein echtes Stöhnen.

Er zerrte meine Jeans ganz nach unten und hielt bei meinen gestiefelten Füßen an. Langsam trennte er meine Oberschenkel, bis sich meine Jeans zwischen meinen Knöcheln spannte.

Er steckte einen Finger in die Seite meines Höschens und fuhr es entlang. Er zögerte, als er die heiße Nässe erreichte. Ein Grollen ertönte aus seiner Brust, als seine Augen zu meinem Gesicht und dann zurück zu meiner Unterwäsche wanderten.

Er bewegte seinen Finger wieder nach oben, zog den Stoff zur Seite und beugte sich vor. Ich spürte, wie sein heißer Atem über mich hinwegflüsterte und ich versuchte, meine Hüften nach vorne zu wölben, um seinem Mund zu begegnen. Aber seine andere Hand legte sich gegen meinen Bauch und hielt mich still.

»Ich habe dir gesagt, du sollst ruhig bleiben. Das wird nicht schnell vorbei sein, Beth. Wir haben nur diesen einen Moment. Und ich werde dich dazu bringen, dass du dir wünschst, jede verdammte Sekunde wäre eine Stunde.«

Ich spürte seine Worte an meinem Geschlecht, er war mir so nah. Ich krümmte mich und die Hand auf meinem Bauch wanderte zu meinem Arsch. Langsam bewegten sich seine Finger hinter mir, unter mir. Als ich spürte, wie sie über die schmerzende Nässe strichen, keuchte ich auf.

Seine rechte Hand hielt immer noch mein Höschen zur Seite, er streckte seine Zunge heraus und strich so nah an die Stelle, wo ich ihn haben wollte. Meine Beine bewegten sich, öffneten sich weiter für ihn, die Jeans zog an meinen Knöcheln.

Sein Kopf bewegte sich und als seine Zunge wieder hervorschnellte, traf er direkt meinen Kitzler. Ich stieß gegen ihn und schrie auf, als sein Finger in mich eintauchte.

»Nox. Bitte.«

Seine Zunge bearbeitete mich, Hitze durchströmte mein Inneres und meine Muskeln verkrampften sich um seine Finger.

»Ich will dich, Nox, bitte.« Ich war kurz davor zum Höhepunkt zu kommen, wenn er so weitermachte wie bisher. »Ich will dich in mir haben, wenn ich komme.« Die Worte flossen mir aus der Kehle und meine Bitte wurde mit einem Knurren beantwortet, das himmlische Schwingungen in mir auslöste. Ich krümmte mich gegen ihn und schloss meine Augen.

»Sieh mich an.« Der Befehl war eindringlich und meine Augen flatterten auf, als ich spürte, wie er in mich eindrang, jetzt mit zwei Fingern. Die Lust, die von meinem Zentrum ausstrahlte, zog sich zusammen, verknotete sich, baute sich auf. Ich wusste, was das bedeutete.

Ich brauchte ihn in mir, musste ihn überreden. Und ich wusste, was ihn dazu bringen würde, aufzuhören mich zu necken.

»Nox, nimm mich. Nimm mich jetzt gleich. Beanspruche mich für dich.«

Seine Finger erstarrten. »Du wirst mich nicht dazu bringen aufzuhören«, zischte er.

»Besitze mich. Besitze mich auf die tiefste Weise, die nur du kennst. Lass mich um dich herum zum Höhepunkt kommen.«

Ich sah die Kontrolle in seinen Augen brechen. Ich spürte, wie das Band zwischen uns zerbrach.

In Windeseile verließen seine Hände meinen Körper und er drehte mich, drückte meine Brust gegen den Baum, eine Hand um meine Taille und die andere um meine angehobenen Handgelenke gewickelt.

Ich drückte meinen Hintern zurück gegen ihn, die Rinde des Baumes kratzte an meiner Brust und schickte neue Empfindungen durch mich hindurch.

»Besitze mich. Ich gehöre dir. Nimm, was dir gehört.«

Seine Hand verließ mein Handgelenk lange genug, um seine eigene Jeans zu öffnen, und mein Slip wurde wieder zur Seite gezogen. Als ich seinen heißen, harten Kopf gegen mich drückte, dachte ich, ich würde auf der Stelle kommen.

Seine Lippen fanden mein Ohr und sein Arm drückte

sich hart um meine Mitte. »Du bist verdammt göttlich, Beth.«

Er stieß zu, und sein geschwollener Schwanz drang in meine Nässe ein. Ich zwang mich, mich nicht um ihn zu verkrampfen und spürte eine Hand an meinem Kiefer, die meinen Kopf zurückzog. Heiße Lippen drückten gegen meinen Hals, als er weiter in mich eindrang und mich ausfüllte. *Mich für sich beanspruchte.*

Erst als er nicht mehr tiefer in mir sein konnte, ließ ich meine Muskeln zusammenpressen. Wir stöhnten gemeinsam, sein Griff um meine Kehle wurde fester und er stieß hart zu.

Mein Stöhnen verwandelte sich in einen Schrei und er knurrte, als er sein Gesicht in meinen Haaren vergrub und meinen Körper so fest an seinen zog, dass sein brennendes Fleisch gegen mein eigenes brannte.

Er stieß wieder zu, härter, und der Knoten, der sich in mir gebildet hatte, wurde schärfer, mein Bewusstsein verengte sich auf nichts als ihn in mir.

»Ich werde kommen«, keuchte ich.

Er drang in mich ein und machte mir Teile meines eigenen Körpers bewusst, von denen ich nie gewusst hatte, dass sie überhaupt existieren. Lichter tanzten vor meinen Augen, als sie sich schlossen.

»Du gehörst mir, Beth. Jeder Zentimeter deines herrlichen Körpers gehört mir. Komm für mich.«

Ich ließ los, die Lust explodierte in mir.

Er wurde nicht langsamer, nicht schneller, er bewegte sich einfach weiter mit dieser exquisiten Länge in mich hinein und aus mir heraus, drückte mich hart an seinen festen Körper, hielt mich zusammen und Welle um Welle der Glückseligkeit durchströmte mich.

»Nox.«

»Mein.«

»Nox.«

Er zog seine Männlichkeit aus mir heraus und ich wimmerte aus Protest und öffnete meine Augen. Die Kraft, die meine Arme hochhielt, verschwand zur gleichen Zeit, als er mich herumwirbelte. Sie fielen, immer noch durch mein T-Shirt gebunden, über seine Schultern.

Ursprüngliches, verruchtes Licht tanzte in seinen Augen, als er mich hochhob, vorsichtig, als er meinen Rücken gegen den rauen Baum drückte, als ich hoch genug war, um sich wieder zwischen meine Beine zu führen.

»Ja.« Ich zog meine Arme fest um seinen Hals, als er meinen Arsch umfasste und hart in mich stieß. Er schaukelte so, dass meine Klitoris an ihm rieb, und sein Mund schloss sich über meinem und verschluckte mein Keuchen.

Er blieb tief, und die langen Stöße machten einer schaukelnden Bewegung Platz, die mein ganzes Becken in Brand setzte.

Die ganze Welt fiel einmal mehr weg, als ich mich an ihm rieb.

»Niemals so gut.« Ich bekam Fetzen seiner Worte zwischen seinen rasenden Küssen mit, sein Akzent war dick und sein Ton urwüchsig.

»Schon wieder«, keuchte ich, unfähig, mehr Worte zu bilden, um ihn wissen zu lassen, dass ich nah dran war.

Er schaukelte härter, füllte mich völlig aus und ich spürte, wie er in mir zuckte und anschwoll. Das Wissen, dass er mich mit seinem Samen füllte, überkam mich und mein eigener Orgasmus riss mich mit. Er brüllte, als er mich um sich herum spürte, ließ sich völlig gehen und drückte mich an sich.

Ich schnappte nach Luft, mir war schwindelig.

»Mein.«

»Dein.«

BETH

»Morgen, meine Schöne.«

Ich drehte mich um und blinzelte mir den Schlaf aus den Augen. Nox starrte auf mich herab, seine Augen waren völlig frei von jeglichem Anzeichen von Schlaf.

»Hi.« Der Geruch von Kaffee drang zu mir durch, als ich mich auf Nox nackte Brust einließ.

Die Erinnerungen an die vergangene Nacht durchdrangen langsam meinen Schlafdunst und ich setzte mich aufrecht hin.

Der Park. Wir hatten genau das getan, was wir eigentlich vermeiden wollten.

Nachdem Nox uns nach Hause geflogen hatte, mich in sein Bett gelegt und seinen warmen Körper um meinen gewickelt hatte, war ich fast ohnmächtig geworden.

Aber jetzt, im Licht des Morgens, setzte sich die Realität durch. Der *Sex mit Nox hat ihn geschwächt.*

»Geht es dir gut?«, fragte ich ihn.

»Besser als okay. Ich bin bei dir.«

Wärme durchflutete meine Brust, aber sie vertrieb die Sorge nicht.

»Habe ich... Sind meine Flügel sichtbarer?« Ich verzog halb das Gesicht, als seine Augen über meine Schultern huschten.

»Ja. Ein wenig. Sie stehen dir gut.« Es lag keine Sorge in seinem Gesicht. Kein Schmerz oder Angst. Nur sein üblicher, wunderschöner, selbstbewusster Glanz.

»Und deine Kraft? Ist die in Ordnung?« Er reichte mir eine Kaffeetasse.

»Wir haben heute eine Menge zu tun. Ich werde mit dir zu Malcolm gehen und die neuen Forscher vorstellen. Das Buch zu finden, sollte unsere oberste Priorität sein.«

»Das ist keine Antwort, Nox.«

»Meine Macht wird wiederhergestellt werden, wenn wir meinen Fluch aufheben. Wir brauchen uns jetzt nicht darum zu kümmern.« Knoten bildeten sich in meinem Magen.

»Du kannst es fühlen, nicht wahr? Den Verlust deiner Kraft.« Es war keine Frage. Ich *hatte* ihn geschwächt.

»Der Verlust der Macht ist nichts im Vergleich zu dem, was ich gewinne, wenn ich mit dir zusammen bin.«

»Das sagst du nur, damit ich mich besser fühle.«

»Ich sage es, weil es wahr ist. Es baut sich eine neue Kraft in mir auf, Beth. Und für ein Wesen, das so alt ist wie ich, ist das Neue eine sehr, sehr wertvolle Sache.«

Er lächelte, dann beugte er sich vor und küsste mich sanft.

»Jetzt musst du dich anziehen, bevor ich noch mehr Kraft verliere.« Sein Ton war sowohl neckisch als auch erotisch, und ich zwang mich, mich zu entspannen. Er bedauerte nicht, was wir getan hatten. Das war klar. Und ich bedauerte es ganz sicher nicht.

»Okay. Aber du musst mir vorher mindestens zwanzig Minuten in deiner Dusche geben. Ich liebe deine Dusche.«

»Nur wenn ich zusehen kann.«

»Perverser.«

»Du hast ja keine Ahnung.«

Malc sah nicht besonders beeindruckt aus, als Nox ihm sagte, dass zehn neue Forscher mit der Suche nach den Sünden beauftragt werden.

»Aber Chef, ich habe keine Zeit, so viele Leute zu managen. Ich arbeite das ganze Material mit Max aus den drei Wochen vor dem Diebstahl des Buches durch und suche nach Neid. Und Beth arbeitet jede Transaktion durch, die der Verkauf von etwas Papier sein könnte.«

»Lass die Hälfte der Forscher Beth bei diesen Transaktionen helfen, und lass die andere Hälfte an allem arbeiten, was wir über Neid wussten, bevor wir ihn verloren haben. Sie kennen die Software bereits, sie werden nicht viel von deiner Zeit brauchen. Beantworte einfach Fragen, wenn sie welche haben. Du bleibst bei den Aufzeichnungen von Max. Er muss denjenigen, der ihn angeheuert hat, mindestens einmal persönlich getroffen haben, und es gibt überall in London Kameras.«

· · ·

Wir verließen Malcs Dunkelkammer, seine Wand aus Bildschirmen gefüllt mit den Gesichtern seines neuen, temporären Teams, und betraten mein Büro nebenan.

»Ich muss mit Rory reden«, sagte Nox und berührte meinen Arm, um mich zu ihm zu drehen.

»Ich möchte Rory auch sehen«, sagte ich. »Ich hatte noch keine Gelegenheit, ihr zu danken.«

»Ich werde es weitergeben. Kommst du hier zurecht?«

»Natürlich werde ich das. Ich habe noch einiges zu tun.«

»Gut. Ich bin in einer Stunde zurück, dann werde ich euch helfen.« Nox küsste mich auf die Wange, und Funken von Hitze kochten in meiner Haut bei der Berührung.

Meine Hand flog hoch, stoppte seinen Rückzug und ich drehte sein Gesicht, seine Stoppeln rau unter meinen Fingerspitzen. Meine Lippen schlossen sich über seinen und ich kanalisierte meine Emotionen in sie.

»Bis bald.«

Ich war etwa eine halbe Stunde an meinem Laptop, als die Tür aufflog.

»Rory?«

Sie sah wütend aus, und ich griff nach der Armlehne meines Stuhls, als ich mich zu ihr umdrehte.

»Sie haben ihn verhaftet.«

»Was?«

»Die Wache hat Nox verhaftet. Wegen des Mordes an Alex.« Ich war auf den Beinen, bevor ich ihre Worte überhaupt verdaut hatte.

»Aber er kann doch nicht...«

Sie fuhr fort: »Banks hat ihn zum Verhör mitgenommen. Wenn sie genug Beweise finden, wird er für einen Prozess von der Erde weggebracht.«

»Von der Erde weggebracht?« Eine Welle grimmiger Beschützerhaftigkeit, die ich noch nie in meinem Leben gespürt hatte, durchflutete meinen Körper und meine Fäuste ballten sich. »Sie werden ihn nirgendwo hinbringen.« Selbst wenn ich sie nicht aufhalten könnte, würde Nox es nicht zulassen.

Rory schüttelte ihren Kopf. Echte Sorge erfüllte ihre sonst so kalten Augen.

»Die Wache ist mächtig, Beth. Wenn sie ihn mitnehmen, können wir nichts dagegen tun, und er auch nicht.«

»Scheiße. Er ist reingelegt worden. Er hat es nicht getan.«

»Das weiß ich«, spuckte sie. »Aber solange wir es nicht beweisen können, bedeutet das verdammt noch mal gar nichts. Sie haben ihm gesagt, dass sie eine seiner Federn am Tatort gefunden haben, das ist für sie so gut wie ein verdammtes Geständnis.«

Mein Verstand raste, aber zum Glück war er nicht von blinder Panik erfüllt. Wenn Nox nichts tun konnte, musste ich es tun.

»Wer auch immer ihn reingelegt hat, ist die gleiche Person, die Max bezahlt hat«, sagte ich und dachte laut nach. »Es muss so sein, mit der Feder und allem. Das ist eine Botschaft.«

»Und?«

»Also, Alex wurde wahrscheinlich aus keinem anderen Grund getötet, als um Nox verhaften zu lassen.

Das ist das Motiv.« Ein stechendes Schuldgefühl durchbohrte meinen Bauch bei dieser Aussage. Alex wurde meinetwegen umgebracht. Nicht, weil er etwas Falsches gestohlen oder die falsche Person verärgert hatte. Er wurde getötet, um es so aussehen zu lassen, als wäre der Typ, mit dem ich jetzt schlief, eifersüchtig geworden und hätte einen Mord begangen.

»Worauf willst du hinaus?«

»Mein Punkt ist, dass wenn du das Motiv entfernst, nur die Mordwaffe und die Gelegenheit zur Lösung übrig bleibt. Das ist es, was sie immer im Fernsehen sagen - Mittel, Motiv und Gelegenheit. Rory, wir müssen herausfinden, wer der wahre Mörder ist. Es gibt keine andere Möglichkeit, Nox zu helfen.«

Ihre Lippen spannten sich einen Moment, dann nickte sie.

»Gut. Wie?«

»Nun, wir können das Motiv ignorieren. Und wir wissen, dass die Waffe magisch war, oder Zähne. Und dass es eine starke magische Signatur gab.« Ich rieb meine schwitzenden Hände aneinander und dachte nach. »Wir müssen zurück zum Tatort gehen und schauen, ob es dort irgendetwas gibt, das uns weiterhelfen kann.« Mir fiel nichts mehr ein, was ich tun könnte.

»Die Wache hat diesen Ort vollkommen auseinandergenommen.«

»Ja, aber sie haben nach Beweisen gesucht, dass es Nox war. Vielleicht können wir etwas finden, was sie nicht gefunden haben.« Ich klammerte mich an einen Strohhalm, ich wusste es. Ich war selbst dort gewesen und hatte nichts außer Chaos und Blut gesehen. Und ich konnte nicht einmal Magie spüren. »Rory, kannst du die Magie von anderen spüren?«

»Natürlich kann ich das. Was denkst du, woher ich wusste, dass du von einem Höllenhund angegriffen wurdest?«

»Oh, ja. Ähm, danke dafür, übrigens.« Sie zuckte mit den Schultern.

»Ich hatte Babysitter-Dienst.«

»Wirklich?«

»Ja. Ich musste um die Ecke in einem Auto sitzen, während du dich mit deiner alten Freundin besäufst. Genauso hatte ich mir meine Karriere vorgestellt.« Sie verdrehte die Augen.

»Meine alte Freundin war es wert, ein wenig angetrunken zu werden. Du solltest es mal ausprobieren«, schnauzte ich und nahm Francis sofort in Schutz.

»Ich wünschte, ich könnte es.« Rory schenkte mir ein sarkastisches Lächeln, und ich fühlte mich ein wenig schlecht. Francis würde sie nicht sehen können. Kaum jemand konnte sie sehen.

»Wir sollten zu Alex gehen«, sagte ich und griff nach meiner Jacke.

»Ich werde Claude anrufen.«

BETH

D ie Ankunft bei Alex fühlte sich nicht gut an. Das Hochhaus war dunkel und ahnungsvoll, und nichts in diesem Viertel fühlte sich sicher an. Nicht, dass ich mich mit Rory an meiner Seite unsicher gefühlt hätte. Ich hatte gesehen, was sie tun konnte.

»Das ist ein Drecksloch.« Rorys Lippen kräuselten sich, als wir die Feuerleiter aus Beton hinaufstiegen. Überall lag Müll herum und der deutliche Geruch von Urin drang in meine Nasenlöcher.

»Ja.«

Als wir die Tür zu Alex Wohnung erreichten, schob sich Rory an mir vorbei und hielt ihre Hand über den Knauf. Nach ein paar Sekunden hörte ich das Schloss klicken. Vorsichtig schoben wir das Polizeiwarnungsband beiseite, das den Ort als nicht betretbar markierte, und traten ein.

. . .

Der Blutfleck war immer noch da. Die gingen eindeutig nicht mehr raus. Aber die Übelkeit, die ich beim letzten Mal verspürte, war abwesend, und war ersetzt worden durch pure Konzentration. Nox war auf uns angewiesen. Auf mich.

Ein Teil von mir hat das nicht ganz geglaubt. Er war der verdammte Teufel; er strotzte vor Macht. Wenn er nicht irgendwo bleiben wollte, fiel es mir schwer zu glauben, dass irgendjemand ihn in Schach halten konnte. Aber zwei Dinge beunruhigten mich so sehr, dass eine angespannte Dringlichkeit diesen Unglauben abgelöst hatte. Rorys offensichtliche Sorge und die Tatsache, dass *ich ihn erst in der Nacht zuvor geschwächt hatte.*

»Das ist ein noch größeres Drecksloch als draußen«, murmelte Rory. Die Lichter in der Wohnung waren ausgeschaltet und die Vorhänge zugezogen, und ein feuchter, staubiger Dunst fiel über die Haufen von Unordnung. Sie hob eine der Schmuckschatullen auf dem Küchentisch auf, öffnete sie und schaute hinein.

»Das ist eine schreckliche Reproduktion von Tiffany«, verkündete sie. Ich war nicht überrascht.

»Kannst du irgendwelche Magie spüren?« Sie schüttelte den Kopf.

»Nein. Und ich kann auch Nox nicht spüren.«

»Dann suche nach etwas, das uns einen Hinweis geben könnte. Etwas, das von einem Wolf oder Nox Brüdern hier hinterlassen worden sein könnte.«

»Das sind deine Verdächtigen?«

»Und Zorn. Mir fällt sonst niemand ein, der Nox etwas anhängen will. Oder doch?«

»Beth, er hat die Hälfte der Bevölkerung des Schleiers in den letzten paar hundert Jahren verärgert.«

»Oh. Dann halte auch nach Zeichen von ihnen Ausschau«, sagte ich sarkastisch. Sie rollte mit den Augen und widmete sich wieder den Schrotthaufen in der Dunkelheit.

Ich ging ins Schlafzimmer und fühlte einen winzigen Schmerzstich, als ich einen Pullover sah, den ich immer trug, als Alex und ich noch zusammenlebten. Es schien eine Ewigkeit her zu sein.

Mein Blick fiel auf den Morgenmantel, der von der Bettkante baumelte. Es war ein weißer Bademantel, mit Flecken an der Seite, und er weckte eine Erinnerung. Langsam streckte ich die Hand aus und hob ihn hoch, wobei ich so wenig wie möglich von dem Stoff in meinen Fingern hielt, um ihn auszuschütteln. Auf der Vorderseite befand sich ein kleines gesticktes Logo.

Mein Puls beschleunigte sich, als ich die Worte *Scared Sleep Spa* laut vorlas.

Verdammt!

Alex war zu weit gegangen.

»Rory! Rory, ich glaube, Alex hat die Seite der Trägheit gestohlen!«

Sie schlenderte zu mir rüber und ich winkte ihr mit dem Bademantel zu.

»Dieser Bademantel ist aus seinem Spa. Die Seite wurde vor einer Woche gestohlen, und Alex ist -war- anscheinend ein Auftragsdieb.« Ich gestikulierte auf die Stapel von Klamotten, die überall in der Wohnung verteilt waren und meine Stimme überschlug sich vor Aufregung. »Das macht absolut Sinn.«

Wenn ich recht hatte, dann hatten wir tatsächlich etwas, auf das wir aufbauen konnten. Und noch besser, Alex Mörder zu finden, könnte uns zu der gestohlenen Seite führen.

Die Elfe betrachtete mich einen Moment, dann nickte sie.

»Okay. Was jetzt?«

»Wir suchen nach der Seite? Vielleicht ist sie noch da?« Zweifel überzog ihr hübsches Gesicht.

»Wer auch immer ihn getötet hat, wird die Seite mitgenommen haben, da bin ich mir sicher.«

»Stimmt.« Ich runzelte die Stirn. Vielleicht war es doch nicht so eine gute Spur, wie ich dachte. Wir hatten immer noch nur das Motiv, obwohl das sich von: *Nox einen Mord anhängen,* zu: *die Buchseite stehlen,* geändert hatte. »Glaubst du, die Person, die Alex angeheuert hat, um die Seite zu stehlen, hat ihn getötet, damit er es niemandem erzählt? Oder hat Alex vielleicht versucht, mehr Geld zu verlangen, und sie wurden wütend?« Rorys Augen verengten sich in Gedanken.

»Vielleicht. Oder vielleicht hat jemand anderes herausgefunden, dass er die Seite hat, und will sie selbst haben. Sollen wir zu Trägheit selber gehen?«

Meine Lippen kräuselten sich unwillkürlich von meinen Zähnen zurück bei dem Gedanken, wieder an diesen Ort zu gehen.

»Nicht, wenn wir es nicht unbedingt müssen.«

»Wir könnten es aus der Ferne besuchen?« Ich sah sie an und hob fragend die Augenbrauen.

»Was meinst du?«

»Es muss Kameras rund um das Spa geben. Wir

könnten Malc dazu bringen, das Filmmaterial zu besorgen. Mal sehen, ob wir Alex in der Gegend finden können und ob er sich mit jemandem trifft oder einen Komplizen hatte.«

»Ja. Tolle Idee.«

Wenn ich noch einmal einen Fuß in diesen verdorbenen Ort setzen müsste, dann würde ich es tun, für Nox. Aber ich würde zuerst alles andere ausprobieren, was ich kann.

»Bist du sicher, dass der Chef nichts dagegen hat, wenn ich das Projekt wechsle?«, sagte Malc und warf Rory einen Seitenblick zu. Sie schien sich nicht um die Regel *Komme einem Vampir nicht zu nahe* zu kümmern und stand direkt hinter ihm. Ich hielt Abstand und saß in der Nähe der einzigen Tür des dunklen Büros.

»Der Chef wird derzeit wegen eines Mordes, den er nicht begangen hat, zur Befragung festgehalten. Ich lehne mich weit aus dem Fenster und nehme an, dass die Klärung seines Namens durch die Suche nach dem wahren Mörder seine anderen Prioritäten übertrumpfen wird.«

Ihre Stimme triefte charakteristisch vor Gift und Malc warf mir einen Blick zu, bevor seine Finger über die Tastatur zu fliegen begannen.

»Wie Ihr wünscht, werter Lehnsherr«, sagte er. »Ich habe bereits das Bildmaterial der Überwachungskameras rund um das Spa heruntergeladen. Es gibt jedoch nichts, was den Eingang abdeckt, und die Besucherzahlen in diesem Teil der Stadt sind hoch, also hatte ich nichts, womit ich arbeiten konnte. Wenn wir allerdings nach einer bestimmten Person zu einem bestimmten Datum suchen - damit kann ich arbeiten.«

Auf den Bildschirmen an der Wand vor uns tauchte ein Bild von Alex auf, das mit ziemlicher Sicherheit ein Fahndungsfoto der Polizei war. »Ist das der Typ?«, fragte Malc.

»Ja.«

»Okay. Los geht's.«

Körnige Überwachungsvideos von grauen Londoner Straßen begannen die Bildschirme zu füllen, alle bewegten sich mit unterschiedlichen Geschwindigkeiten. Meine Augen huschten zwischen ihnen hin und her, bis eines zu blinken begann.

»Aha!« Malc klickte auf eine Reihe von Dingen auf seinem Laptop, und das Video breitete sich über mehrere Monitore aus.

»Da ist er ja. Alex.« Ich beobachtete, wie er die Straße entlang schlenderte und dabei nach links und rechts schaute.

»Das ist die Straße um die Ecke vom Spa, an dem Tag, an dem die Seite verschwunden ist.« Ich stieß einen langen Atemzug aus.

»Er war es also. Ich hatte recht.« Malc schaute mich an, dann begann das Video schneller zu werden.

»Mal sehen, wie lange er braucht, um den Raub durchzuziehen«, murmelte er. Ein paar Augenblicke später hielt er es wieder an. Dort, inmitten von drei oder vier anderen Fußgängern, war Alex, der den Weg zurück-ging, den er gekommen war, die Hände in seinen Jeanstaschen. »Eine Stunde und acht Minuten«, verkündete Malc, legte die beiden Standbilder nebeneinander und deutete auf die Zeitstempel.

»Okay. Also, was sagt uns das?« Rory starrte auf die Bilder. »Er ist allein. Was eine Schande ist.«

»Ja.« Es war eine Schande. Wenn er einen Komplizen gehabt hätte, hätten wir eine Spur gehabt. »Malc, hast du gesagt, dass nichts auf dem Überwachungsvideo aus der Gegend, in der er wohnte, zu sehen war?«

»Nein. Ich habe alles überprüft. Kein Anzeichen dafür, dass jemand nach ihm das Gebäude betreten hat, außer zwei anderen Leuten, die in dem Block wohnten, bis die Wache eintraf.«

Wie zum Beweis blinkte ein weiteres Video auf dem Bildschirm auf. Es zeigte Banks, wie er sich auf das Hochhaus zubewegte, aus dem Blickwinkel einer hohen Kamera.

»Banks ist alleine angekommen?«

»Ja. Der Erste am Tatort.«

»Aber... Aber Malc, wir haben zugehört, als jemand es über Funk meldete. Weißt du noch? Sie fragten nach jemand Erfahrenem und dann wurde Banks durchgestellt.«

»Und?«

»Hätte also nicht erst jemand dorthin gehen müssen, um es zu melden? Als wir ihn am Tatort sahen, sagte Nox, dass er die magische Signatur nicht spüren konnte, und Banks erzählte ihm etwas über Kobolde, die alle magischen Morde innerhalb weniger Augenblicke überprüfen. Dieser Kobold muss zuerst dort gewesen sein.«

»Ein Kobold muss vielleicht nicht auf dem gleichen

Weg eintreten. Sie könnten durch Magie in die Wohnung gelangen«, sagte Rory. »Oder sie könnten nicht auf den Kameras auftauchen. Das kommt auf den Kobold an.«

»Oh.« Meine Schultern fielen herab sich. Ich dachte, ich hätte da was gehabt. Nicht, dass es eine gute Sache gewesen wäre, wenn ein angesehener magischer Polizist der Mörder gewesen wäre. Zumal er derjenige war, der gerade Nox verhörte.

Ich starrte mürrisch auf die Standbilder auf den Fernsehbildschirmen, die Augen wanderten abwesend über die schmutzigen Straßen, die Gebäude wie Scared Sleep Spa beherbergten. Es gab einen Laden namens Bargain Electricals, ein Obdachloser saß in der vertieften Tür mit einem Hut vor sich, um Münzen von Passanten einzusammeln.

Ich lehnte mich nach vorne, als etwas meine Aufmerksamkeit erregte. Seine Augen. Die Augen des Kerls waren auf die Figur von Alex fixiert, obwohl mehrere andere Leute um ihn herum waren.

»Malc, zoome auf den Typen in der Tür.«

»Der Obdachlose?«

»Ja.«

Er tat es und Rory trat vor. »Und zoome auf das Bild von Banks vor Alex Wohnung«, sagte sie und griff nach der Lehne von Malcs Stuhl, während ich mich weiter nach vorne lehnte.

Malc schob das vergrößerte Bild des Obdachlosen neben das vergrößerte Bild von Banks.

»Fuck«, hauchte Rory, und mein Herz stotterte in meiner Brust. »Er ist es.«

BETH

»Oh, Scheiße«, sagte Malc und starrte auf die Bilder. Sie waren von schlechter Qualität, aber es war keine Frage. Der obdachlose Typ war Banks.

»Er hat Alex beobachtet. Heißt das, er wusste von dem Diebstahl?«

»Das muss er. Aber was ist mit dem Filmmaterial von ihm bei Alex?« Malc drehte sich aufgeregt zu uns um.

»Er könnte einen Kobold bezahlt oder erpresst haben, damit er sagt, dass es einen Mord mit einer großen magischen Signatur gegeben hat, darauf gewartet haben, dass er angefunkt wird und dann Alex getötet haben, als er dort ankam.« Ich starrte ihn an.

»Also als wir es im Radio hörten... war Alex noch am Leben? Und Banks hat ihn kurz darauf getötet, als er in der Wohnung ankam?«

»Das ist ein verdammt großes Risiko«, sagte Rory. »Was wäre, wenn der Disponent es an einen anderen Beamten weitergegeben hätte, anstatt an ihn?« Malc verzog das Gesicht.

»Wenn es eine große magische Signatur und viel Blut gibt, dann rufen sie Banks an. Jeder in London weiß das. Na ja, zumindest jeder, der mit der Wache in Verbindung steht.«

»Nun, was wäre, wenn jemand anderes vor ihm dort angekommen wäre?«

»Wenn er in der Nähe war, dann hätte er Zeit gehabt, bevor jemand anderes kam. Es würde nicht lange dauern, Alex zu töten und die Seite zu nehmen.«

Ich legte meine schwitzenden Handflächen flach auf den Schreibtisch und starrte auf das Filmmaterial.

Es passte. Es passte alles. Und jetzt hatte der Killer Nox.

»Was machen wir jetzt? Welche Macht hat Banks?«, fragte ich und merkte, dass die Frage nie gestellt worden war. »Was ist er?«

»Ein Engel.«

»Toll«, sagte ich, hob meine Hände und legte meinen Kopf in sie. »Natürlich ist er das.«

»Mit der Unterstützung der gesamten Station, einer Ladung platzierter Beweise gegen den Chef und möglicherweise einem Kobold auf seiner Gehaltsliste«, spulte Malc ab.

»Fuck«, sagte Rory, zum zweiten Mal.

»Irgendeine Idee?«, fragte ich und schaute zwischen ihnen hin und her, während ich immer noch meine Schläfen zusammenpresste.

Keiner von beiden sprach.

»Wir müssen da rein gehen. Nox darf doch Besucher empfangen, oder?«

»Ich weiß es nicht.«

»Nun, das ist mir egal. Wir gehen hin und bringen Banks dazu, zu gestehen. Malc, du kannst den Wache-Scheiß hacken, richtig?«

Malc blinzelte mich mit seinen roten Augen an. »Ich kann ihre Funkgeräte hacken.«

»Also, wenn ich ihn dazu bringe, mit eingeschaltetem Radio zu gestehen, kannst du es dann aufnehmen?«

»Ähm, ja.« Er drehte sich wieder zu seinem Laptop. »Das einzige Problem wäre zu wissen, welches Radio und wann. Aber...« Seine Augen huschten über den Bildschirm, während er die Maus blitzschnell bewegte. »Ich werde zehn Minuten brauchen, um die Aufnahmesoftware vollständig einzurichten, aber ich denke, ich kann *alle* Frequenzen aufzeichnen. Wenn ich alles aufnehme, sollte das ausreichen?« Ich nickte.

»Ja. Nimm alles auf. Selbst wenn wir hinterher stundenlang das Band durchsuchen müssen, um es zu finden, werden wir es haben.«

»Ich bin dabei, Chef.« Er grüßte mich und begann wütend zu tippen. Ich entschied mich, ihn zu ignorieren und wandte mich an Rory.

»Wo befragen sie Nox?«

»Im Wache-Hauptquartier.«

»Lass uns gehen.«

Claude hielt das Auto in der Nähe des Trafalgar Square an und meine Augen verweilten auf den riesigen Löwenstatuen, als wir an ihnen vorbei zu unserer Haltestelle krochen. Es gab viele Straßen, die von dem ikonischen

Platz abgingen und als ich aus dem Auto ausstieg, fand ich mich auf der gegenüberliegenden Seite der Nationalgalerie wieder, in einer Straße, die von fünf- oder sechsstöckigen Reihen von ehemaligen Häusern, die jetzt als Büros umfunktioniert wurden, auf der einen Seite und Bars und Touristenläden im Erdgeschoss auf der anderen Seite dominiert wurde. Eine Reihe von kanadischen Flaggen wehte an der Fassade des Gebäudes neben uns. Beeindruckende Säulen aus weißem Stein unterbrachen die Glasfront des Gebäudes, von dem ich annahm, dass es die kanadische Botschaft war.

»Viel Glück, Miss Abbott«, sagte Claude aufrichtig.

»Danke, Claude.«

Rory schritt an mir vorbei zu dem vertieften Eingang des Gebäudes neben der Botschaft. *Betrugsangelegenheiten* stand auf einem Schild an der Tür, auf einem verblichenen Metallschild.

Sie stieß die Tür auf und ich folgte ihr hindurch.

Eine anständig große Lobby war dahinter und eine lächelnde Frau mit ihrem Haar in einem ordentlichen Dutt begrüßte uns, die ein iPad in der Hand hielt. Hinter ihr, im hinteren Teil des Raumes, befanden sich drei Aufzüge und ein Wachmann, der durch sein Telefon scrollte.

»Wie kann ich dir heute helfen?« Sie richtete die Frage an Rory, also wusste ich sofort, dass sie magisch ist.

»Wir sind hier, um Mr. Nox zu sehen.« Das Lächeln der Frau verrutschte ein wenig.

»Oh. Okay. Ich glaube nicht, dass wir Besuch für Mr. Nox erwartet haben.«

»Wir haben wichtige Informationen, die seine Verhaftung betreffen«, sagte ich. »Wir müssen sie an Banks weitergeben.«

»Mr. Nox ist nicht verhaftet worden«, sagte sie. »Er wird nur befragt. Zusammen mit acht anderen potentiellen Straftätern.« Sie schenkte uns ein weiteres Lächeln, diesmal ein müdes. »Es ist viel los hier heute.«

Rory tippte mit dem Fuß auf den glänzenden Holzboden und verschränkte die Arme. »Luzifer Morgen-Stern, Hüter der Sünden und Bestrafer des Bösen, hat Besuch«, knurrte sie. »Bitte lass es ihn wissen. Sofort.«

Ein Anflug von Neid auf die Art und Weise, wie die Frau sofort anfing, Knöpfe auf ihrem iPad zu drücken, unterbrochen von nervösen Blicken zu Rory, zischte durch meinen Bauch.

Ich wollte nicht so mürrisch sein wie die Elfe, aber Mann, ich könnte etwas von ihrer Autorität gebrauchen.

Ich würde sie brauchen, wenn wir uns mit Banks anlegen wollten. Die Nerven ließen meine Haut kribbeln. Ich hoffte gegen jede Hoffnung, dass wir Nox und Banks zusammen sehen würden. Wenn wir am Ende alleine mit Banks waren, könnten wir in Schwierigkeiten sein.

Rory hat Magie, und eine Einstellung, erinnerte ich mich. Wir würden schon klarkommen.

Wir mussten Banks nur dazu bringen, die Tötung zuzugeben, mit seinem Funkgerät.

Ich schluckte, und die Aktion war unerwartet schwierig, weil meine Kehle so trocken war.

Ich hatte die ganze dreißigminütige Fahrt zum Wache-HQ damit verbracht, mir zu überlegen, wie ich Banks dazu bringen könnte, sein Funkgerät einzuschalten und es eingeschaltet zu lassen.

Bis jetzt hatte ich noch nichts gefunden.

»Geht hoch in den vierten Stock«, sagte die Frau und blickte von ihrem Tablet auf. »Banks wird euch dort treffen.«

Mein Magen schlug Purzelbäume, als wir den Aufzug betraten. Mein Blick war an dem Funkgerät des Wachmanns hängen geblieben, als wir an ihm vorbeigelaufen waren, und nun schwirrten meine Gedanken. Banks würde nicht der Einzige mit einem Funkgerät sein. Es gab sicher eine Menge davon im Gebäude? Und Malc würde sie alle aufzeichnen.

Rory sprach auf der kurzen Fahrt nach oben nicht, starrte nur auf die kleine Kamera in der oberen Ecke des Aufzugs, während ich ängstlich von einem Fuß auf den anderen trat.

»Meine Damen«, ertönte Banks ruhige Stimme, als der Aufzug pingte und die Türen aufglitten. »Danke für Ihren Besuch. Ich wurde darüber informiert, dass ihr etwas mit mir teilen wollt?«

»Wo ist Nox?«, forderte ich, als wir aus dem Aufzug traten. Die Eindringlichkeit meiner eigenen Stimme erschreckte mich, aber in der Sekunde, in der ich Banks Gesicht sah, erfüllte mich Wut. Ich fühlte einen seltsamen Strudel in meiner Brust, direkt unter meinen Rippen. Es war ein brennender Ball aus Wut, dass jemand Nox Leben, mein Leben, durcheinanderbringt und denkt, er käme damit durch.

Es war nicht ich, es war Nox Kraft, aber ich wollte sie auf jeden Fall nutzen.

»Mr. Nox ist in Haft. Er weigert sich, zu kooperieren.«

Ein Laut, der eigentlich ein Knurren hätte sein können, entkam meinen Lippen.

»Ich will ihn sehen.«

»Das ist nicht möglich.«

»Dann werde ich dir nichts sagen.« Ich channelte Rory und verschränkte meine Arme vor der Brust. Banks sah zwischen mir und dem Kobold hin und her und seufzte.

»Hier entlang.« Er begann den Flur entlangzugehen und wir folgten ihm. Er sah aus wie ein Korridor, wie man ihn in einer Schule oder einem Krankenhaus vorfindet, nicht im Entferntesten etwas Magisches. Ich beäugte das Funkgerät an Banks Hüfte. Es musste einen Weg geben, es von ihm zu bekommen. Oder vielleicht konnte ich ihn ablenken und Rory konnte ein anderes finden?

Ich schaute sie von der Seite an und fragte mich, ob ich ihr eine Nachricht zukommen lassen könnte. Sie begegnete meinen Augen für einen Moment und schaute dann wieder nach vorne.

Banks blieb stehen und drückte den Griff einer der vielen schlichten Holztüren entlang des Korridors auf. Er gestikulierte, dass wir hingehen sollten und ein Rinnsal von Angst lief mir über den Rücken. Könnte es eine Falle sein?

Es war nicht so, dass wir eine große Wahl hatten. Und die Frau mit dem iPad wusste, dass wir da waren.

Ich ging hindurch.

Der Ort fühlte sich nicht mehr wie eine Schule oder ein Krankenhaus an. Ich versuchte meine Augen davon abzuhalten, meinen Schock zu verraten.

Es war, als wäre ich im Mittelalter gelandet. Ich hatte

einen schlicht eingerichteten Büroraum mit einem Tisch erwartet, oder vielleicht einen Verhörraum wie in Polizeiserien. Ich hatte nicht den verdammten Kerker einer Burg erwartet.

Ich schaute Rory scharf an, die nicht im Geringsten beunruhigt schien.

Der Steinboden war mit Stroh bedeckt und kleine Metallhocker und ein Eimer standen auf der anderen Seite des Raumes. Die Wände waren ebenfalls aus Stein und es gab keine Fenster, nur schwaches Licht von den eisernen Kerzenleuchtern an der Wand.

»Wo ist Nox?«, stieß ich hervor.

Banks beugte sich vor und drückte auf eine eiserne, wirbelnde Form, die ich für einen leeren Wandleuchter gehalten hatte. Die Wand zu meiner Linken schimmerte und wurde komplett transparent und zeigte uns den Raum nebenan.

Nox kniete mit nacktem Oberkörper auf dem strohbedeckten Stein, mit ausgebreiteten Flügeln zu jeder Seite des winzigen Raumes und mit auf dem Rücken gefesselten Händen.

Wut überflutete mich, heiß und hart und sofort.

»Lass ihn frei!«

»Wenn er kooperiert hätte, dann...« Ich hörte den Rest von Banks Worten nicht, denn Nox blickte auf und sah uns durch die nun unsichtbare Wand.

Er brüllte, das Geräusch war gerade noch hörbar. Er sprang auf und stürzte sich auf uns. Seine Schulter prallte gegen die Barriere, die die Wand immer noch bildete und er taumelte zurück. Seine Augen waren tiefschwarz und Schatten wogten über seine schimmernden Flügel.

Banks streckte die Hand aus und zog an einem anderen Teil des eisernen Leuchters nach unten.

»So. Er kann uns jetzt hören, aber ich habe sein Mikrofon ausgeschaltet.«

Wut durchströmte mich und ich ertappte mich dabei, wie ich meinen Mund wütend öffnete und schloss.

Wenn ich ein Wort darüber sage, dass Banks der Mörder ist, bevor wir es aufnehmen können, würde ich jede Chance verspielen, Nox Namen reinzuwaschen. Und schlimmer noch, wir würden jeden Vorteil verlieren, den wahren Mörder zu überführen.

»Wie hältst du ihn da drin fest?«, spuckte ich.

»Magische Fesseln«, sagte Rory, und ihr Ton war leise und hart. Auch sie war verärgert. »Sie sollen nur in extremen Fällen eingesetzt werden.«

»Mr. Nox ist ein extremer Fall. Er ist eines der mächtigsten freien Wesen in London.«

»Er ist eines der mächtigsten Wesen der Welt«, schnauzte ich, ohne zu merken, was ich da gesagt hatte. »Lass ihn gehen, sofort.«

»Nein. Ich habe Grund zu der Annahme, dass er deinen Ex-Freund in einem Anfall von Eifersucht getötet hat.« Banks kühle Augen trafen auf meine und die Wut unter meinen Rippen erwachte zum Leben.

»Du glaubst, du kannst...« Ich fing an, aber Rory stellte sich zwischen uns und stieß Banks in die Brust. Er wich einen kleinen Schritt zurück, die Kraft machte ihm wenig aus.

»Körperlicher Missbrauch eines Wärters ist ein strafbares Vergehen«, erklärte er ihr ruhig.

»Ach ja? Dann mache ich es besser richtig«, sagte sie. Bevor ich Zeit hatte zu registrieren, was passierte, schoss ihre Faust heraus und in Banks Nase. Er schrie auf und blitzschnell riss sie sein Funkgerät aus dem Gürtel an seiner Hüfte.

Für eine kurze Sekunde dachte ich, sie hätte es geschafft, aber seine Hand legte sich über ihre, und zum ersten Mal war die Ruhe aus seinem Gesichtsausdruck verschwunden.

»Was zum Teufel willst du damit sagen?«, fragte er, riss das Funkgerät herum und zog an Rorys Arm. Blut begann aus seiner Nase zu tropfen.

Rory sagte nichts, sondern starrte ihn nur an. Immer noch starrte sie Banks an und drückte den Knopf am Funkgerät.

»Wir haben noch jemanden, den wir verhaften müssen, Cheryl. Gefährliche Körperverletzung.«

»In Ordnung, Sir«, kam die knisternde Antwort. »Ich werde in drei Minuten da sein.«

Nox schlug gegen die durchsichtige Wand, was mich aufschrecken ließ und Banks drehte sich zu ihm um. Er hielt Rorys Arm in seinem Griff, aber die Hand, die das Funkgerät hielt, fiel schlaff zur Seite.

Nox hatte seine gefesselten Handgelenke nach vorne manövriert und presste sie gegen die durchsichtige Wand. Sein Gesicht trug einen Ausdruck reinen Hasses und die Kraft in mir reagierte darauf, indem sie wütend aufgewühlt wurde.

Dieser Typ würde jetzt untergehen. Er war ein Mörder und ein Lügner.

Und er hatte die Sündenseite der Faulheit.

Der andere Offizier sollte in drei Minuten kommen. Vielleicht brauchte ich das Funkgerät doch nicht. Vielleicht konnte ich ihn dazu bringen, etwas Falsches zu sagen, wenn der andere Aufseher anwesend war?

Ich musste ihn aus dem Konzept bringen.

Tief Luft holend, legte ich los.

»Wo hast du die Seite der Faulheit versteckt? Du weißt schon, nachdem du sie von Alex Leiche genommen hast. Nachdem du ihn getötet hast.«

Banks Augen wurden granitfarben.

»Dein neuer Freund hat deinen letzten getötet, kleines Mädchen. Und du solltest nicht wirklich überrascht sein. Der Teufel hat wohl kaum einen guten Ruf.«

»Nox tötet nicht aus Gier. Was ich vermute, das ist, was dich motiviert hat. Du wolltest die Seite. Warum?«

Meine Worte kamen ein wenig stockend heraus, aber die neue brennende Kraft in meinem Inneren hielt sie fest, während Banks auf mich zuging und Rorys Handgelenk wegwarf.

Ein seltsames, kribbelndes Gefühl überrollte mich, als er näherkam und ich hörte Nox wieder an die Wand klopfen.

Ich hielt meine Augen auf Banks gerichtet und unterbrach den Blick nur für den Bruchteil einer Sekunde, um zu prüfen, ob das Funkgerät noch in seiner Hand war.

»Eine von Luzifers Federn wurde in der Wohnung deines Ex-Freundes gefunden. Weil Luzifer sie dort zurückgelassen hat, als er ihn getötet hat.«

»Das ist ein guter Punkt«, sagte ich und reckte mein Kinn vor. Mein Herz klopfte jetzt, mein Puls raste. Aber ich war mir nicht mehr sicher, ob es von der Angst verursacht wurde.

Zu meiner Überraschung war es aufregend zu wissen, dass ich diesen mächtigen Mann besiegen konnte. Und noch spannender, dass ich derjenige sein könnte, der Nox ausnahmsweise rettet.

»Wie bist du an eine Feder gekommen? Wir wissen, dass du einen Kobold dafür bezahlt hast, den gefälschten Mord zu funken. Und wir wissen, dass du, als du in Alex Wohnung ankamst, den Mord begangen hast, der gerade gemeldet wurde, und dass du die Sündenseite genommen hast, die er in der Woche zuvor gestohlen hatte. Aber wir wissen nicht, woher du die Feder hast.«

Das leichte Weiten seiner Augen und das Zucken seiner dunklen Brauen war genug, um zu bestätigen, dass wir richtig lagen.

Er war der Mörder. Und er hatte die Seite.

BETH

»Du bist eine größere Nervensäge, als ich dachte«, knurrte er, leise, so dass nur ich ihn hören konnte. Er trat einen Schritt näher an mich heran. Instinktiv wollte ich zurückweichen, aber Stolz und Wut hielten mich genau dort, wo ich war.

»Gut. Gib mir die Seite. Lass Nox gehen.«

Ein Grinsen umspielte seine Lippen, das Blut von seiner gebrochenen Nase war nun auf seiner Haut getrocknet. Plötzlich warf er seinen linken Arm aus. Ein kreischendes Geräusch begleitete ein Rauschen der Kraft und ein dumpfer Aufschlag ertönte. Ich sah lange genug von seinem Gesicht weg, um zu sehen, dass Rory es geschafft hatte, die Tür aufzubekommen, aber nun wurde sie von einer leuchtend gelben Kraft an die Wand daneben gepresst. Sie sah aus, als wäre sie gerade dabei, ihn zu beschimpfen, aber ihr Gesicht war unbeweglich.

Ein Schauer der Angst bahnte sich seinen Weg durch mich und drängte sich mit dem Adrenalin. Wenn er Rory so einfach außer Gefecht setzen konnte.... Und ich war ein verdammtes Kätzchen im Vergleich zu ihr.

»Nun, Miss Abbott. Sieht so aus, als müsste ich dich mit dem Teufel zusammen zur Hölle schicken. Da du so viel aufgeschnappt hast.«

»Sir?«

Eine Frau trat durch die Tür. Sie trug eine Uniform und ein verwirrtes Stirnrunzeln. Sie hatte dunkle Haut und schwarze Haare, die zu einem Dutt gebunden waren. Langsam zog sie einen Schlagstock aus ihrem Gürtel, während sie zwischen Banks, der bedrohlich über mir stand, und Rory, die durch die Magie an die Wand gefesselt war, hin und her schaute. Dann fiel ihr Blick auf Nox auf der anderen Seite der Barriere.

Der Mord stand in seinen Augen.

»Sir, was zum Teufel ist hier los?«

»Nimm sie mit«, sagte Banks und gestikulierte zu Rory. Das Kraftfeld verschwand und sie fiel auf die Knie.

»Lügender, doppelzüngiger, verräterischer Scheißkerl«, keuchte Rory.

»Banks hat Alex getötet«, sagte ich so schnell wie möglich zu der Frau. »Nicht Nox.« Sie sah mich skeptisch an und Banks drehte sich um und lächelte sie an.

»Anscheinend bin ich ein Mörder und ein Dieb.« Er sah Nox eindringlich an. Der, um ganz fair zu sein, in diesem Moment deutlich mehr danach aussah, als könnte er jemandem die Kehle herausreißen, als Banks es tat.

»Es ist wahr. Wenn du ihn jetzt durchsuchst, glaube ich, dass du die Sündenseite für die Macht über die Faulheit finden wirst.« Banks versteifte sich, ganz leicht, und mein Puls schoss in die Höhe.

Es war wahr. Er hatte die Seite definitiv bei sich. Ich hoffte, dass er glaubte, dass der einzige sichere Ort für etwas so Wertvolles bei ihm selbst wäre.

»Bitte.« Ich drehte die Emotionen in meiner Stimme hoch, während ich den Aufseher anstarrte. »Bitte, durchsuch ihn einfach. Du wirst sehen, dass ich recht habe. Und wenn nicht, dann hast du nur deinen Job gemacht.«

Ich sah ein Flackern des Zweifels in den braunen Augen der Frau, als sie von Rory, die immer noch auf Händen und Knien nach Luft schnappte, zu Nox blickte, der ohne Shirt und gefesselt war.

»Sir? Das geht doch über das normale Verfahren hinaus...« Sie deutete auf die beiden.

»Luzifer unterliegt nicht denselben Regeln wie die anderen!«, schrie Banks. »Er ist zehnmal mächtiger als jeder andere in diesem Gebäude, und ich werde ihn so bändigen, wie ich es für richtig halte.«

All die Ruhe, die er sonst an den Tag legte, war verschwunden, und offensichtlich war die Wächterin auch nicht daran gewöhnt, ihn so zu sehen. Sie machte einen winzigen Schritt nach hinten und straffte die Schultern.

»Es kann nicht schaden, wenn du deine Taschen auspackst «, sagte sie.

Ich ließ meinen Blick über ihre Uniform gleiten und suchte nach einem Funkgerät. Es war an ihrer rechten Hüfte, auf der gegenüberliegenden Seite, wo Rory auf dem Boden kniete.

Frustration stieg in mir auf.

»Mach dein Funkgerät an«, stotterte ich. Sie sah mich stirnrunzelnd an.

»Warum?« Ein leises Lachen kam von Banks.

»Deshalb wolltest du das Radio haben? Du wolltest, dass unser Gespräch zu jemandem übertragen wird?« Ich starrte die andere Aufseherin an und wollte, dass sie das verdammte Ding einschaltete. Aber sie starrte Banks nur verwirrt an.

»Geht es dir gut?« Sein Lachen verebbte. Er schnippte mit einer Hand und die Tür schlug hinter der Frau zu.

»Sehr gut, danke, Cheryl. Nun, du hast meine Loyalität zur Wache in Frage gestellt und angedeutet, dass ich ein Krimineller bin?«

»Was? Nein, ich habe nur gefragt, ob du deine Taschen auspacken kannst.«

»Und warum solltest du das von mir wollen? Es sei denn, du glaubst, dass dieser menschliche Abschaum dir die Wahrheit darüber sagt, dass ich ein Mörder bin?« Es lag ein kränklich-süßer Ton in seiner Stimme, geschnürt mit Gefahr. Cheryl spürte es auch. Sie trat einen weiteren Schritt zurück, der Blick in ihrem Gesicht war völlig verwirrt.

»Das verstehe ich nicht. Du wärst doch der Erste, der sicherstellt, dass wir das Standardverfahren befolgt und alle Spuren überprüft werden.«

»Auch wenn sie meine Integrität anzweifeln? Nein, Cheryl. Ich bin über jeden Verdacht erhaben.«

»Niemand ist über jeden Verdacht erhaben. Du hast Alex umgebracht und du wirst verdammt sicher dafür verurteilt werden«, sagte ich. Ich wollte, dass er es zugab, vor einem anderen Wächter.

Banks atmete lange aus und drehte sich dann wieder zu mir um.

»Du bist mehr als irritierend.« Er hob seine Hand und gelbe Energie ballte sich vor seiner Handfläche. Im selben Moment, als Nox an die Wand knallte, explodierte der Schmerz in jeder Zelle meines Körpers. Ich konnte mir den Schrei nicht verkneifen und meine Sicht wurde schwarz, als alle meine Muskeln zu krampfen begannen.

Ich hörte vage Rorys Rufe und Cheryls Schreie, bevor mein Körper schlaff wurde. Der Schmerz ebbte ab und das nächste Gefühl, dessen ich mir bewusst war, war, dass meine gesamte linke Seite auf kühlen, harten Stein traf.

Ich wälzte mich herum, Schweiß bedeckte mich, und es war schwer einzuatmen.

Das Feuer in meiner Brust flammte auf und meine Lungen schienen sich auszudehnen und saugten ein, was ich brauchte, um meinen Kopf freizubekommen.

»Banks, das ist inakzeptabel!«, rief Cheryl, dann wurden ihre Worte von einem Glucksen unterbrochen.

Ich zwang mich in eine sitzende Position, und meine Haut kribbelte, als ob ich einen Stromschlag bekommen hätte. Rory lag auf einem Haufen neben der Tür, regungslos, und Cheryl war auf dem Boden zusammengesackt, anscheinend bewusstlos. Ich beobachtete Rory, bis ich sicher war, dass sich ihr Brustkorb bewegte, bevor ich zu Nox sah. Er hämmerte gegen die Wand, Flammen leckten über seine hämmernden Fäuste und tanzten an seinen Unterarmen hoch.

»Nun, du hast mir das königlich versaut«, zischte Banks und drehte sich zu mir um. »Du und diese verdammte Elfe werdet die nächsten Opfer von Nox werden müssen. Und das ist deine eigene verdammte Schuld. Ich soll dich eigentlich nicht töten, aber du hast mir keine andere Wahl gelassen.«

»Warum hättest du mich nicht töten sollen?« Es war wahrscheinlich nicht die richtige Frage, aber es war diejenige, die mir von den gefühllosen Lippen purzelte.

»Hebelwirkung.« Seine Augen funkelten vor Grausamkeit und er hockte sich vor mich. Das Radio war aus seiner Hand verschwunden. Nicht, dass es noch von Bedeutung gewesen wäre. Entweder wir würden hier lebend rauskommen, mit Cheryl als Zeugin, dass Banks ein mörderisches Arschloch war, oder er würde uns töten. Ich konnte mir keine anderen Möglichkeiten vorstellen.

»Hebelwirkung?«

»In der Tat.« Kraft zerrte an meinem Körper und wurde in die Luft gehoben. Banks grinste, als er mit seiner Hand herumwirbelte und drehte mich in der Luft herum.

Hitze pulsierte durch mich, verursacht durch die Kraft in meiner Brust. Konnte ich sie erreichen?

Ich drehte mich wieder, dieses Mal vertikal. Meine Haare fielen mir ins Gesicht, als meine Füße sich erhoben. Hitze flutete in meine Wangen und mein Magen drehte sich. Banks stoppte meine Bewegung nicht, bis ich komplett auf dem Kopf stand. Der Inhalt meiner Jackentaschen klapperte auf den Boden, und Banks Augen blickten auf den Steinboden.

»Das hat Kraft«, murmelte er und bückte sich, um etwas aufzuheben.

Ich bewegte meine Arme und versuchte mich aufzurichten, aber ich blieb genau da, wo ich war, mein Oberkörper unbeweglich.

Ich bewegte meinen Kopf und versuchte zu sehen, was er aufgeschnappt hatte.

Gabriels Schildkröten-Schmuckstück.

»Was ist das?« Ich erhob mich in die Luft, immer noch kopfüber, bis mein Gesicht auf gleicher Höhe mit seinem war. Meine Füße berührten fast die Steindecke.

Er hielt die Schildkröte hoch und drückte sein Gesicht bedrohlich an meines. Ich nahm all meinen Mut zusammen, kanalisierte Rorys Einstellung und verpasste ihm einen Kopfstoß.

Ich hörte, wie seine Nase brach, als er rückwärts stolperte, und anstatt, dass mich das Geräusch unwohl machte, fühlte ich einen Anflug von Stolz.

»Fick dich.« Meine Worte waren durch sein eigenes Fluchen kaum hörbar, aber ich hörte mich selbst sie sagen und ein Lächeln erschien auf meinem Gesicht.

Ich würde nicht kampflos aufgeben, selbst wenn ich allein war.

Schmerz krachte durch die Seite meines Kopfes, als er mich schlug.

Ein urgewaltiges Brüllen ertönte von der anderen Seite der Mauer und die Magie, die mich aufrecht hielt, verschwand. Ich hatte kaum Zeit oder die Geistesgegenwart, meinen Kopf zu heben und meine Arme abwehrend, um ihn zu schlingen, um sicherzustellen, dass ich mir nicht den Schädel aufschlug, als ich landete.

Meine Schulter bekam das meiste von meinem Sturz ab. Für eine Sekunde dachte ich, dass ich mich übergeben müsste. Sterne trübten meine Sicht, als die Schmerzensqualen mich ganz verschluckten.

»Luzifer! Kannst du mich hören? Ich werde sie leiden lassen, Luzifer.«

Nox brüllte wieder und der Klang erdete mich. Ich lag auf meiner Vorderseite und der Schmerz schoss durch meine rechte Seite. Ich bewegte meinen linken Arm, tastete nach vorne und versuchte, mich hochzudrücken.

Banks hockte sich über mich und riss mich am Nacken hoch.

Frischer Schmerz schoss durch meine Schulter, und ich schaffte nur einen halbherzigen Schlag mit meinem linken Arm.

Er hielt die Schildkröte wieder vor mir hoch.

»Was ist das? Brauche ich es für die Sünden? Sag es mir!« Er schüttelte mich, und ich versuchte verzweifelt, mein Gehirn zum Arbeiten zu bringen. Warum war er so interessiert an dem Schmuckstück? Er schien zu denken, dass es etwas mit Nox zu tun hatte - Gabriel war Nox Bruder. Verwechselten seine Sinne die Kräfte des Bruders?

Gabriel... Das Gespräch des Engels mit mir hämmerte in meinem Kopf, während ich glasig auf die kleine Schildkröte starrte.

Wenn du mich brauchst, oder wenn ich ihm helfen kann, benutze dies.

Das war es, was Gabriel gesagt hatte. Nox war weggesperrt, seine Macht eingeschränkt. Rory war bewusstlos und ich hatte nicht die Magie, um den mörderischen Engel zu besiegen, der mich an den Fesseln hielt, als wäre ich eine Art Tier.

Mit einem verzweifelten Energieschub warf ich meine linke Hand hoch und schloss sie über Banks und der Schildkröte.

»Gabriel«, keuchte ich und betete zu irgendeinem der verrückten, verdammten Götter, auf die diese Typen antworteten, dass es funktionierte.

BETH

Banks Gesicht blitzte vor Wut und er warf mich nach hinten. Ich landete auf meinem Hintern, was eine Gnade war, denn meine Schulter konnte keinen weiteren Treffer mehr verkraften und auch meine Hüfte schrie vor Schmerz.

Ich zog die Luft ein und versuchte, meinen schwimmenden Kopf zu beruhigen. Ich bemerkte verschwommen, dass Nox Klopfen aufgehört hatte, und drehte mich zu ihm um. Er war still wie Stein, sein wütender Blick genauso hart und starr auf Banks gerichtet.

»Was zum Teufel hast du gerade getan?«, knurrte Banks, aber ich antwortete ihm nicht. Ich schaute ihn nicht einmal an.

Ich war mir nicht sicher, ob ich überhaupt etwas getan hatte.

»Nox!« Ich versuchte zu schreien, aber meine Lippen fühlten sich komisch an.

Er muss mich gehört haben. Seine granitfarbenen Augen drehten sich zu mir und seine Flügel schnappten hinter ihm aus und spannten sich. Feuer brüllte auf seiner Brust und die Schwärze seiner Augen wurde durch Feuer zum Leben erweckt.

Ein Donnerschlag erfüllte den Raum und mein Körper zuckte vor Überraschung zusammen. Es schickte neue Wellen des Schmerzes durch mich, Galle stieg in meiner Kehle auf.

Banks bewegte sich auf mich zu, schnell, als ob er wusste, was kommen würde. Doch als er mit einer großen Faust auf mich zustürmte, wehte mir eine kühle Sommerbrise um die Nase, und plötzlich wurde er von den Füßen gefegt und flog rückwärts.

Er landete auf dem Stein und rutschte auf die zerknitterte Form von Cheryl zu.

Ein helles, weißes Licht flackerte auf, und Gabriel erschien in der Mitte des Raumes.

Er drehte sich im Kreis und betrachtete mich, Nox und die beiden bewusstlosen Frauen. Dann sah er wieder zu Banks.

»Er hat Alex getötet. Weil Alex die Seite der Sünde der Faulheit gestohlen hat. Er hat Nox Feder dort platziert.« Meine Worte waren eine Schimpftirade.

Gabriel pirschte sich vor.

»Lügen. Alles Lügen«, sagte Banks und kämpfte sich auf die Beine.

Gabriel streckte seine Hand aus, und Banks Uniform begann zu leuchten. Mit einem Schnipsen flogen alle Gegenstände an seiner Person in einem Strom davon. Sein Funkgerät, ein Handy, eine Packung Pfefferminzbonbons, die Schnalle seines Gürtels... ein kleines Plastikröhrchen. Gabriel bewegte seine Hand erneut, und die unzähligen Gegenstände fielen zu Boden.

Panik trübte Banks Gesicht. Gabriel drehte sich um und ließ sich neben mir in die Hocke fallen. Er berührte mein Gesicht und ein Knall an der Wand begleitete einen Blitz von intensiver Hitze, der meinen Körper durchflutete.

Alles verdunkelte sich für eine lange Sekunde, aber als ich meine Augen öffnete, hatte sich meine Sicht komplett geklärt. Gabriel richtete sich auf und ging auf Banks zu.

Die Schmerzen in meiner Schulter und Hüfte waren weg. Vollständig. Ich beugte meinen rechten Arm. Als ich nichts mehr spürte, und sprang ich auf die Füße.

»Lass Nox raus!«, rief ich Gabriel zu.

»Nein. Er wird die falsche Strafe wählen.« Das waren die einzigen Worte, die Gabriel sprach. Ich sah Nox an, der an die Wand schlug, und tödliche Wut war in jeder seiner Bewegungen zu sehen.

Er könnte recht haben, wurde mir klar.

Ich schaute zu Banks, der wütend zurückwich und zwischen Nox und Gabriel hin und her schaute.

»Ich glaube, du hast dich mit den falschen Engeln angelegt«, ertappte ich mich bei den Worten.

Er ließ sich abrupt auf den Boden fallen und griff nach der gefallenen Gestalt von Cheryl.

»Halt, oder ich bringe sie um.« Gabriel hörte auf, sich zu bewegen, als Banks sie hochzog und eine Hand um ihre Kehle legte, während ihr Kopf schlaff herunterhing.

Nox schlug weiter gegen die Wand.

Knisternde Energie erfüllte den Raum, gelbe Blitze zuckten umher und stachen in meine Haut.

»Denk nicht einmal daran, Banks«, sagte Gabriel. Es gab einen Lichtblitz, einen Stromstoß in der Luft, und er und Cheryl waren weg.

Das Klopfen hörte auf.

»Was ist passiert?«

»Er ist stärker, als ich dachte. Er hat dieses Reich verlassen.«

Gabriel duckte sich und berührte Rorys Wange. Sie zuckte ein wenig zusammen, dann flatterten ihre Augenlider.

»Lass Nox raus, bitte.« Gabriel blickte zu der grimmigen geflügelten Gestalt im Nebenraum auf, dann sah er mich an.

»Die Schlüssel sind dort.« Er zeigte auf den Stapel von Banks Sachen. »In diesem Zustand werde ich mich meinem Bruder nicht nähern. Ich glaube, du könntest die einzige Person sein, die er im Moment nicht töten wird.«

Mit einem winzigen Lächeln richtete er sich auf und verschwand mit einem Hauch von Meeresbrise.

Ich griff nach dem kleinen Schlüsselbund auf dem Boden und fühlte nur einen winzigen Stich der Schuld, weil ich Rorys Gemurmel ignoriert hatte, als sie zu sich kam.

Ich stürzte aus dem Zimmer, halb zur nächsten Tür sprintend.

Beim zweiten Versuch erwischte ich den richtigen

Schlüssel, riss den Griff herunter und warf die Tür zu Nox Zelle auf.

Hitze schlug in mich ein und dann war Nox da und füllte mein gesamtes Blickfeld.

»Beth«, zischte er, dann senkte er seinen Kopf und sein Mund forderte meinen in einem Kuss, der heftiger war, als ich ihn je erlebt hatte. Er bewegte sich und ließ mich nach Luft schnappen.

»Ich werde ihn töten, Beth. Ich werde ihn verdammt nochmal töten.«

Ich ließ meine Augen über ihn gleiten, auf der Suche nach Verletzungen, und ich konnte dasselbe in seinem schweifenden Blick sehen. Er prüfte jeden Zentimeter von mir, und saugte meine Anwesenheit in sich auf.

Seine Hände waren immer noch gefesselt, aber ansonsten sah er stark und gut aus. Zu gut. Seine Muskeln waren prall, und die Kraft pochte geradezu aus ihm heraus.

Er war bereit zu kämpfen.

»Nox, ich... ich war so besorgt.« Seine Grimmigkeit ebbte nur ein wenig ab.

»Du hast dich gewehrt, Beth. Du warst verdammt prächtig.«

»Prächtig? Ich habe ihm eine Kopfnuss verpasst.«

»Er hat dich verletzt. Ich werde ihn in Stücke reißen, verdammt.« Er war fast primitiv geworden, seine Worte kurz, und seine übliche Eloquenz verschwunden. »Du hast meinen Bruder herbeigerufen.« Nox Augen verfinsterten sich, und sein ohnehin schon angespannter Körper versteifte sich weiter.

Ich hörte Geräusche im Korridor hinter mir und Rorys schneidende, wütende Stimme.

»Ja. Er hat mir dieses Schildkrötenschmuckstück geschenkt, als er in den Park kam. Das war bevor der Höllenhund aufgetaucht war.«

»Ich schulde ihm jetzt etwas.« Sein Ton machte deutlich, dass dies nicht tolerierbar war.

»Nein, *ich* schulde ihm etwas.«

»Niemals«, knurrte Nox. Flammen züngelten seine geballten Fäuste hinauf. »Du wirst niemandem außer mir etwas schulden. Du wirst für niemandem außer mir etwas *sein*. Niemals.« Ich griff nach oben und berührte seine Wange.

»Ich werde deinen Bruder nie wieder um Hilfe bitten«, sagte ich. »Es sei denn, es ist buchstäblich der einzige Weg, unser aller Leben zu retten.« Wut flackerte über sein Gesicht.

»Mein Leben war nicht in Gefahr. Aber deines vielleicht schon.« Licht flackerte in seinen Augen auf und verjagte etwas von der Dunkelheit. »Vielleicht war deine Entscheidung notwendig.«

Das dachte ich auch. Nicht zuletzt, weil Gabriel mich anscheinend vollständig geheilt hatte. Aber ich hielt es für das Beste, das nicht zu erwähnen, da ich mich an Nox Gebrüll erinnerte, als Gabriel mich berührt hatte.

Ein lautes Klopfen ertönte und ich drehte mich um, um Rory neben zwei Wächtern stehen zu sehen.

»Mr. Nox«, sagte einer von ihnen und hob ein kleines

Taschenmesser. Er stieß seine gefesselten Handgelenke nach ihr und sie zuckte zurück.

»Gabriel hat mit der Wache gesprochen. Sie koordinieren sich mit den anderen Reichen, um nach Banks zu suchen«, sagte Rory.

»Er soll hoffen, dass sie ihn vor mir finden«, knurrte Nox. Die Frau wollte gerade die Fesseln durchschneiden, als Feuer auf seiner Haut aufloderte und sie ihre Hand zurückzog.

Ich hielt ihr meine Hand hin, ein Angebot, das Messer zu nehmen. Sie übergab es mir mit einem dankbaren Lächeln und huschte zurück zur Tür hinaus.

Das Messer war eiskalt und pulsierte vor magischer Energie. Nox Flammen erstarben augenblicklich, als ich mich näherte und das Seil durchtrennte. Sobald es auf den Boden fiel, setzte Nox es in Brand und es ging in Flammen auf.

»Schade, dass du das nicht machen konntest, als es um deine Handgelenke gewickelt war, hm?« Nox ignorierte meine Worte, stattdessen griff er nach mir und zog mich fest an seine Brust. Seine Finger verschränkten sich in meinem Haar und er presste so viel von meinem Körper an seinen, wie er konnte, ohne mich zu verletzen.

Seine Zurschaustellung überraschte mich, wenn man bedenkt, dass noch drei weitere Personen im Raum waren. Aber ich schlang meine Arme um ihn, und seine Wärme ließ mein Herz anschwellen.

»Du hast mich gerettet«, sagte er und bewegte sich so, dass er auf mich herabsehen konnte. Sein Daumen streichelte über meine Wange.

Ich öffnete meinen Mund, um ihm zu sagen, dass ihn

technisch gesehen sein Bruder gerettet hat, aber er küsste mich, bevor ich sprechen konnte. Was definitiv eine gute Sache war.

Rory hustete.

»Wenn ihr fertig seid, habe ich etwas, das ihr euch ansehen wollt.«

Wir drehten uns beide zu ihr und sie hielt das Plastikröhrchen hoch, das in Nox Uniform gewesen war.

Sie schraubte die Kappe ab und kippte sie nach oben. Eine eng gerollte Schriftrolle glitt heraus und sie entrollte sie, bevor sie sie Nox reichte. Einen Arm fest um mich gelegt, nahm er ihr die Schriftrolle ab.

Ich starrte auf die Worte.

Quod acedia est peccatum Quintus potestate.

Non MINORIS carnis otiosa.

Non discount nonnumquam ignoratur a causa malum in auxilium.

Non ignorare nihil crudelitatis.

Acedia vero est in potentia multus et fortis: et hic habes eius, tenetur ad Dominum Sin.

»Was steht da?«

»Die fünfte Sünde ist die Macht der Trägheit.

Unterschätze nicht die sündhafte Natur des Müßiggangs.

Ignoriere nicht das inhärente Übel, wenn du einen Hilferuf ignorierst.

Ignoriere nicht die Grausamkeit des Nichtstuns.

Die Macht der Faulheit ist groß und mächtig, und hier findest du sie, gebunden an den Herrn der Sünde.«

Ich blies einen Atemzug aus.

»Es ist die Sündenseite der Faulheit.«

»Ja.«

NOX

»Bringt den Herrn zu mir«, bellte ich. Impotente Wut krachte immer noch durch meinen Körper und das Einzige, was sie in Schach hielt, war Beths Anwesenheit neben mir.

»Hierher?«, fragte Rory.

»Nein. In mein Büro.«

»Claude ist draußen.«

»Du nimmst das Auto.« Ich schaute auf Beth hinunter und genoss ihr schönes Gesicht. Als ich gesehen hatte, wie Banks sie schlug, konnte ich nichts tun.... Meine Stimme war rau und tief, und ich stellte sicher, dass nur sie mich hören konnte.

»Ich wurde gebunden und gefesselt, und ich muss fliegen. Willst du dich mir anschließen?« Sie nickte.

»Immer.«

.   .   .

Sie sagte kein Wort, als wir über London hinwegschwebten, drückte nur ihr Gesicht an meinen Hals und hielt mich fest.

Ich hielt sie fester.

Sie mit Banks zu sehen, völlig unfähig, sie zu beschützen, hatte etwas in mir ausgelöst, von dem ich nicht wusste, dass es für einen gefallenen Engel möglich war.

Es war nicht die Lust, die sie körperlich antreibt, und es war nicht der Stolz, der sie beschützen will, und es war nicht die Gier, die sie besitzen will.

Es war etwas, das keine Verbindung zu den Sünden hatte. Etwas Ursprüngliches. Etwas Seelenvolles.

Es war Liebe.

Zweifellos.

Der Teufel sollte nicht zur Liebe fähig sein.

Ich war geschaffen worden, um zu bestrafen, nicht um zu lieben. Ich war auf die Welt gebracht worden, um massive Macht einzudämmen, um zu terrorisieren und zu foltern. Nicht um zu schützen und zu nähren.

Beth bewegte sich in meinen Armen und ich spürte ihr pochendes Herz an meiner eigenen Brust.

Ich musste dieses Herz besitzen. Ich brauchte es so sehr, wie ich meine Magie zum Leben brauchte.

Die Erinnerung daran, wie mein Bruder ihr Gesicht so zärtlich berührte, schoss mir durch den Kopf, und meine Lippe kräuselte sich. Er mag ihr zu Hilfe gekommen sein, aber ich traute dem Bastard nicht. Wir standen nun in seiner Schuld, und der Teufel war niemandem etwas schuldig.

· · ·

Ich veränderte meine Geschwindigkeit und versuchte, die Wut, die sich so wild in mir aufgestaut hatte, zu vertreiben.

Die kalte Luft schnitt durch meine Federn und Beth drückte mich fester an sich.

»Ich gehöre dir, Nox.«

Ich hörte gerade noch ihre Stimme, über dem rauschenden Wind. Mein Körper erhob sich und trug uns höher, meine Flügel schlugen entzückt als Antwort auf diese drei Worte.

»Und ich bin dein«, antwortete ich.

Ihre Lippen waren heiß auf meiner Haut, als sie einen einsamen Kuss auf meinen Hals drückte.

Es war das, was ich gebraucht hatte. Eine Klarheit durchströmte mich, die Wut und die Zweifel wichen vor ihrer Helligkeit zurück und zogen sich in die dunkleren Ecken meines Geistes zurück.

Die Macht über die Faulheit war gefunden.

Als nächstes würde ich Stolz und Neid bekommen. Ich würde mir überlegen, was ich mit Zorn machen würde. Und ich würde das verdammte Buch finden.

Und ich würde einen Weg finden, Examinus Einfluss auf mich zu beenden. Es war der einzige Weg, wie ich ein Leben mit Beth teilen konnte, das sie genießen konnte. Ich konnte nicht zulassen, dass sie an meiner Seite in der Hölle stand und dem Schlimmsten der Welt ausgesetzt war. Dieses Leben wünschte ich niemandem.

Wenn ich bei voller Kraft war, würde ich sie nutzen, um einen Weg zu finden, sie glücklich zu machen. Für den Rest ihres Lebens.

BETH

»Oh Mann, bin ich froh, dass du es gefunden hast.« Der Machtherr über die Faulheit saß in einem Rollstuhl in Nox Büro und stank nach abgestandenem Schweiß und altem Essen. Ich ging einen Schritt weiter von ihm weg und Rory folgte mir.

Nox hielt die Seite hoch und warf ihm einen angewiderten Blick zu. »Ich weiß nicht, ob dein Körper überleben wird, wenn dir die Macht der Faulheit genommen wird.«

Ich versteifte mich bei Nox Worten. Ich wurde mutiger, aber ich war noch nicht bereit, jemanden sterben zu sehen.

»Ich werde mein Bestes tun, um dich zu retten.« Das Faultier zuckte nur mit den Schultern.

»Es interessiert mich nicht mehr.« Nox schüttelte den Kopf.

»Verdammte Faulheit«, murmelte er. »Ich hasse diese verdammte Sünde.«

»Ich auch, Mann«, stimmte er zu.

. . .

Nox stand immer noch ohne Hemd da und mit einer kleinen Bewegung seiner Brust entfalteten sich seine Flügel hinter ihm. Er hielt die Seite hoch und begann zu lesen.

Als er die Worte in Latein sagte, erschien ein schwacher Schimmer um den Mann. Seine Augen folgten ihm.

Schatten brachen aus dem zerstörten Körper des gefallenen Engels hervor und drehten und wanden sich wie ein Tornado mitten im Büro. Nox klatschte seine Hände mit einem Knall zusammen, und als er sie teilte, waren sie von einem Licht erfüllt, das die gleiche Farbe hatte wie das Blau seiner Augen. Der schattenhafte Wirbelsturm wurde wie ein Magnet von dem Licht angezogen und raste darauf zu.

Nox stieß ein Zischen aus, als die Schatten ins Licht gesaugt wurden, und ich starrte, als ich eine Sekunde später sah, wie sich die dunklen Formen über seine Flügel ausbreiteten, die schimmernden Federn umrandeten, bevor sie mit dem Gold verschmolzen.

Das Licht verschwand im Nichts und der Typ sackte in seinem Stuhl nach vorne.

Rory trat näher an ihn heran, mit einem zögerlichen Blick auf ihrem Gesicht. Ihre rosa Magie quoll aus ihren Handflächen und schwebte vor ihm.

»Er ist am Leben. Gerade noch.«

»Gut.« Nox nahm sein Telefon in die Hand. »Du kannst ihn jetzt haben.«

Die Tür öffnete sich und zwei uniformierte Wächter rollten die liegende Gestalt aus dem Raum.

Ich stieß einen Seufzer der Erleichterung aus und wandte mich an Nox.

»Und? Wie fühlst du dich? Bist du stärker geworden?«

»Es ist eine beschissene Macht«, brummte er.

»Aber es ist eine Macht«, sagte ich. »Und vor zwei Tagen waren wir nicht näher dran, einen von ihnen zurückzubekommen.« Er schenkte mir ein fahles Lächeln.

»Wo ist dein Optimismus mein ganzes Leben lang gewesen?«

»In der Warteschleife, anscheinend um den Teufel aufzuheitern.«

»Wenn du mich aufmuntern willst, fallen mir bessere Wege ein.«

»Ich gehe«, sagte Rory. Keiner von uns sah sie an.

»Danke für deine Hilfe, Rory«, sagte Nox, und seine Augen waren stürmisch vor Verlangen.

»Wie auch immer«, antwortete sie.

Ich bewegte mich auf Nox zu, und mein Körper kribbelte erwartungsvoll.

Wir würden nicht miteinander schlafen. Das war zu riskant. Aber vielleicht wäre ein bisschen Petting unter diesen Umständen nicht zu gefährlich?

»Chef!« Beim Klang von Malcs Stimme erstarrte ich.

Nox Augen lösten sich von meinen und fielen auf den Laptop auf seinem Schreibtisch.

»Chef, ich glaube, ich habe etwas, das du hören willst.«

»Ich bin beschäftigt, Malcolm«, knurrte er auf seinen

Laptop hinunter. Ich bewegte mich, um mich neben Nox zu stellen, Malcs Gesicht erschien auf dem Bildschirm.

»Hi, Malc.« Ich winkte ihm zu.

»Oh, gut, du bist schon da. Chef, ich musste mich gerade in deinen Laptop hacken, um zu dir durchzukommen. Es ist wichtig. Es geht um Beth.« Wir spannten beide unsere Muskeln an, und ich lehnte mich näher an den Bildschirm.

»Was ist mit mir?«

»Weißt du noch, wie du mir gesagt hast, dass ich alle Funkgeräte aufnehmen soll?«

»Ja.«

»Nun, das habe ich. Und ich habe etwas belauscht, das du interessant finden wirst. Bist du bereit?«

Wir nickten beide und eine blecherne Stimme spielte durch den Laptop: *»Hör zu, irgendwann wird sie anfangen, nach ihren Eltern zu suchen«*, sagte eine männliche Stimme.

»Dann sorgst du dafür, dass sie nichts findet«, antwortete eine Frau.

»Der Hacker von Mr. Nox ist ziemlich gut, weißt du. Da kann ich nicht viel machen. Vor allem, wenn Michael sich einmischt.«

»Es ist mir egal, was Michael sagt. Sorge dafür, dass sie nichts findet.«

Die Übertragung endete und ich hörte Malcs Stimme, als ob sie von sehr weit weg käme. Das Blut rauschte in meinen Ohren und ich fragte mich, ob mein Herz komplett aufgehört hatte zu schlagen.

»Beth? Geht es dir gut? Du bist blass.« Ich spürte, wie

Nox sich zu mir umdrehte und dann meine Schultern packte.

»Beth? Was ist los?«

»Die Frau«, stammelte ich. »Ich kenne ihre Stimme. Das ist ... das ist meine Mutter.«

Die Geschichte geht im nächsten Band weiter.

DANKE FÜRS LESEN!

Vielen Dank, dass du »*Gefallene Federn*« gelesen hast. Ich hoffe, es hat dir gefallen! Wenn ja, wäre ich sehr dankbar für eine Rezension! Sie helfen Autoren sehr; klicke einfach hier und hinterlasse ein paar Worte. Das wird mir den Tag versüßen :)

Du kannst das nächste Buch, *Sündhafte Hoffnung, hier finden.*

Um exklusive Einblicke auf neue Titelbilder und Ideen zu erhalten, plus kostenloser Kurzgeschichten und Hörbücher, kannst du dich für meinen Newsletter auf elizaraine.com anmelden und du kannst Teaser und Veröffentlichungs-Updates (und Bilder meiner Haustiere) erhalten, indem du meiner Facebook-Lesergruppe hier beitrittst!